JN258610

「冒険者高専冒険科」

女冒険者のLEVEL UPをじっくり見守る俺の話

①

Tsuyoguchi No.2
つよぐち2号

Illustration
Nekomegane
ネコメガネ

contents

プロローグ

『人権』という言葉がある。

「全ての人が生まれながらに持つ権利」、を指す言葉である事は今日び、日本人ならば誰でも知っているだろう。知らなくてもググればすぐにわかる。

また、『知る権利』という言葉もあった。文字通り、人は様々なことを知る権利があるという事だ。

これが人権として認められるかは諸説あるらしいが、俺の知っている偉い先生は「知る権利は人権である」と言った。

俺はその見解に心の底から同意する。さすが偉い先生は言う事が違うと思った。

ちなみにその先生は、教え子のスカートの奥について知る権利を行使して逮捕されたが今は関係ない。

重要なのは、『知る権利』は生まれながらにして人が持つ権利である、という事だ。なので、人間である俺は、生まれながらの権利を行使して違法動画をダウンロードした。

しかも、とびっきりヤバい奴だ。

DLが終わると、デスクトップの目立たないところに置いてある『吟味』フォルダに放り込む。

今日の俺はツイていた。

なんせ同志達が集まる掲示板で、その筋では神の域に達した紳士と誉れ高い、ハンドルネーム：ジャスティス氏による動画アップロードのタイミングに、丁度居合わせることができたからだ。

しかもＤＬが終わって再度リンクにアクセスすると、そのページは既にアクセス禁止になっていた。

独裁国家もかくやというほど凄まじい仕事の速さ。それほど危険なブツということだろう。相変わらず冒険者ギルドのサイバー部隊は優秀である。

俺のフォルダにもいくつか存在するジャスティス氏の動画は、秀逸の一言に尽きる。

規制されるラインを余裕でぶっちぎる作品群は、俺がＵＰしようものなら、直ちに回線が落とされ、もしもそれを繰り返したら、車をダンベル代わりに筋トレするような化け物共による襲撃が待っている。

未だなぜ彼が捕まっていないのか、正直さっぱりわからない。

しかし、俺達の人権を踏みにじる巨悪と、真っ向から闘うジャスティス氏はその名の通りの傑物に違いないのだ。

俺は揉み手をしながら、ＤＬしたばかりの動画を開いた。

一言で言うならば、その動画は所謂、『冒険動画』である。

冒険動画というと、一般的にはダンジョン探索を収めた動画を指すのだが、時代と共に様々な動画がＵＰされるようになり、誰ともなく自然とカテゴライズされていった。

一番オーソドックスなのは、もちろん前述の探索動画だ。

その他にも、冒険者達が己の実力を誇示するためのガチ戦闘動画、その高い身体能力を生かした常人には再現不可能な面白動画にはじまり、高レベルの冒険者の所作を模倣した『やってみた』や、クランが作成するプロモーション動画など様々なものがあるが、ぶっちゃけ俺はそんな軟弱なものには興味がない。

我々、崇高な同志達が欲してやまないのはただ一つ。世界中でアップロードが禁止されている幻のカテゴリー。

そう、『レベルアップ動画』である。


タイトルも何も無く、綺麗な草花が咲き乱れる泉のほとりで唐突に始まった映像には、二人の女性が映っている。

それを見て俺は少しだけ落胆した。

何度か目にしたことがあるその風景は、おそらくダンジョン10階層にも満たない低階層である。

39階層まで攻略されている現在、その程度の階層を歩くのが大した冒険者であるはずもない。

しかし確かに目が惹かれる要素はある。女性達は笑顔で楽しそうにおしゃべりをしながら歩いていて、何というか雰囲気が良い。

男の子専用ビデオで、本番が始まる前に女の子が無駄に公園を歩いている感じに近い。

あの前フリの必要性を議論し始めると血を見ることになりそうなので、今はやめておこう。

今はジャスティス氏の動画が何よりも重要だ。

俺は、もしかするとこれは雰囲気を大事にするシチュエーションビデオ的な作品なのかもしれないと思い、油断して一瞬画面から目を離す。そして思わず二度見した。

「なっ！　ウソだろッ！　まさか、こいつはエリー・ストックトン！！！」

俺が驚いたのも無理はない。

エリー・ストックトンはアメリカで超がつくほど有名なアイドル冒険者だ。

22レベルという高レベルと高い戦闘能力はもちろんの事、本場のプレイメイトもかくやという程のスタイルと美貌を持つ彼女は、大作映画の主演女優として抜擢されたばかりである。

そんな超大物が友人らしき女性と二人で散歩するようにダンジョン探索をしている。もし彼女のファンだったならば、垂涎モノのプライベート映像だ。

俺が少しだけ前のめりになっていると、近くの茂みからコボルトの群れが現れ、普通に戦闘が開始された。

友人の方はさして強くないことから、エリーが友人に合わせてこの階層を選んだことがうかがえる。友人が1匹を相手にしているうちに、エリーが明らかに手加減をしながら4、5匹を相手にしている。

チラチラと友人の安否を確認しながら、いざピンチになったら加勢する姿勢を見せていることから、彼女達が本当に友達であることが窺える。

最初は正直、海外セレブのプライベート映像に鼻血が出るほど興奮したが、次第にその熱は冷めてくる。

そして、俺は心のどこかで落胆した。

冒険者になって最初の方は比較的簡単にレベルは上がるが、レベル10を境にして急激にレベルは上がりにくくなると言われている。20ともなれば、その上がりにくさと言ったら涙が出るほどだ。

だからエリーほど高レベルの冒険者が、コボルトごときを倒したところでレベルアップするはずがない。レベルアップ動画だというのに、大本命のレベルが上がらないというのだ。

俺は思わず肩を竦《すく》めた。ジャスティス氏ともあろうものが、らしくない。拍子抜けだ。

有名どころで一見《いちげん》を引き止め、その友人のレベルアップでお茶を濁す。

つまり、釣りである。

よくネット小説でサブタイで釣ってアクセスを増やそうという性根の腐った奴がいるが、それと何ら変わらない。失望である。

俺がため息とともに席を立とうとした。すると――

「……ん？」

言うなれば、それは違和感。

最後のコボルトを切って捨てたエリーが、一瞬だけビクリと震えたような気がしたのだ。

俺は目を細めて映像を凝視する。

まさか、そんな偶然があるはずがない。単なる見間違いだ。

そうして、俺が半信半疑で目を凝らした時、ソレは唐突に始まったのだ。

『あ、あ、あ、ああぁぁ……』

「嘘だろ、オイ……」

ビクン、ビクン。

断続的な痙攣《けいれん》がエリーを襲う。

それは次第に深く、そして激しくなり、ついにエリーはガクガクと足を震わせ地面に倒れ込んだ。

そして、名も知らぬ撮影者はすかさずズームアップしてエリーの全身を捉える。

まるで電気椅子に座った囚人の様に痙攣し、足の指先を反らせるエリーに、友人が慌てて駆け寄った。そして友人は額に手を当て、天を仰いだのだ。


『Oh My God』

俺も天を仰いだ。

「オーマイガ……ッ」


もう間違いなかった。やってくる。やってくるぞ。

『あ、あぁッ』

「あ、ああッ」

エリー・ストックトン23歳。

全米で最もHOTな女性ランキング上位に食い込み、今秋はハリウッドの赤絨毯《じゅうたん》を歩く事間違いなし。誰もが羨み、誰もが欲する、そんな全てを手にした世界的セレブの……

『あ、あああぁぁぁッ』

「あ、あああぁぁぁッ」


――――レベルアップ《絶頂》がッ！


エリーが、人間の限界を超えて背中を反らす。

職人の如く、その美しきかんばせにピントを当てた撮影者の手腕たるや見事也。

洪水厨よ、見るがいい！　このアへ顔だけを追い求めるジャスティス氏の気高く尊い圧倒的紳士力を！

エリーの目は半ば裏返り、ベロンと宙に突き出された舌先からキラキラ輝く銀糸がタラリと落ちた。津波のように押し寄せる快楽の波に、レベル22の強靭な肉体が悲鳴を上げている。限界はすぐそこだ。

そして彼女は、およそ女性が上げるはずもない、獣のような雄叫びを上げたのだ。

『おほおおォォォォォ〜〜〜〜〜〜ッッッ！！！』

「おほおおォォォォ〰〰〰〰ッッッ！！！」

――――ドンドンッ

『うるせえぞ！　何時だと思ってやがる!!』

俺には夢がある。
その道のりは、決して誰もが成し得るような甘いモノではない。
血反吐を吐き、血肉を撒き散らし、現世を彷徨う亡者の如き執念と、絶望の中、立ち上がる不屈の闘志を以て初めて、楽園《パライソ》へと至る険しき道。
今は動画でしか見ることのできないこの尊い光景を、いつかこの目で。
そして、遥か先を行く先人達を追い越し、レベルアップ間近の子猫ちゃんを振り返り、こう言うのだ。

「おや、そろそろですかな？」と。

俺の名は、一之瀬《いちのせ》ミナト。

数多のレベルアップをこの目で見るため、そのためだけに冒険者を志し、私立落ヶ浦第二冒険者高等専門学校へ入学を果たした1年生。


俺が通う冒険者高等専門学校の中には、巨万の富や名誉を夢見る命知らず共が集う、ダンジョン探索を専科とするクラスがあった。

女の子が笑顔で大剣をブン回し、もじもじ顔を赤らめながらシャレにならない魔法をぶっ放す。

そんな最高に頭のおかしいクラスだ。

もっともそんな事は、すっかりイカれた光景に慣れてしまった俺が今更言う事でもないのだろう。

ダンジョン無くして社会生活が維持できなくなった現代。

人々は、そんな俺達のクラスの事を、畏怖と呆れを込めてこう呼んだ。


冒険者高専冒険科、と。

絶頂

とうとう戦争か。

テレビの前、最後の晩餐だとばかりに、当時は極めて貴重品だったという酒とスルメで一杯やりながら、幼なかった親父の前で祖父はそう言ったそうだ。

いずれも俺の生まれる前の話だ。今の環境を考えると想像もできないが、とにかく当時はそんな状況だったらしい。

野を焼き森を切り開き川をせき止め、地中を掘り尽くし、この世の春を謳歌して繁栄を極めた人類は、この星を埋め尽くす勢いで増え続け、そしてとうとう飽和した。

資源の枯渇。食糧不足。

大の大人が血眼になって水を買い漁《あさ》り、空気に税金が課せられたというのだから末期も末期。

カネがあれば何でも買えるなんて甘ったれた時代などとっくの昔に過ぎ去り、力が全てを支配する世紀末に足を半歩踏み入れ、『水がある』、たったそれだけで宣戦布告が叩き売り状態で飛び交っていた、そんな人類総ヒャッハー時代。

毎日家政婦さんに頼んでんのかというほどピカピカに磨かれ、サルでも起動できるくらいプロテクトゆるゆるに設定された核のボタンが、まるで出来の悪い早押しクイズのように連打されていた時の話。

そう、人類絶滅時計が24時10分なんて言われ始めて多くの人が『もう人類絶滅しとるやんけ！』と突っ込みを入れてからしばらく経った頃、突如としてそれは現れたのだという。

「えー　我々人類の生存が　えー　こうして維持されているのは　えー　全てぇ　コレのおかげと言っても　えー　過言ではなく～」

教壇に立つ初老の教師がノスタルジックな黒板に『ダンジョン』とチョークで書きなぐる。

その穏やかな風貌に似合わぬ豪快な書きっぷりに、生徒達が『おおッ』とどよめいた。入学初日、校長先生によるオリエンテーションでの出来事である。

そもそも黒板なんて非効率的な機材はとっくのとうに絶滅し、今やパソコンでの通信が教育の主流だというのに、『教育は黒板とチョークじゃッ!!』と言うこのおじいちゃん校長の譲れぬ信念で、移動式の一台だけが骨董品のように黒光りしている。

噂によると、本当は全てのクラスに設置したかったらしいが、教師陣の猛烈な反対に遭って涙を呑んだらしい。キィコキィコいいながら休み時間を黒板と共に移動する校長の姿はもはやこの学校の風物詩である。

「えー　キミ達は　えー　言うなればこの星の希望でありー　えー　来月にも君達は　えー　足を踏み入れる事になるでしょう。　えー　そう！　人類の希望、『ダンジョン』に！」

おじいちゃん先生がカッと目を見開き、黒板に書かれた『ダンジョン』の文字をカッとチョークで叩いた。力み過ぎたのか、チョークがボキリと折れる。再度『おおぉッ』とどよめきが上がった。

その半分はこれから足を踏み入れるであろう未知の領域への期待から。そして半分はおじいちゃん先生の心筋梗塞を心配する声だ。

「先生！『ダンジョン』の正体って一体何なんですか!?」

一人の生徒が目をキラキラさせながら手を上げる。

どうやら発作を起こしたわけではなかったらしい先生が満面の笑みを浮かべてうんうんと頷《うなず》いた。

「えー　わかりません」

「……へ？」

「えー　そうです。何にもわかっとりません」

政府もマスコミも、外国の偉い人もみんな『ダンジョン』は正体不明と言っているおかげで、想像力豊かな少年達は物凄い妄想を膨らましたりしているが、実際のところ本当にワケがわからず、学者達もとっくに匙《さじ》を投げているという。

魔法なのか、神の所業なのか、未来人の超技術？　それとも宇宙人のスーパーミラクルハイパーテクノロジー？

それは現代の技術では到底再現不可能な超遺物。太平洋のド真ん中から宇宙空間を突き破ってそそり立つ白亜の塔。

その事実だけが唯一にして全てを物語る。

１９９０年代に一世を風靡したアンゴルモアのオッサンは、ダンジョンの出現を預言していたのだと主張し、不死鳥の如く数十年ぶりにお茶の間に復活を果たした自称ノストラ何とか研究者さんがいらっしゃったりもするが、結局のところ『わからない』が唯一の答えである。

研究はされている。世界各地で。もちろん日本でもそれは同じ。が、解明はされていない。もっと言うと何一つ。

ただ確実な事がある。誰に聞くまでもなくはっきりとわかっている事実。

「しかし　えー　ダンジョンが富をもたらすということだけは　えー　間違いありません」

富とはもちろんお金の事ではない。

ほんの四半世紀ほど前、全世界でお金という名の紙切れがトイレットペーパーとして使用されていたことを俺達は知っているし、特に日本では諭吉さんという偉い人が夏の暑い日に扇子として活躍していたのは有名な話だ。

作物を作る人が政治家より偉かったし、2番目に偉い人は作物を作るための燃料を調達する人だった。都心の庭付き一軒家なんて、地方の田んぼ一反より価値が無かったし、高層ビルなんてものを有り難がるのは一部の筋トレマニアと自殺希望者だけだった。

そして現代、核で灰燼《かいじん》に帰した東京に住みたいと言えば、みんな口を揃えて『勝手にすれば？』と太鼓判を押してくれる。もう少しでモヒカン肩パットが地上を席巻するところまで行ってしまったのだ。

今更ながらよく人類社会は持ち直したなぁと先人の忍耐に尊敬の念すら覚えた。お金が価値代用証券として復活した現代で育った俺は、世紀末時代の空気感は想像する事しかできない。

と、話が逸れてしまったが、ダンジョンは富をもたらすのである。

それを証明したのはもちろん世界唯一の大国、アメリカ様だ。

時代背景的に軍隊を出す事なんてイケイケゴリゴリだった彼らは、突如顕現した白亜の塔にそれはもうバーゲンセールみたいにミサイルを撃ちまくった。

それら全てが不可視のバリアに阻まれたのを確認すると、次はもちろん合衆国海兵隊様の御登場である。

まるで行きつけの飲み屋に車を乗りつけるノリで塔に乗り付けた彼らは、ダンジョンの意味不明なルールを物ともせず、パワー&ジャスティスで第1階層を突破した。

そして全世界に開放されたダンジョンへのゲート。

そんなことは露と知らず、そのまま第2階層を突破した彼らに与えられたのは、亜空間へのアクセス権限とそこに広がる広大な土地。汚染されていない肥沃な大地と、綺麗な清水。

人類は狂喜した。

この訳のわからない塔を進めば、階層ごとにとてつもない資源が手に入る。

そしてアメリカ様は思った。この莫大な資源は人類のために大国であるアメリカが管理するべきだ、ビバU・S・A。ゴッド・ブレス・アメ~リカ。

そしてゲートを通らず、物理的にダンジョンに乗り込んだ彼らは第5階層で見事に玉砕した。

人間が人間であるまま、現代技術の武器で挑む限界領域が第5層という、今では教科書に出てくるような基礎知識は、実に海兵隊数千の犠牲という血なまぐさい経験則から導き出されたものだった。

「えー　ダンジョンには様々な　えー　ルールがあり、有名なのは　えー　一緒に行動できるのはえー　6人までということ」

ダンジョンには様々なルールが存在する。

一緒に行動できる最大数が6人だとか、持ち込める武器は一人二つまでとか、一度踏破した階層はゲートを通じて直接行けるとか。

何で？　と聞かれたらそういうシステムだからとしか答えようがないルールがいくつもある。物理法則とかもう全く関係無く、ただそういうルールだからと説明するしかない。

そして、数あるルールの中でも特に極まったものが二つあった。

その一つは……

「えー　ゲートを通ってダンジョンに行く限り　えー　死んでも生き返ります」

いわゆる『死に戻り』。この時点で色々とアレな事に大抵の人は気付く。ダンジョンがこの世の理から大きく外れた異常地であるという事に。

知識として知ってはいても、改めてきちんとした大人の口から聞くと正直引く。

これから冒険者になろうとする俺達にとっては救済策みたいなシステムだが、宗教によっては絶対に許すことのできないものであったりもするらしい。現に冒険者達を悪魔の手先とし、これに加担する国も神に背いたうんたらかんたらとか言って無差別テロをやらかす阿呆共がごまんと存在している。

「せ、先生、生き返るっていうのは、そ、その……　大丈夫なんでしょうか……？」

不安げに手を上げた女生徒が消え入りそうな声でおずおずと聞く。

ふわっとした髪の毛と、クリッとした大きな目が可愛い、小柄な女の子。どこか小動物を思わせる癒し系の容姿だが、ダイナミックに盛り上がった胸だけが猛獣染みている。

一言で表現するならば、いつでもどこでも需要が尽きないロリきょぬー様だ。

「その質問には私が答えましょう」

おじいちゃん先生の横に立っていたビジネススーツを完璧に着こなした女性——俺達の担任となる真方クリスティナ先生が口を開いた。

猛禽類を思わせる鋭い眼光、高く尖った鼻梁《びりょう》の上には、真っ赤な縁のメガネが鎮座し、そのメガネをクイっと人差し指で押し上げる仕草がサマになっていて女性陣から熱いため息が上がる。東欧の血が入っているらしく、彫刻のような美に男子生徒達は若干怯《ひる》んでいた。『美しすぎる秘書』。そんな頭のよろしくない表現が脳裏を掠める。

「死んでも生き返る、この事実に間違いはありません。ゲームのように所持金が無くなるとか、装備が散逸するとか、そういったペナルティもありません。ただ、そのアタックで得た素材や経験値の全てが消失します」

「あの……　その他にその……　精神的な影響とか……」

「『死』そのものによる影響は無い、とは言い切れません。とある研究によると『死』を重ねる事で魂が摩耗し、感情が薄れていく傾向にあるという論文も発表されています。一方で、その原因は『死』そのものではなく、それに至るまでの苦痛や恐怖であるという説もあり、この点について明確な答えは出ていません。先生も何度か死んだことがありますが、何度経験しても慣れる事はできませんでした。血液の流れが止まり、呼吸が停止し、底の無い暗闇に堕ちていくあの感覚は……口で説明できるものではありません」

「あ、あ、あ、ありがとう、ござい、ます……」

その壮絶な体験に気圧される形で、シンっと教室が静まり返った。

当然だ。死んだことも無い高校生が死の恐怖を推測する事などできるはずがない。

ここまで来ると死んでも生き返るという超システムが果たして良い事なのかどうかわからなくなってしまう。誰が作ったのかもわからないが、ろくでもないことだけは間違いなかった。

そして、文明的な生活を維持するためには、たとえ死んでもダンジョンを踏破し続けなければならない社会もまたろくでもないのかもしれない。

だが、そのために命を賭け、莫大な報酬を稼ぐのが冒険者である。人類の希望を背中に引っ提げて戦い、富と名誉を勝ち取るのが冒険者なのだ。

ここは私立落ヶ浦第二冒険者高等専門学校冒険科。

富、名誉、名声、社会貢献。

己が目的は数あれど、冒険者を志し、ダンジョンに潜る事を夢見るという一点についてはみな同じ。

クラスメイト達が富と名誉、そして未知への期待に鼻息を荒くする中、俺だけが別の期待に胸を熱くさせていた。

そう、俺が冒険者を志した最大の理由、それが――

「先生、ダンジョン内のモンスターを斃《たお》すとレベルアップするって本当ですか？」

レベルアップ。

ダンジョンの無い時代ならば、一体お前は何を言っているんだと頭のおかしい奴認定間違い無しのアレな発言だが……

「はい。法則について明確なルールは解明されていませんが、個人差があるものの間違いなくレベルアップします。ステータスが可視化されたり頭の中でファンファーレが鳴り響くわけではありませんよ？」

本当にレベルアップするんだからしょうがない。

俺はそのためだけに冒険者を志した。いや、正確に言うならば、俺自身がレベルアップすることすら目的ではない。

「だったら、どうやってレベルアップしたことを知るんですか？」

「良い質問です。あなた達もこれから経験することでしょう。男性は、全身を発狂するほどの苦痛に襲われるといいます。中には別の人格を形成してしまう人もいて、その凄まじさが窺えます」

「じゃあ女性はどうなるんですか？」

俺は手で顔を覆って、外からは見えない様に邪悪な笑みを浮かべた。目だけで周囲を見回すと、誰もが気まずそうに視線を泳がせている。

実際に見たことは無くとも、何が起こるかは皆なんとなく知っているのだ。

どんな屈強な女冒険者も、傲慢で可愛げのないインテリ冒険者も、テレビや雑誌で引っ張りだこのアイドル冒険者もみんな、そう、みんな例外なくレベルアップを経験している。しかし誰一人としてレベルアップの事を語りたがらない。その事について触れてはいけないというのが暗黙のルールだったりする。

だが俺は知っている。

平等だ。平等にソレは訪れる。

荒野を駆け、迷宮を越え、モンスターを斃した先に訪れるレベルアップの瞬間。

隣の席の女の子も、小動物ちっくなロリきょぬーちゃんも、エロカッコいいクリスティナ先生も皆同じように。

俺の口角が更に凶悪につり上がった時、クリスティナ先生はメガネを押し上げると、幾分頬を赤らめながら言い放った。


「女性がレベルアップをすると……絶頂《イキ》ます」

「…………え？」

武器

ダンジョンの有用性が認められて三十余年。

世界中の国々がこぞって攻略を進めた結果、多くの情報やノウハウが蓄積、分析されていた。

今やダンジョン論なる学問も存在感を強め、体系化かつ専門化された統合学問としての地位を確立している。

発現より物凄いスピードで踏破されていったダンジョンは、公式発表として39層まで攻略されていた。しかしここ1年、ダンジョン攻略は完全に停滞しており、現在は大規模戦闘階層《レイドフィールド》である40層をいかに攻略するか世界中が注目していた。

順調とも思われたダンジョン攻略が暗礁に乗り上げ、ここにきて様々な課題が浮き彫りになってきている。

中でも『人材不足』、要するに戦力不足は深刻だ。これは日本に限った話ではなかった。

人類が生き残るにはダンジョンを進むしかなかった初期世代。文字通り生きるか死ぬか。明日が拝めるかどうか。

そんな崖っぷちに立たされ、死に物狂いでダンジョンに食らいついて来た世代の冒険者が今でも最前線《トップライン》で戦い続けている。

この事実が持つ意味がわかるだろうか。
40、50代、下手すれば還暦を越え、肉体的ピークをとっくに過ぎたおじいちゃん達が未だ現役として戦わなければ攻略ができないということだ。世代交代がまるで上手くいっていない。
考えてみれば当然なのかもしれなかった。

初期世代が必死に勝ち取ってきた資源で、何不自由なく暮らしてきた下の世代。

減衰した人類文明を立て直すための仕事は山ほどあり、心身に多大な負担を強いる冒険者稼業を選ぶ必然性は無かった。

死ぬのだ。

腹を裂かれ、ハラワタを喰いちぎられ、頭を噛み砕かれ、四肢を押し潰され。

何度も、何度も。何度も死ぬのだ。

生き返るからといって痛みが無くなるわけではない。恐怖を感じなくなるわけでもない。

その都度、精神をすり減らし、魂を摩耗させ、結果として日常生活すら送ることができなくなり、廃人のようになってしまった冒険者の数を数えればキリが無い。

華々しい表舞台の陰で、無残に散っていった大多数の敗北者達を目の当たりにしている現代の人々にとっては、冒険者とは憧れの職業であって、現実的に目指す職業ではない。

ダンジョン攻略の『熱』は、人々が気付かないほど緩やかなペースで失われていっている。何となくその事実を感じていても、自分には関係ないと見て見ないふりをするのが人間という悲しい生き物だ。

だからこそ、『冒険者育成』は極めて重要な課題として認識されていた。

世界中の国が最重要国家戦略として位置づけ、それはここ日本も同様である。俺みたいな何の取り得も無い普通のガキが入学できるんだから間違いない。

補助金という名のニンジンをぶら下げられ乱立に乱立を重ねた冒険者学校も、最近ようやく規制がされるようになり、国立や大御所を除いて今度は逆に私立各校が生き残りに必死だ。

何を隠そう、俺が在籍する私立落ヶ浦第二冒険者高専も、かつての人類並みに崖っぷちである。

風の噂によると2、3年の内に成果を出さなければ冒険者学校の看板を外さなければならないらしい。

滑り止めの更に滑り止めに受験するような底辺高校なので当然と言えば当然の話。巷では校名を略して『落第者』なんて言われているものだから、ヤンキー溜まりにならないだけマシと思うしかない。

ちなみに『高専』と名乗っているが、冒険者高専のカリキュラムは4年である。

「チィ〜ッス。ミナちゃん彼女できた〜?」

昼休み、茶髪にピアスのチャラいイケメンが教室に入ってきて一瞬女子共がザワつく。

小学校からの悪友である田中真理男《まりお》さんだ。

俺は見慣れたイケメンに向かって盛大な舌打ちを飛ばした。

「入学2か月で彼女できたら苦労しないっつーの。そういうお前はどうなんだよ」

「つーかさぁ、マジこの学校ってさぁ、毛の生えた年増ばっかじゃん?」

「この学校が特殊みたいな言い方はやめろ変態」

高校生の制服がたまらんという人がいる。大人な女性のタイトスカートにふっくらしてしまう人がいる。

そしてこいつはランドセルを背負った子に起っきしてしまう人だ。

つまり生粋の変態である。

「まぁ、冗談はそのくらいにしといて、と」

「お前の冗談は闇が深いから勘弁してほしい」

元々コイツは「冒険者として階層制覇者になって、権限で得たフィールドに『ロリータ神聖帝国』を建国するのが夢」という妄言をのたまっていた猛者なのだが、とある人物の影響であっさりと志を曲げて今は錬金科を専攻している。

今の真理男さんの夢は、錬金術で『永久なるつるぺったん《エターナル・ブルー》』を錬成する事で、「あくまで合法」と語った時の目は完全にイッていた。

ちなみにこいつの弟は『瑠威児《るいじ》』だったりする。将来的な家庭内暴力が心配だ。

「ミナちゃんのクラスは午後何やんの？」

「訓練用ガーデンで戦闘実習。俺まだ全然弱いからなぁ……」

「まあミナちゃんは特殊だから」

「痛覚耐性が異常に高くたって他はもう酷《ひど》いモンだっての」

冒険者には誰でもなれるが、それでも適性というモノがある。反射神経だったり動体視力だったり様々な要素を組み合わせて個人のパラメータを構成するわけだが、その中に『痛覚耐性』というモノがあった。

ダンジョンは死と隣り合わせである。切創、打撲、骨折、火傷、凍傷、壊死、その他もろもろ、小さいものから大きなものまで怪我は絶えないという。

そんなところに注射器の痛みすら歯を食いしばる現代人が放り込まれて平気なはずがなく、ある程度痛みを許容できる人間じゃないとダンジョンは歩けない。

俺は他の要素は絵に描いた様な中の中だというのに、なぜか痛覚耐性だけが突出して高かった。それも検査官が機械の故障を疑うレベルで。

痛覚が鈍いというわけではないらしい。ただ我慢できるという話。気の持ちような気がしないわけではないが、普通はそんなに我慢できないらしかった。真理男さんが言うには、俺は『天賦のM』だそうだ。

「一応、他にも初めてレベルアップした時に変な能力に目覚めたりしたけど、使いどころもないし、どこで役に立つかも意味不明だな。下手したら一生出番が無い」

冒険者の中にはごくたまに【スキル】と言われる能力に目覚める者がいる。

他でもない俺がそうだったりするのだが、俺のは相手を弱体化する代わりに、自分も弱体化するという心底ワケのわからないスキルだ。正直、全然うれしくない。

限界突破してチート魔法が使えるとか、不可視の触手でエア・パフパフとか、超紳士力でパンツの中身が見えるとか、そんな能力を授かりたかったです。

「つっても、せっかく冒険者になるんだから、ハーレム目指さなきゃ損っしょ？」

「冒険者志望って言ってもほとんどみんな普通の女子だよ。ハーレムなんて幻想だ」

俺は頬杖をついて、嘆息しながら周りを見回す。そこら中で女子が年相応の話題に花を咲かせている。

「ねえ、昨日のエンカウント、『ＴＯＢ《トップ・オブ・ブレイバーズ》』見た？」

「見た見た！　あたし【剣帝】アリョーシャさんの超絶ファンでぇ！　超カッコよかったよねぇ！　特に最後の【デッド・オア・ライブ】！　あたし興奮して昨日寝れなくてぇ！」

ほらな？　と真理男さんを見上げると、ヤツは『ババアがはしゃぐんじゃねえ』と言わんばかりの冷笑を浮かべていた。

『エンカウント』は世界中で行われている総合戦闘競技。

中でも『ＴＯＢ』は、冒険者達のガチンコバトルを立体映像で放送してとんでもない視聴率を誇っていた。

ルールはコンセプトごとに違うが、基本はアリアリの何でもありである。

完全非殺傷に調整された疑似ダンジョン【ガーデン】で行われるため、殺害はもちろん流血もキラキラで表現されるという完全お茶の間仕様。

訓練としては実戦的でないと揶揄《やゆ》されているが、それでも白刃が煌《きらめ》き、スキルが交差し魔法が乱舞する映像は衝撃的で、多くの人々の心をつかんで離さない。

その中でも、17歳の学生にしてダンジョン最前線で戦う【剣帝】アリョーシャは、妖精のような容姿も相まってとんでもない人気を誇っていた。

特に同性である女子の熱狂っぷりは凄まじく、ファンクラブの8割は女性だというのだから驚きだ。

本人があまりメディアに出たがらないらしく、テレビで目にする事はそれこそ『エンカウント』しかないのだが、そこらのアイドル冒険者など及びもつかないほどの知名度である。

「【剣帝】アリョ……何だっけ？　年増に興味ねぇし」

「清々《すがすが》しいクズめ……」

そんなどうしようもない会話を続けていると予鈴が鳴った。

真理男さんは「それじゃッ！」とチャラいポーズを決めて自分の教室に戻り、クラスメイト達は自然と出来上がり始めたグループごとにワイワイやりながら転送室へと向かう。

「……ミナト」

クイッ　クイッ　と袖を引かれる。

振り向くといつも通り、完全無表情の日本人形のような女の子。神城葵《かみしろあおい》である。

常に虚空を「ぽけぇ～っ」と見つめる困ったちゃんに俺は言った。

「お前もいい加減ちゃんとしたヤツと組めよ……」

「……ミナトはちゃんとした相棒《バディ》」

「そうじゃなくて、お前ならどこでもいけるだろ？」

「……私と組んでくれる人はいない」

戦闘実習はチームで行う。人数は上限が6人と決まっている以外に制約は無い。2人でもいいし、最悪1人でもいい。

もっとも素人に毛が生えているだけの俺達にとって、ソロでの戦闘は自殺行為だ。せっかくの実習の時間をボコられるだけに費やしたかったらそれでもいいが、将来、本番のダンジョンを攻略するならばチームプレイは必須である。

だから班分けくらい先生が勝手に決めるもんだとばかり思っていたら、チーム編成に教師は全くタッチしないのだ。相性のいい仲間を見つけたり、交渉したりするのも冒険者の技能の一つということらしい。


そんなこんなで初めての戦闘実習の時、軽くぼっち気質な俺は当然の如く組む相手が見つからず、どうしたもんかとウロウロしていたら、同じくぽつ～んと立ち尽くしていた葵と何となく組むことになり、以来、実習の度、当たり前のように葵は俺の袖を引くようになった。

「お前強いじゃん。いくらでも勧誘あんだろ……？」

「……別に、そんなのは無い」

パッと見は、前髪ぱっつんオカッパ頭のちんちくりんなのだが、なぜかコイツは強い。

病的なくらい白い肌。体格も小柄だし、腰なんて折れそうなほど細いくせに、身長と同じくらいの大きさのハンマーを振り回してモンスターを虐殺するのだ。

その姿を目撃したクラスメイト達から彼女が【撲殺天使】と呼ばれている事を俺は知っている。

他のチームからもおっかなびっくりではあるが、勧誘されている所を見たこともある。

「この前、声かけられてたじゃん」

「……ッ　そのような事実は無い」

「まあいいや。いつものこった。お前、得物は？」

「……いつも通り武器庫にある。ミナトは？」

「俺もいつも通りだよ」

そう言って俺は腰のホルスターから魔導仕様の魔導銃《エーテルガン》『EP-R06《ライジング》』と、使い古されたコンバットナイフ『mf2070』を取り出した。

ナイフは自称探検家の親父から。エーテルガンは専業主婦であるお袋から入学祝にもらったものだ。

ちょっとズレてる親父はともかく、いつも菩薩様のような笑みを浮かべる専業主婦にエーテルガンを渡された時の衝撃を想像していただきたい。

しかもお袋は俺に使用方法を教える時、笑みを浮かべたままマシンガン並みの連射を披露してくれたもんだからもう何と言うか……　主婦の業務内容にそんな項目あったかしら……？

すると、葵がちょっとだけ頬を染めながら俺に言った。

「……かっこいい」

「だろ？　鉄臭い感じが『武器です！』って感じでカッコイイよな！」

「…………」

なぜかちょっと不機嫌になった葵に引っ張られるようにして武器庫へと向かった。

ダンジョンへの武器の持ち込みは二つまでと決まっている。法律とか以前にそれ以上は持ち込めないようになっているのだ。

厳密な線引きは正直どうなっているのかわからず、ダンジョンの気分としか言いようがなかった。まず武器に制約は無い。その人が武器だと認識するならば戦闘機すら持ち込めるのだからとんでもない仕様であることは間違い無い。

しかし過去、軍人さん達は当然の如く装甲車やら戦車やらを持ち込んだのだが、すぐに悪手だと認識されるようになった。なぜならその他の物資を持ち込めないからだ。

大砲もガトリングもミサイルも、現代兵器は補充があって初めて戦略兵器としての価値が生まれる。なのにダンジョンは予備弾薬の持ち込みを認めない。ハンドガンの弾倉《マガジン》すら持ち込みができないのだからどうしようもない。もちろんそれは燃料も同様である。

そうなるとダンジョン攻略に挑むために必要な兵装は自然と限られてくる。己が肉体に依存する原始武器が長期戦を生き抜くための主要兵装となり、それを使用する技術が必須となるのだ。

その点、魔導系兵装は応用が利く。特にエーテルガンは魔導弾倉《マガジン》に持ち込み制限がかからないし、ナイフと組み合わせると取りまわしも良く、非力な俺には相性の良い組み合わせだ。

「そういえば葵、お前のサブウェポンって見たこと無いけど何なの？」

武器庫から愛用の巨大ハンマーを引きずり出してきた葵がボソリと一言。

「…………ハリセン」

「どこに持ってんだよ……？」

「……秘密」

大物だとは思っていたがこれほどとは。

俺は自身の小物っぷりを再確認しつつ、足早に小さな巨人を追いかけた。

ガーデン

軽く不規則な反動と、明滅するマズルフラッシュ。

3体のゴブリンがのけぞったのを確認して俺は奴らの懐へと飛び込んだ。

軽く腰を落としながら体を半回転。遠心力を利用してゴブリンの延髄にナイフを突き込む。

余韻を感じる間もなく、抜き放った黒刃をもう1体のゴブリンの口の中に落とし込むと、スタックが解ける寸前の3体目のゴブリンに0距離射撃。クリティカルヒットだ。

俺が必死に3体のゴブリンを屠《ほふ》っている間にも、我らが撲殺天使《葵》様は絶好調。

先ほどから『ズドンッ　ズドンッ』と、軽く地面を揺るがす衝撃音が聞こえていたので、まさかと思ったらそのまさかだった。

肩で息をしながらそちらに視線を向けると、ギャグマンガみたいにぺらっぺらになった無数のゴブリンが悲し気に風に揺れていた。オーバーキルも甚だしい。

「お前、相変わらずとんでもない戦闘力な……」

「……餅つきと一緒」

「そんな殺伐とした餅つきは無い」

ダンジョン第1～5階層と同等の難易度に設定された訓練用ガーデンでは、彼女の暴虐を阻止できる者はいないらしい。

和太鼓みたいな大きさのハンマーを軽々と担いだ相棒に言葉も無かった。餅つきはもっと和気あいあいとしたレクリエーションである。

「羊皮紙です」と言ったらそのまま通用しそうなペラペラゴブリンは、数秒間風にはためいた後、光の粒子となって宙に消えていった。

死んだら再び元の場所へと還る。ダンジョン特有の光化現象だ。

「……綺麗」

幾分目を煌かせて乙女ちっくに語る葵さんには申し訳ないが、血染めの10トンハンマー抱えた女修羅がそんなこと言っても猟奇的なだけですから。

「さっさと合流地点に急ごうぜ」

「……ミナトには風情が無い」

「ゴブリン煎餅量産しといて風情とかアホか」

「……むぅ」

無表情のままプクーっと頬を膨らませる葵はもの凄く可愛いのだが、如何せんそれを素直に認める度胸は俺には無い。

コイツの戦闘力はとうにルーキーの枠を超え、一般的な冒険者であるDランクに達していて、昨日の今日までそこらのガキだった俺にとっては化け物以外の何物でもない。

未だ納得いかない感じの葵には悪いが、こんなところで道草食ってるわけにはいかなかった。今はれっきとした戦闘実習中なのだ。

「……あと2時間もある」

「あと2時間『しか』だ」

毎度、現地に着くまでカリキュラムが明かされないのはいつもの事だが、戦闘実習担当のちびっ子先生が言ってた通り、今日はただ戦うだけではなく、目的地まで移動することに主眼を置いた訓練だ。

人類がダンジョンに潜る最大の目的は『探索』や『踏破』であり、モンスターの殺害そのものが目的ではない。そう、『探索するために障害となるモンスターを排除する』というのが正しい順番なのだ。

あくまで探索のために戦闘をするのであり、戦闘訓練はダンジョンを探索・踏破するための一要素と考えたとき、今日のこの億劫《おっくう》な訓練が持つ意味は戦闘以上に重要だ。

まあ、俺にとってはさらにその上位に『女性のレベルアップを見るために』という至上命題があるわけですけども。

今、俺の目の前でぬぼ〜っと立つ少女。

まるで日本人形のように小ぶりで可愛らしい容姿。体の凹凸が少ない残念体型ではあるが、儚《はかな》げな印象が強い美少女である。

入学当時、レベル3だった彼女のレベルは今や6だ。

曲がりなりにも疑似ダンジョンである以上、訓練用ダンジョンとはいえレベルは上がる。もっともいわゆる経験値が倍以上必要といわれているが、ともかく時間をかけたらレベルは上がる。

そしてこの2か月、この訓練用ガーデンで彼女と常に一緒にいたのは俺である。

何を言いたいかと申しますと……

「……私の顔に何かついてる？」

「いやいや、そんなことはありませんとも！　そうじゃなくてですね」

彼女のレベルアップ《絶頂》を俺は3回も目撃しているわけでして……

「お前、そろそろレベルアップ……？」

「……最低」

プイっと横を向く葵さん。

俺は見た。この可愛らしい目が、口が、強制的に襲い来る快楽の波に襲われるところを。ふふふ、すばらしい。

「といってもなぁ。低レベルだとレベルアップの衝動も小さいってのは知らなかったわ」

つい先週にレベルアップした葵だったが、いつも無表情の鉄面皮の彼女は眉根を寄せ、苦悶ともつかない表情で一瞬可愛らしい声を上げただけだった。

『えっ？　今ので終わり？』みたいな肩透かし感が半端ない。

「……ミナトはレベルアップで何が起こるか知っていたの？」

「知ってたよ。でも話で聞いてたのはもっと激しいモンだったから想像と違ったわ」

葵が可愛らしく小首を傾げる。

「……想像？　どんな？」

「男は全身をゆっくりとローラーで轢《ひ》き潰されるような激痛、女は自我を失い白目を剝《む》くほどの絶頂。そう聞いてたんだ」

そんな事をニヤニヤしながら語った親父の顔を思い出す。それくらいがまた聞きのまた聞きで聞きかじった自称探検家《親父》の限界か。

親父の言うレベルの衝動は、かなりの高レベルの冒険者が体験する事らしいので、まあ親父も人づてに話を聞いて色々と興奮しちゃったんだと思う。お袋もまんざらでもなさそうだったので色々とアレだ。

「俺もこの前レベル5になったけど激痛っていうほどのものじゃなかったぜ？　せいぜいが車に撥《は》ねられたくらいのモンだった。俺経験あるし」

「……それ結構痛いと思う」

レベルアップについては散々授業でも触れられてきていた。

目に見えない経験値が溜まり、肉体という名の器から溢れかえった時、その現象は起きる。無事にこなして生き残ったならば文字通り違う段階の強さを手に入れられるが、しかし突如として襲ってくる衝動の威力はとてもじゃないが無視できるものではない。

ゲームのような現実でも、ゲームとは決定的に異なるのは『戦闘終了』がシステムとして明確ではないという点だ。戦闘中には戦闘のＢＧＭが流れ、勝利すればファンファーレの後にフィールドへというお決まりの流れは存在しない。

そして何より、あとどれくらいでレベルアップするかなんてものを知る術がない。

回りくどく何を言いたいかというと、１００体の敵を前に1体を斃してレベルアップすれば、残り99体を衝動に苛まれる体のまま闘わなくてはならないという事である。

そして痛みにのたうち回っている間に殺されれば全てがリセットされて再スタート。

超難度のポイントを偶然や運が重なって奇跡的にクリアした後だったとしても、普段ならば何の問題も無い敵が相手だったとしても、例外なく『ふりだしに戻る』である。俺だったらヤケ酒呷《あお》って枕を濡らす自信があるね。

だからこそ俺達は学ばなければならないのだ。自分がそうなった時の対応と、仲間がそうなってしまった時のフォローの方法を。知らなければ対策も無く総崩れになる事間違いなしだ。

高レベルになればなるほどその衝動は大きくなるらしい。今の俺達ならば一瞬のスタックで済むようなものも、レベルが上がるにつれて笑い話では済まなくなるという。

歴戦の屈強な男共が失禁して泣き叫び、中にはＰＴＳＤになったあげく冒険者をリタイアする者が出るというのだから相当だ。

そして、女性陣もそれは同様らしい。

そう、ココ非常に重要。超大事なトコだから。

今はちょっと身悶えするだけで済んでいる葵さんもいずれは……

「うぇへへへへェ～～」

「……変態」

激しい絶頂が見たければ高レベルの人とパーティを組まなければならない。

高レベルの人とパーティを組みたければ自分も高レベルになるしかない。

だから今日も頑張ってレベル上げである。なんという完璧な三段論法か。

「まだ見ぬエンジェル達（のアヘ顔）が俺を待っている」

「……ミナト最低」

ぷんすか怒っている葵を伴ってフィールドを歩く。

今日は平原フィールドなのであまり疲れないし迷う心配も少ない。モンスターに発見されやすいという難点はあるが、それはこちらも同じ事だ。

心地よい風で波打つ緑の海を踏みしめながら小高い丘を登る。俺にとっては気持ちの良い風も、女子である葵にとってはそうでもないようで、鬱陶しそうにおかっぱの髪を片手で押さえていた。

――――ザザッ

「ん、何だ？　今なんか変な音が……」

「……風？　いや、ノイズのような？」

「気のせいかな、まあいいや。さっさと行こうぜ」

そういえばガーデン内の風とかはどうやって発生してるんだろう。訓練用のガーデンとはいえ考えれば考えるほど常識を逸脱してる。

丘の上に立って眼下に目を向けると、まばらに木が生えた林の中にコテージのようなものが見えた。そこが今日の目的のポイントだ。

「……他のチームもちらほら」

「おお、もう着いてる連中もいるな」

「……あっち、見たこと無い人達」

「他校の連中か何かの体験学習だろ。このガーデンは国が管理してるからな」

葵が指さす方に目を向けると、冒険者に護衛されながら移動する社会科見学と思しき高校生の一団がいる。そしてもう少し離れた所にはレイド戦を想定しているのか、隊列の講義をしている一団もいた。

「……本番では有り得ない光景」

「ああ、ここはダンジョンとは違ってキャパシティが決まってるらしいからな」

『天空の塔』

本命のダンジョンはレイドフィールドを除くと、６人が攻略上限と言われている。

６人ＰＴを組んでいる場合に、ダンジョン内で他のパーティとカチ合う事はまず無いという。

理論は全く以て解明されていないが、同一のフィールドが同時並行的に存在し、各パーティが単独で踏破に挑むことになるのだ。冒険者学校で６人上限を想定した授業が多いのもそれが理由である。

例えば俺達と、どこかの冒険者が同時に同階層に潜ったとしよう。

どこかのアホがフィールドを焼き尽くしても、別口で潜っている俺達は何の影響も受けないし、俺達がフロアマスターを斃しても向こうさんの攻略が終わるわけではない。

並行世界を内包していると主張する学者もいるが、とにかく本命のダンジョンはそういうシステムになっている。

ちなみに、単騎で攻略していると、5人までのPTとカチ合うことは普通にあるというのだからよくわからない。

あー　そうなのね。で終わっても良い話だが、世界中から訪れる無数の冒険者達の数を考えると驚けばいいのか笑っておけばいいのか。同じことをやろうと思ったらバーチャルの世界でもどれだけの容量が必要か考えただけでも恐ろしい。

対して、ここは【ガーデン】だ。

ガーデンは階層制覇者に与えられる疑似ダンジョンフィールドで、人類資源の主要調達先である。階層が深くなるほどキャパシティが大きく、自由度も増えていくといわれるガーデンは現在世界に34あり、ここはそのうちの1つ。

日本が所有する4つのガーデン、その中で第19階層権限で、次世代の冒険者育成を主目的として訓練用に設定・調整されたガーデン、通称『息吹』。

食糧難、資源難の時代にガーデンを訓練用に設定するとか、ありえないんじゃないかと当時は国内外から散々言われたそうだ。

しかし、日本人冒険者の先駆者であり19階層制覇者である『弦月巌《げんつきいわお》』さんから権限を譲渡される際の条件であったことなどがあり、ゴリ押しで世論を黙らせたらしい。

食糧事情も落ち着き、世界が秩序を取り戻した今では疑似ダンジョンとして他国にも開放され、貴重な外貨を稼ぐ大きな手段となっていた。

単純面積だけで一県に相当するこのガーデンも、本命ダンジョンに比べるとキャパシティは有限で、当然の話だが無限に並行世界を作るなんて無茶な事はできるはずもなく。

なので訓練用という性質上もそうだが、他のパーティや団体と物理的に接触することは十分にあり得るのだ。

「こうして見ると、訓練用でモンスターもいるのになんて言うか……　生産ガーデンとかに比べるとえらい牧歌的だよなあ……」

「……生産ガーデンは別の意味で戦場だから」

ここは低級モンスターがうろつき、そこら中で殺し合いが起こっている戦場だというのに、リアルに人が死ぬのは生産ガーデンというのは皮肉という他ない。

訓練用には必須である『死に戻り機能』は、ガーデン設定時にかなり構成キャパシティを持っていかれるらしく、資源調達が至上命題の生産用ガーデンには設定されていない。要するにモンスターがいない代わりに事故で死んだら生き返れない。

徹底的に効率化と機械化が追求され、合理主義の極みとも言うべき生産ガーデンはもう巨大な工場だ。

以前雑誌で見た生産用ガーデンは、北海道ほどの広さがあるというのに自然の緑なんて一かけらも無い場所だった。それに比べるとここは随分とのどかで心安らぐフィールドである。

苦笑しながら眼下の景色を見渡していると、とある一点で目が留まる。そこは目的地までのルート上にある林の入口。

「おい、あそこ見ろ。オークに囲まれてるぞ！」

5人のパーティが前後左右からオークの集団に囲まれて防戦一方になっている。

背を預け合うようにして4人の女が立ち、その中で誰かが倒れて身悶えしていた。じりじりと包囲を狭めてくるオークは10体を下らない。おそらくは戦闘が長引いて集まってきたのだろう。

オークはこのガーデンの中でも上の下に位置するモンスターで、俺達ルーキーがそう簡単に撃破できる相手ではない。集団で囲まれるとかムリゲーにもほどがある。

「あの金髪ドリルは……西郷寺か。めんどくせぇ、どうするよ、助けに行くか……？」

「……西郷寺さん？　らしくない」

「ああ、なんか男がのたうち回ってる。おそらく戦闘中にレベルアップして戦線崩壊ってところか」

「……ダンジョンだったら助けは来ない。それに死んでも生き返る」

「まあ、そうなんだけどもね……」

彼女達自身の力で突破するのは難しい上に、俺達が駆けつけたところで勝率はいいとこ五分五分だ。

放置して死んでも生き返るのだから究極的に言ったら危険は無いのだが、今、目の前でやられそうになっているヤツを見捨てて行くというのも正直寝覚めが悪い。

放置したいのも山々だけど、一応クラスメイトとしてそれは良くない気がした。

「しょうがない、面倒くさいけど助けに行くかー」

「……ミナトはお人よし」

そんなことを言いつつも葵は俺についてきてくれる。その程度の信頼関係は築けている自信はあった。

だから俺は彼女の返事を聞きもせず、後ろを振り返ることもなく、丘を駆け下りながら愛用のEP-R06《ライジング》のスライドを引いた。

ちょっとした木立を迂回するようにして丘を駆け下りる。

身の丈2メートルにも達するオークはその膂力《りょりょく》こそ警戒すべきものがあるが、戦闘になるとまるで周囲の事など気にしない脳筋だ。

多少の音を立てて接近しても注意を向けられることは無い。ならば抜き足差し足する必要は無く、一息で攻撃を仕掛けるに限る。スピード勝負だ。

瞬く間に迫ってくるオーク共の背中。一撃離脱を狙うには数が多すぎる。防戦に必死なのか女共もこちらに気付く様子も無かった。

突進。

接触まで20メートルを切った時、俺達に気付いたオークが警戒の声を上げた。

スピードを緩めることなく、左手に銃を構え、ナイフを逆手に握った右手を銃把《グリップ》に添える。

——ダンダンッ　タタッ

もう手を伸ばせば届くような距離からの銃撃、計12発が2頭のオークの背中に直撃した。

するりと抜けた魔導弾倉《マガジン》を重力に任せ、替えを叩き込んでコッキング。

俺のレベルではこの距離からオークを射殺するほどの威力は出せない。怯ませれば良し、スタックさせるは尚良し。本命は野蛮に握った黒刃だ。

「シィ――――ッッ！」

よろめいたオークの背中に取り付き喉を掻き切る。まずは1体。と、息つく暇もなく体を地面に投げ出した。

ブンッ　と、不吉な音と共に丸太みたいな棍棒が俺のいた場所を駆け抜ける。風圧を頬に感じて背中の毛穴がブワリと開いた。

くっ　数が多い！

ごろりと地面を転がった際、メイスを振りかぶるオークの姿がチラリと視界を掠める。

勘だけを頼りに転がって回避。腹に来る重低音と共にメイスが地中にメリ込んだ。

すぐさま飛び起きてメイスを抜こうとしているオークの鼻面に銃口を擦り付ける、0距離射撃だ。

「食らえオラ」

――――ドンドンドンドンドンドンッ

流石のオークも、0距離から急所への銃撃は耐えられなかったらしい。

ぶちまけられた骨片と肉片と脳漿《のうしょう》が宙を舞い、そして地面に落ちる事なく光の粒子へと変換されていく。

ダンジョン仕様の親切設計が身に染みる。

「2匹ッ」

ヒリつく喉に唾を押し込んで再度銃を構えると、包囲の中から唖然と俺達を見ている女共。

頼むから手を動かすか逃げるかしてくれ。オークさんの集団相手に無双できるほど俺は強くない。

一体どこ見て大口開けてやがるんだ。

正直もう息が上がっている。極度の緊張に肩が荒く上下し、膝も軽く痙攣を始めている。全員で戦わなければ俺達だって殺される。

「お前らどこ見てんだ!?　助けに来てやったんだからボケーっとしてないで戦ってく――」

「……天誅」

――ブオンッ　グチャッ

凄まじい風圧に怖気を感じた。

素振りの音を100倍凶悪にしたような音、そして直後鳴り響いた心底悍《おぞ》ましい水っぽい粘着質な音。

俺は戦闘中ということも忘れて恐る恐る振り返り、あんぐりと口を開けた。

「……必殺、『ゲートボールスパーク』」

葵さんが大槌片手に舞っている。

そして豚さんが宙に舞っていた。

正確に言うと、豚さんが豚さんにヒットして豚さんが弾き飛ばされていた。

ちなみに弾き飛ばされた豚さんが片っ端から光化しているところを見ると死んでいるのだろう。

先ほど女子共がアホみたいな顔して硬直していたがこれが原因か……

俺は恐る恐る口を開いた。

「葵さん、何その技……」

「……ゲートボールのスパーク打撃に見立てた必殺技」

「ごめん、全然わかんない」

無表情のまま少しだけムッとした葵が、今度は大上段からモグラ叩きみたいにオークを叩き潰す。

ズバゴンッ　という轟音の後、またもやギャグ漫画みたいにペラッペラになったオークさんが数瞬風になびいた後、控え目な感じで光化を始めた。

「……秘技、モグラ叩き」

「まんまやんけ」

得意気にクルクル大槌を振り回す葵さんに向かって一言。

「ねえ、葵さん……あんたモンスターで煎餅《せんべい》屋でも始めるつもりです……？」

「……む、ミナトは注文が多い」

15体はいたオークが今や3体しかいない。

仲間の死に激昂して襲ってくると思いきや、葵にチラリと視線を向けられただけで生まれたての小鹿のように足をガクガク震わせ、変な奇声を上げながら逃げて行った。ちなみに俺の足も負けないくらい震えていた。

というか俺のシリアスはどこに行ってしまったのか。『くっ　数が多い！』とかやっちゃったので超恥ずかしい。

何事も無かったようにオークを殲滅《せんめつ》してしまった撲殺天使様は、複雑そうな顔の俺を見てキョトンと首を傾げた。くそっ　何だこの無害そうな生き物はッ。

「まあいいや、あんたら大丈夫だったのか？」

未だに呆けている4人の女子に声をかける。

女子達のそばで地面を転げまわっているのは……　尼子屋《あしや》亮平《りようへい》か。なんで冒険科にいるんだと首を傾げたくなるほど気が弱く、典型的ないじめられっ子気質のクラスメイトである。

見た所ケガをしているわけではないのに断続的に悲鳴を上げている所を見ると、やはりレベルアップの衝動だろう。おそらくは戦闘中にレベルアップして撤退のタイミングを失ってしまったのだ。

女子4人に男1人のパーティ。

羨ましくなるほどのハーレムパーティだが、実際のところは多分に違う。なぜなら……

「アナタのせいですわよ！　尼子屋《アッシー》の分際で迷惑かけて！」

「ちょっとアッシー！　何か言いなさいよねっ！」

「アタシら死にそうになったんだけど？　何転がってるワケ？」

女共が凄い剣幕で尼子屋を責め立てているからだ。

クラスでも中心的な女子グループの中にいじめられっ子属性持ちが一人、そうなれば事情を推測するのは簡単だ。古典的とすら思えるほどの王道フォーメーションにゲンナリする。

こうしている間にも苦悶の声を上げる尼子屋は可哀相だが、レベルアップの衝動は治療してどうにかなるものでもない。落ち着くまで放置するのが一番だ。

「まあいいですわ。小間使いの処遇は後で決めるとして」

そう言って俺達に気の強そうな瞳を向けてくるのは金髪ドリル。このグループの中心人物、西郷寺カノンである。

豊かな金髪は分け目を見ても根元から同色で、染めたものではないと一目でわかる。蒼穹《そうきゅう》のように澄んだスカイブルーの瞳もカラコンなどではなく天然モノ、そして日本人離れした顔の造形ときたらもうわかる。

普通に西洋の血が入ったドリルさんだ。

ドリルさんがフフンと偉そうにドリルヘアーを掻き上げて言う。

「アナタ、神城さんと……」

「一之瀬だ、一之瀬ミナト」

「ああ、何トカさん、一応お礼を言っておきますわ。別に助けなんて要りませんでしたけど」

「うわぁ……」

あまりに教科書通りのセリフに憤りを超えて軽く感心した。普段、感情を表に出さない葵でさえ若干引き気味の空気を醸し出している。

なぜか勝ち誇った笑みを浮かべるドリルさんには既に先ほどまでの悲愴な雰囲気は微塵も無い。

「わたくし達でも対処できましたわ。余計なお世話とはこの事ですわね」

ドリルはどこか小馬鹿にするような感じで俺を見た後、葵に視線を向けて目を細めた。

相手は道を譲って当然だし、人は自分の言う事を聞いて当然といった態度は今に始まった事ではない。

口元に手の甲を持って来て「オーホホホホッ！」とでも言おうものなら、少女漫画の悪役令嬢の出来上がりである。

傲岸不遜、唯我独尊。それが西郷寺カレンだが、彼女には苦手な相手がいる。いや、苦手というより『敵視』だろうか、その相手は他でもない。

「神城さん、相変わらずそんな品性のカケラも無い武器を振り回しているんですの？　ゴリラでも目指しているのかしら？」

俺の相方、神城葵だ。

クラスでもトップレベルの成績を叩き出しているドリルは、戦闘面でどうしても敵わない葵をライバル視し、ことあるごとに絡んできていた。今回はピンチの所をライバルに助けられたのだから心中穏やかでないに違いない。

『落第者』と名高い底辺校で何を争っているのかと思うかもしれないが、事情は少しだけ違うのだ。

ドリルは有名校の推薦を蹴ってウチの学校に入学した。

実家が理事をやっているこの学校を立て直すという目標を掲げ、見た目に反してストイックなお嬢様の能力はそれこそ一流校の同世代と比べても何の遜色も無いらしい。先ほどのピンチももしかしたら本気で何とかできると思っているのかもしれなかった。

「だから洗濯板なんて言われてしまうんでしてよ？　ささやかな胸まで筋肉に覆われてしまって、可哀相に」

「……今ここで殺ってもいいけど？」

「オーホッホッ！　望む……ところですわ……ッ!!」


一触即発である。

葵が物騒過ぎる素振りをして、西郷寺が詠唱の前段に入った。勘弁してください。

「はいストップ〜。内輪の刃傷沙汰はご法度だろ」

二人の間に割って入った俺を誰か褒めてくれないだろうか。余裕な風を装っているが冷や汗が流れっぱなしだ。

彼女達が本気になったら俺ごときが敵う相手ではない。黒焦げにされるか煎餅にされるかの未来しか想像できないのだから余計にタチが悪い。

ていうか葵に貧乳ネタはマジでヤバいからやめろ。パートナーの俺ですら『人間餅つき』で半殺

しにされるんだぞ。

「あ、葵さん？　瞳孔開き過ぎですってば、抑えて抑えて」

「……私は洗濯板じゃない」

「え、ええ。わかっておりますとも！　おっしゃる通りですとも！」

「……ちょっとスレンダーなだけ」

「素晴らしい解釈です！」

高速で揉み手をしながら何とかこの場をやり過ごした俺。

なんでただ助けに入っただけの俺がこんな目に遭ってんのよう。

「じゃあ俺達急ぐんで」

「待ちなさい」

「なんだよう！」

俺は半泣きで叫んだ。これ以上は本気で危険なのでさっさと退散したい。

面倒くさい予感しかないが、無視すると後からもっと面倒くさくなりそうなのだからどうしようもない。

「あなた、いち……何とかさんだったかしら？　ウチの小間使いがもう移動できそうにないの。持って行って下さらない？」

「うわぁ……」

すんげー俺様発言キタわコレ。いち何とかさんって何だよ。

未だウンウン唸《うな》っている尼子屋を見る限り、なるほど、もう自力で目的地に到達することは無理だろう。

何が潜んでいるかわからない森の中を女が人間一人背負って歩くのは相当な負担だ。両手が塞がれば戦闘もできないし、人間一人を守りながら移動するというのは思った以上に難しい。

といっても、モンスターがうろつくような所に放置していったらどうなるかなど目に見えている。通りすがりのゴブリンさんにスイカ割り大会を開催されるのがオチだ。

「お前らのパーティメンバーだろ。逆の立場になることもあンだから自分達でどうにかしろよ」

正直、俺が背負ってやってもいいと思う。困った時はお互いさまなのは当然として、何より同性としてレベルアップの苦しみは痛いほどに理解できるからだ。

だけど同時に、それではいけないとも思う。

天空の塔《ダンジョン》では自分を助けてくれるのはパーティメンバーしかいない。仲間に見捨てられたら死ぬしかないのだ。

たとえ尼子屋の立場がパーティ内で弱いものだったとしても、自分でその場所を選んだのだから、その結果ここで死ぬ事になっても責任は本人にある。冷たいようだが仲間がケツを拭いてくれないならば自分でケツを拭くしかない。冒険者というのはそういうものだ。

「庶民Aの分際で！　このわたくしが頭を下げているというのに何ですの！　その態度はっ！」

お前の頭は微動だにしていないです。世の営業職の皆様に謝ってください。

「……ミナト、行こう」

「ああ、もう色々面倒くさい」

「こんな失礼な人は見たことがありませんわ！」とか「後で覚えてなさいよ！」とか、相変わらず面倒くさい事を喚《わめ》き散らすドリルを無視して俺達は森の中に入った。

一応、助けるだけは助けたのだ。後の事は知らん。

――――ザザッ　ザッ

「…………また、変な音」

「どうせアホが八つ当たりしてる音だろ。行こうぜ」

「……何か、変な感じ……」

「気のせいだよ、多分」

先ほどよりもはっきりと聞こえたノイズのような異音。

色々と投げやりになっていた俺は、この微《かす》かな違和感を『気のせい』の一言でやり過ごす。

それがこれから巻き起こる大事件の予兆であった事など知る由も無い俺達は、ただ目的地に向かって走り出した。

反省会

「それでは、今日の反省会を行いますよぉ〜！」

教壇の前で得意気に胸を反らせてパチンとウインクする女性。

本人は威厳を出そうとしているのだろうが、正直、小学生が背伸びしているようにしか見えないのが悲しいところ。

心は25歳のお姉さん。体はちびっ子、戦闘実習担当、モモ先生である。

今日も元気にフリフリのお洋服に身を包み、ふんわりボブカットをひらめかせ、意味不明の掛け声と共にモニターを操作するその姿はもはや犯罪臭すら漂う幼女様だ。

絶無の胸を強調しながらウインクする幼女を見て、俺は反射的にポケットの中の飴玉を探す。

モモ先生と仲の良い担任のクリスティナ先生曰く、本人は『大人の色気で生徒を悩殺！』しているらしいが、正直言わせてもらうとペコちゃん以外の何物でもない。

「ああ……　ももたん先生マジ可愛い……　てか可愛い過ぎマジパネェ！　ミナちゃんどう思うよ!?」

「俺はとりあえず変態は錬金科に帰れと思ってる」

今、学校を休んでいる隣の田嶋《たじま》さんの席に座り、ひたすらハアハアしているのはもちろん錬金科が誇る天賦の変態だ。

なぜコイツが授業中に冒険科のクラスにいるのかはナゾだが、見た目小学校低学年の合法つるぺったん様に真理男さんのテンションはうなぎ上りである。

「なあミナちゃん、ももタソセンセに告白する時は何を贈ったらいいと思う？　やっぱランドセルかな？」

「黙れ。話しかけるな穢《けが》らわしい」

ハアハアうるさい。貧乏ゆすりをやめろ。そしてズボンから手を出せド変態が。

「はいみなさん、先生にちゅーもーくッ!!」

「してます先生……」

「してますわ先生」

「ももタソかわゆいよももタソ……　ハァハァ」

しまいには隣の変態が「食べちゃいたいおっ！」とか言い出したので、速やかに頸動脈を締めて眠らせた。

モモちゃん先生は戦闘技能の先生だ。とてもじゃないが強そうには見えないし、戦っているところを見たことが無いので強いのかわからないが、相当強いらしいということは聞いている。

レベルという無茶な概念が誕生した時点で、屈強な外国人レスラーが幼女にも負ける事もまた当たり前に起きうる。つくづくとんでもない世界に足を踏み入れてしまったものだと思った。

「先日の戦闘実習、時間まで見事に到着したのが4チーム、残念ながら時間までに来れなかったけど到着したのが3チーム、リタイアしてしまったのが2チームでした！　中には惜しいチームもありましたね！　次こそは頑張りましょう！」

視線だけで斜め前を見ると、悔しそうに顔を歪めるドリルさんがいる。

なぜこんな底辺校に入ってしまったのかと首を傾げたくなる優秀な奴は、知っているだけで3人いるが、ドリルはそのうちの1人だ。

実習では彼女より遥かに実力の無い連中が普通にクリアしていたので納得がいかないのは理解できた。チームで攻略するときの不確定要素がいかに重要かという事を思い知らされる。

彼女達は結局時間までに到着することができなかったらしい。

「でも、先生嬉しかったです！　レベルアップの衝動で動けない仲間を見捨てずに行動し続けたチームがありました！　ダンジョン攻略はチームワークです！　課題より仲間を優先する態度は、今後皆さんがダンジョンに潜る時、一番求められるものです！」

モモ先生が小鼻を膨らませて興奮気味に語る。先生の言うチームとはドリルのチームの事だ。

結局彼女達は尼子屋を見捨てなかったのだ。

この事に驚いたのは俺だけではない。いつも尼子屋を容赦なくパシリに使っている姿を誰もが見ているし知っている。いじめにも見える事を平気でやっておきながら、いざという時に見捨てない心意気は彼女の意地なのだろうか、それとも他に理由があったりするのだろうか。

ともかく、当の本人は褒められているものの素直に受け止められないらしく、不機嫌そうな態度を崩すことは無かった。

そして、彼女達が課題をクリアできなかった原因となった尼子屋は縮こまり、机の一点を見つめて震えている。やはりいくら褒められても迷惑をかけた張本人がヘラヘラできるはずも無し。彼女達の腹いせに怯《おび》えているのか、それとも悔しさを噛みしめているのか。

その後も、モモちゃん先生は良かった点、悪かった点、アドバイスや注意点を述べていき、総評が終わった。

最後に先生が今回の最優秀賞を葵に贈ると、ドリルがギリっと唇を噛んだ。学校の立て直しを背負う彼女にとって、他のクラスメイトに負ける事は許せないのだろう。

悔し気に葵の背中を見つめる視線には、嫉妬や逆恨みといった負の感情は無く、ただ純粋な闘争心だけがあった。正直、嫌味で面倒くさいヤツだと思うが、そういう潔いところは嫌いではない。

ともあれ、今日の授業はこれで終了だ。

終礼のチャイムが鳴り、ホームルームもそこそこにクラスメイト達が帰りはじめる。そんな中ポツンと一人、席に縫いつけられたように微動だにしない尼子屋が少しだけ気になった。

「よお尼子屋、調子はどうよ」

「え？　あ、一之瀬君、今日はありがとね。助けてくれたんだよね？」

「まあ……　ほとんど葵の撲殺技のおかげだけどな」

「それでも助けてくれた事には変わりないよ。ありがとね」

微妙に硬い笑みを浮かべて謝意を伝えてくる尼子屋。きっと普段あんまり喋った事も無いヤツに話しかけられて困惑してるのだろう。

その態度は終始おどおどしていて浮かべる笑みも薄っぺらい。

不意に視線を感じてあたりを見回すと、ドリルがもの凄い怖い顔で俺達を見据えていた。

パシリを取られてイラついているのか、それとも借りを作った相手がパーティメンバーにちょっかいかけるのが面白くないのか。

「なあ尼子屋、お前何であいつらと一緒にいるんだ？　小間使い扱いされてることはわかってんだろ？」

「僕は……　守らなくちゃならない約束があるんだ。強くならなきゃいけなくて、でも僕なんかとパーティ組んでくれる人もいないから……」

「だったら俺達のパーティに来るか？　弱小だけど結構自由でいい感じだぞ？」

尼子屋の戦力は未知数だ。戦えるかどうかも俺は知らない。そして俺達二人は戦えるかどうかもわからない奴を抱える余裕は無い。

だが、自分でもなぜかわからないが気付いたら誘っていた。正直、憐《あわ》れみとか同情みたいな気持ちも多分にあった。男が女にいいように使われている、なんていう時代遅れな憤りは全くと言っていいほど無いが、最初から存在しない居場所を守るためにただ燻《くすぶ》っているだけなら、俺達と一緒に来た方が良いような気もしていたんだ。

「え、でも、あの……　僕は――――」

「——ちょっと尼子屋！　いつものあれ、買ってきてくださる!?」

俺の勧誘は突然割り込んできた高飛車な声で遮られる。ドリルだ。

やたらこっちを睨《にら》んでいるのには気づいていたが、自分の思い通りに事が運ばないのが我慢ならなかったらしい。

「行くことねえぞ尼子屋」

「い、いや、いいんだ。ごめんね、ありがとうミナト君。僕行くよ」

ニヘラと笑って尼子屋が席を立つ。勝ち誇ったドリルの顔が視界の端を掠める。

冒険者は孤独だ。誰と組むか、どこに潜るか、全てを自身が決めなくてはならない。

簡単な事だ。尼子屋はあの高飛車集団を選び、俺はいつも通り葵と組む。何も変わらない。何一つ変わらない。

ドリルの取り巻きに小突かれながら廊下に消えていく尼子屋の背中を見て、何とも言えない気分になった俺は無言で教室を出た。


ここ落ヶ浦市は、全国で5か所あるダンジョン都市の1つだ。

ダンジョン都市と言ってもなり立ちは特に解説する必要も無いほど有り触れたもの。

ゲートが出現した土地に冒険者達が集まり、ダンジョンと冒険者を研究する研究機関と教育機関がこぞって押し寄せ、そしてそんな彼らにものを売るための店が我先にと群がった。

清々しいほど単純な市場原理に基づいてできた、冒険者の冒険者による冒険者のための街は、外から来た人間が例外なく度肝を抜かれるファンタジーな光景に溢れている。

例えば、そう――


「っしゃいぁせぇ～」


俺が今、メシでも買おうと立ち寄ったコンビニがそうだ。

革鎧に大剣を背負って、無精ヒゲがやけに渋い中年冒険者が、雑誌コーナーを行ったり来たりしている。

まるで探し物が見つからないといった風を装っているが、時折、チラリと視線を向ける大人用書棚に陳列されているのは『放課後淫乱倶楽部』のタイトルだ。

俺が気を使って数秒視線を外している隙に、彼の持つカゴには不自然な厚みを持つ週刊少年雑誌が入っていた。『放課後淫乱倶楽部』が無くなっている所を見ると、おそらくサンドイッチ作戦に出た模様だ。

レジの方に目を向けると、歴戦の戦士という表現がピッタリのハードボイルドなナイスガイが順番待ちをしている。

葉巻とバーボンと沈黙を愛し、もし口を開いたならば「オレが守れないのは女との約束だけさ……」的なセリフが飛び出しそうなその男のカゴに入っているのは、プリン体0の発泡酒とスルメ。そしてウコン的な飲み物だった。

「ッりがとうッしたぁ〜〜」

すぐ横でスマホの充電器とにらめっこしているお姉さんの恰好は、おどろおどろしい黒ローブととんがり帽子。右手に禍々《まがまが》しいスタッフを持った彼女は結局、自前のエコバッグに汗拭きシートと意識高い系女性誌を突っ込み、レジへと向かって行った。

「っしゃいやせぇ〜　1067円になりぁっす。ちょうど、ありぁっした〜！」

俺は特に捻りも無く、普通にカレーライスとお茶をカゴに入れてレジに向かう。

先ほどから何一つ心の籠らない接客態度でレジオペをしていた店員は、ダボっとした綿パンを穿き、剝き出しの上半身の上にユニフォームを羽織った兄ちゃんだった。おそらくは拳闘士なのだろう。武骨なガントレットがやけにシュールだ。

ドラッグでバッキバキにキマった人でもなかなかたどり着けない風景が現実としてここにはある。

お会計を済ませて外に出ると、タクシー待ちをしているのは世紀末で汚物消毒業務に就いていると思しき風貌のモヒカンだし、その脇をパラディンみたいな恰好をした女性がチャリンコに乗って走っていく。

「この光景に慣れた自分が怖い」

何となしに上を見上げてみると、商業ビルの外壁スクリーンで『ＴＯＢ』の映像が流れていた。

今日、女子が話題にしていた【剣帝】アリョーシャが、ちょうど相手に対して必殺技である【デッド・オア・アライブ】を決めたところで、そこら中から黄色い歓声が上がる。

つまるところただの突き。そう、ただの突きなのだ。

しかし、研鑽し鍛錬し練り上げられた彼女の突きは、その枠を遥かに超え、ソニックブームすら伴う超高速の絶技にまで昇華されている。

人間が単身で音速を超えるのだ。無茶にもほどがあるだろう。

一体どれほどの努力があればあの高みに至ることができるのか。一体どれほどのレベルアップを重ねれば、最前線で戦う彼女と肩を並べられるようになるのだろうか。

アリョーシャと共に戦う事を望んでいるわけではないが、同じ冒険者としていつかどこかで追いつき追い越さなければならない存在であることは間違いない。

それが今の俺にはすぐ先さえ見えないくらい、果てしなく遠い道のりのように感じてしまう。才能という名の壁を見せつけられているようで、そこへと至る道が本当にあるのかどうか不安になって決意が揺らぐ。

スクリーン越しで見るアリョーシャは俺達と同じ学生で、歳月を言い訳にするならば彼女と俺達の間に横たわる時間はたった2年。

トップラインで、トップに立つ女性のレベルアップを見守るという無二の大望を掲げた俺には、情けなく逃げ道を探している暇なんて無い。ただ無心に先へと進むだけだ。

俺は知らず知らずのうちに呟いていた。

「今に見てろよ、アリョーシャ・エメリアノヴァ……」

俺の呟きが唐突ならば、背後から聞こえたセリフは更に唐突だった。

「何を見てろです？」

だから俺はギクリと背後を振り返って絶句したのだ。

なぜならば――

「――アリョーシャ、さん？」

風に煌く銀髪。どこまでも澄んだ灰色の瞳。

「なっ！　なぜわかったです!?　その名を呼んじゃだめ……っ　騒ぎになると困るであります……！」

天空の使徒。剣の巫女。

やけにイモっぽい普段着姿の【剣帝】アリョーシャその人が立っていたからだった。

訪問者

自分も一人暮らしをしてみたい。

これは、俺が一人暮らしであることを告白した際、大抵の同世代男子が必ずといっていいほど口にする台詞だ。

口煩《うるさ》く説教される事も無いだろうとか、好きに友達を呼べるだろうとか、女の子を連れ込み放題だろうとか、そんな事ばかり想像するようだが、一度でも経験してみたらいい。ひと月も暮らせば、「やっぱり実家の方が……」というのが圧倒的多数になるはずだ。

炊事、掃除、洗濯。家を維持するために必要な作業は山ほどあり、いつ他人が訪れても恥ずかしくないようにするという事は想像以上に大変だ。

そもそも親父がダンジョン都市に滞在する際に利用する2LDKのマンションに俺が暮らしているのは、親父の訳アリの知り合いがこの街を訪れた際、いつでも気軽に滞在できるよう管理する意味合いもあった。

なんでこんな長々と自分の住宅事情を語ったかというと……

「どうしてこうなった……」

俺は我が家の居間で正座しながら頭を掻き毟《むし》っていた。

いつも通り学校へ行き、いつも通り授業を受け、いつも通りコンビニに寄って帰ってきたいつも通りの日だったはずなのに、何がどうなってこうなった。

「おお…… 一人暮らしの学生の部屋でありますか。部屋が狭いのはアニメ的表現ではなかったのでありますねっ!?」

日の光はおろか、蛍光灯の光すら反射する輝かんばかりの銀髪。透ける様な白い肌。猫のようなアーモンド型の目、スラブ系にしては彫りの浅い顔、ぷっくりとめくれ上がった肉感的かつ攻撃的な唇。

戦闘装備とは違ってやけにイモ臭い恰好をしているが見間違いようもない。

同世代の学生ならば知らぬ者はいない。齢17にしてダンジョン最前線に手が届く一流冒険者であり、『TOB』新人王トーナメント覇者、憧れのティーンネイジャー世界ランキングトップにしてポーランド・ウクライナ連邦の至宝。

アリョーシャ・エメリアノヴァその人が、居間のちゃぶ台挟んだ正面で番茶片手にはしゃいでいるでござる。

「オヤジのヤツ、何考えてやがる……」

俺だって年頃の男の子だ。可愛い女の子を見てムラムラっとしちゃう敏感なお年頃である。

同世代の女の子。しかもそこらのアイドルよりもよっぽど知名度が高く、『東欧の妖精』なんて異名もある超絶美少女を泊めてやれとか無茶にもほどがあるだろう。

何かの間違いだと思いたいけど、アリョーシャさんが持っている紹介状は間違いなく親父のしたためたものだ。どうすんのよマジで。そして親父、天下の【剣帝】と知り合いとか何者だよ。

お恥ずかしい話ですが、俺のマグナムは丁寧に梱包されているというのにちょっとした刺激で暴発しちゃう不良品ですよ？　納品しちゃえって事？

まあいい。俺のマグナムの整備不良は今に始まった話ではない。問題はなぜ彼女が日本語をペラペラ喋っているのかと、そしてなぜ語尾がちょっとアレなのか、だ。

「に、日本語上手ッスね、アリョーシャさん……」

「独学で学んだであります！　アニメとゲームが我が聖書であります！　ちなみに我が国歌は――」

「わかりましたッ！　わかりましたんでその先は色々とやめてください！」

世界的スクープをさらりと言われたような気がする。

なんて言ったら良いのでしょう。重度のヲタ臭がプンプンします。

「とにかく、本当にここに滞在するつもりなの？　俺も住んでるんだけど平気なのかよ？」

「日本的ルームシェアは『ダン×男《ダン》』で確認済みであります。ちなみにこの作品はダンジョン攻略青春モノであるにもかかわらず、同じパーティの同居人との熱々ホームドラマにも定評があるのであります。特に第18話のケンのセリフには胸が熱くな――」

目をキラキラさせながら作品説明に入ったアリョーシャさん。

俺は右手を額に当て、左手で彼女を遮った。

「まったくどうでもいい情報をありがとう。そうじゃなくて俺が言いたいのは、数日間とはいえ男と同じ屋根の下に暮らすのは平気なのかって事だよ」

「む、私が協力者の家族に襲い掛かるような性に奔放な……　ええと、う～んと……　何でしたっけ」

「……ビッチ」

「そうそれッ！　ビッチ！　性に奔放なビッチに見えるでありますかッ!?　本来『Bitch』はそういう意味ではないのでやっぱり日本語は難しいでありますッ！」

「いや……　多分日本人が間違ってンだろそれ……　そうじゃなくて、逆だよ逆！　襲うのは男の方だろ。男の俺と同じ家に滞在して不安じゃないのかって聞いたんだよ！」

アリョーシャは、まるで何を言っているのかわからないといった風に首を傾げる。

「あなたが？　私を襲う？　私は最前線《トップライン》を行くレベル27の冒険者《ブレイバー》でありますよ？　そんな私を押し倒せると思うでありますか？」

冒険者は総じて人間を辞めている。

ダンジョン内のシステムであるレベルアップのせいで今やオリンピックなど誰も見向きもしなくなった。いや、既存のスポーツ全てを駆逐してしまったと言ってもいい。

100メートル走なんてそこらの駆け出し冒険者が重装備で走って10秒切るのだからそれも当然の話。見ている側だって白けてしまう。

肉体を駆使したスポーツも格闘技も冒険者のせいでその在り様事態を変容させ、冒険者の身体能力とエンターテイメント性にルールを上手くマッチさせた競技だけが現代スポーツとして生き残っている。

総合戦闘競技《エンカウント》はその最たる例だ。

そして、その人間を辞めた冒険者が集まるエンカウントでもトップクラスのアリョーシャは文字通り化け物。

だから先ほどのアリョーシャのセリフを意訳するとこうなる。

たかだか人間が化け物に勝てると思っているのか？　と。

「俺も駆け出しとはいえ冒険者だ。学生なのはアンタも一緒だろ」

いつもより低めの声でボソリと呟く。

事実であるかどうかは関係ない。お前は弱い。脅威などこれっぽっちも感じない。そう言われて何も感じないのであればそいつは男ではない。

今は同じステージに立つことすらできない木っ端冒険者《ルーキー》だとしても、少しの意地も見せずにヘラヘラしていられるならば冒険者なんてやめたほうがいい。

「れ、レベルはどのくらいでありますか!?」

少しだけ焦ったアリョーシャが、ちゃぶ台からじりっと一歩後退した。

レベル差を考えたら俺も一般人とほとんど変わらないが、一瞬だけでも彼女を焦らせたのならば今はそれでよしとしよう。

「レベル5だよ。ぷぷッ　焦っちゃって」

「く、くぎゅうぅ～　であります！」

くぎゅう〜　って何だよ。それもアニメなのか？

「ていうかバックパッカーでもあるまいし、普通にホテルに泊まればいいんじゃないの？　アンタ長者番付にも載ったりする人でしょ？」

「今回は極秘でニッポンに来たであります。ホテルに泊まってマスコミにバレるわけにはいかないであります」

「あ、だからそんなイモっぽい恰好して変装してるんだ？」

「――――えッ??」


え、マジで!?　みたいな顔で固まるアリョーシャさん。

「せ、精一杯オシャレしてきたのに……　イモ……」

「え、マジで!?」

くるぶしまでありそうな白のロングスカートは中途半端にヒラヒラし、赤白ストライプのロンTの上に羽織ったカーディガンは田舎のばあちゃんちの絨毯みたいな色をしている。

後ろ向きに被った赤いキャップには、何を思ったのか堂々と『C』の文字が躍り、あえて狙ってのティアドロップ型であろう伊達メガネは強烈なババ臭さを醸し出している。

こうして見てみると、俺もよく一目でアリョーシャだとわかったなと自画自賛したくなった。人の多いダンジョン都市で真っ昼間からうろついていて気付かれないのだから相当である。

来春の大学デビューを目論む田舎の子が街を偵察に来ましたでござるの巻だ。

「ぼ、帽子でありますか!?　じゃったら予備の帽子があるっちゃッ」

ワケのわからない日本語を繰り出しながら、田舎の中学生が部活の遠征に行くときに使いそうな、無駄に大きいバッグからゴソゴソと取り出したのは黒の帽子。半ば予想していた感がある正面の刺繍は勿論『G』だ。

「いや、その帽子も大概だから」

「にゃ！　待ってにゃ　к а п е л ю х　これにゃらきっと！」

バッグからチラリと青地が見えた時点で俺は確信した。正面の刺繍は絶対に『D』だ。

「いや帽子関係ないから。あと日本語おかしくなってるから」

妖精のような容姿に銀を基調とした幻想的な戦闘装束を纏い、芸術品かとため息が出るくらい美麗な刺突剣を引っ提げた彼女は美しいの一言である。

障壁を前提として剝き出しになった手足を晒し、縦横無尽にフィールドを飛び回るその姿に見惚れる人間は数知れず。

トップランカーになり、【剣帝】などという厳つい二つ名もあるが、エンカウントで戦乙女《ヴァルキリー》と言えば彼女の事だ。

「か、カーディガンでしゅね!?　ちゃんと紫色のやつもあるんだから！」

そんな女神様が必死になって、次から次へと残念衣装を取り出す姿に憐憫《れんびん》を禁じ得ない。誰もが憧れる天空の使徒のファッションセンスはどうやら絶望的なようだった。

テンパり過ぎてTシャツまで脱ごうとした彼女を焦って止める。

涙目になって言い訳を繰り返す彼女から強者の威厳は微塵も感じられなかった。

「ま、まあ上手に変装できてるって事でいいんじゃない？」

「ウチのタバサと同じことをっ　『精一杯オシャレしたら変装になりますよ、ププッ』っていつも私を馬鹿にしてっ　今度こそそって思ったのにっ」

「もう語尾とか無茶苦茶だね」

出会った初日でキャラ崩壊とかどうなってんだこの人。

ウクライナ語かロシア語かわからない言語でブツブツ呟く彼女を宥《なだ》めると、俺はため息をつきながら彼女を客間に案内した。

「そういえば極秘任務って言ってたけどさ、俺とか親父は知っててていいの？」

「ニッポン政府からの要請でもありますから、協力者ということで問題ないよッ」

政府の協力者って……　オヤジはオヤジでどうなってんだよ。

「ミナトも協力者なんだからナイショにしてねっ」

「わかったよ。家を貸すだけで協力者ってのもアレだけどさ」

「それだけじゃないよっ、うふふふぅ～」

「なんだよ？」

「何でもないよ。とにかくよろしくねミナトっ」

「ああ、よろしくな。ていうか俺の名前知ってんのな？　まあここに来るんだから当然か。部屋は好きに使っていいよ」

やけに含んだセリフが気になるが、あまり気にしない事にする。

一流冒険者の任務、それも国家が絡むような事に俺ができる事なんて何もない。知る必要もないし気にするだけ時間の無駄だ。

あのアリョーシャが目の前にいるというドキドキは見事に吹き飛んだし、後はいつも通りに飯と住居を提供するだけだ。どうせ資金はオヤジの財布から出る。

俺は再度深くため息をつくと、晩飯を作るためキッチンへと向かった。

転校生

「みなさん、席につきなさい。HRをはじめますよ」

俺達の担任であるクリスティナ先生がクイッとメガネを押し上げて言う。

タイトスカートからスラリと伸びる足にはもちろん黒のストッキング。ダークブラウンのスーツと真っ新《さら》なカッターシャツを押し上げる胸はまさにミサイルだ。

絹糸のような金髪を後ろで縛り、厚ぼったい唇をすぼめる様は、男の子ビデオで男の子に男の教育を施す淫乱女教師を彷彿とさせる。本当にいつもごちそうさまです。

「おいミナちゃん聞いた？　転校生が来るらしいぜ？　矢代のヤツが職員室で見たって。オレ聞いてビックリしたわ」

「俺はお前がウチのHRに参加してる事にビックリしてる」

当たり前のように田嶋さんの席に陣取り、俺に耳打ちしてくる男はもちろん真理男さんである。

「こんな時期の転校生だ。オレは訳アリと見たね！　飛び級した天使がランドセル背負って——痛ッ　ちょ、や、やめっ　関節増えちゃうって！　やめッ」

ゴキリという嫌な音を手で感じながら俺は周囲を見渡した。芋虫のように床をのたうち回っている汚物がいるがそれは気にしない事にする。

教室全体がいつもよりザワついていた。

不安、期待、好奇心。そんな感情が綯《な》い交ぜになった雰囲気は転校生を迎える教室独特のものだ。

そんな浮ついた空気の中、クリスティナ先生が口を開く。

「静かにしなさい。HRを始めますよ」

先生の制止の声が教室のザワめきに呑まれた。俺のこめかみをタラリと冷や汗が伝う。

男の子かな、イケメンだったらいいな。

あほか、転校生っていえば美少女って相場が決まってんでしょ。

いやいやここは闇の組織に属する不思議系美少年が現れめくるめく恋の序章を――

先生が、スウッとメガネを押し上げた。

「――制圧、しますよ？」

一瞬で教室が静まり返る。

私語など一切無かったかのように、全員が背筋を正して正面を向いていた。

心臓の鼓動すら聞こえてきそうな沈黙に、先生が歩くヒールの音がやけにおどろおどろしく響き渡る。

「冒険者は何より統率が重要です。クラスを率いる先生の命令はいかなる状況でも優先するようにしなさい。たとえ粗末な棒きれ握ってセンズリこいてる最中でも先生が『笑え』と言ったら笑いなさい。いいですね？」

先生の超ドS発言に俺達男子は股間をキュッとさせながら叫ぶ。

「「「ハイッ　クリスティナ先生っ！」」」

「よろしい。男子は復唱しなさい」

先生はカツカツとヒールを鳴らしながら、満足げに目を細めて言った。

「生きてて申し訳ありませんでした」

「「生きてて申し訳ありませんでしたッ！」」

「お母さんには内緒にしてください」

「「お母さんには内緒にしてくださいッ！」」

なぜオナヌーがバレた前提の復唱をさせられているのか考えたら負けだ。床に転がっていたはずの真理男さんすらも正座で復唱している。

冒険者は『武』の象徴である。空手の達人やボクシングのチャンピオンも、冒険者ルーキーの女の子にすら敵わない。

そんな武の象徴たる冒険者の卵を導き指導する立場にある教師が弱いはずがないのだ。

実戦指導もカリキュラムとして組み込まれている冒険者高専の教師陣は、座学教師から家庭科教師に至るまで相当程度の戦闘能力を持っている。

特に戦闘実習担当のモモ先生をはじめとする戦術指南の教師や、数十人からの生徒が集まる担任教師は、単体で俺達全員を速やかに制圧できる程度の技術を有しているという。

どの学校にもいるはずだ。

思春期特有の全能感でもって根拠無く粋がり、そんな俺かっこいいだろうとアウトロー気取るヤツが。

そしてご想像の通り、強さが重要な指針となる冒険者の学校には性質上、そういった連中がわんさか集まってくる。

担任教師の最初の仕事は、そんな勘違いヤンキー共の鼻っ柱を圧倒的武力で以て完膚なきまで叩き折ることだ。そして悔しさをバネに4年間の内に強くなり、お礼参りにやってきた生徒を更に返り討ちにするだけの武力が教師には求められる。

今にも大人ビデオに出演しそうなくらい細い腕と足をしているクリスティナ先生も例外ではない。

俺達はその『暴』の凄まじさをこの目で見ている。

チラリと教室後方に目を向けると、教科書通りに初日に暴れ、そしてボッコボコにされた蛯子が真っ青になって震えていた。

なので、そんなエロかっこいい先生でしょっちゅうけしからん妄想をしているのは内緒だ。先生のレベルアップに遭遇したい。

そんな事をつらつら考えていると、しーんと静まり返った教室で、やけに「ハァッ　ハァッ」と荒い息遣いが聞こえたのでそちらを見たら、千田《ちだ》君が興奮も露わに前かがみになっていた。

どうやら、先生に粗末な棒を粗末にされている自分を想像してにっちもさっちもいかなくなったらしい。勇者である。

「ところで……」

カツッ　カツッ　と鳴っていたヒールの音が止む。

そして先生は凍てつく視線を床で正座する真理男さんに向けた。千田くんが「ああんッ」と喘いでブルリと震えた。

「田中真理男君、あなたはなぜこの教室にいるのですか?」

「はいッ　転校生を一目見ようと忍び込みましたッ!」

「錬金科に戻りなさい」

先生の食い気味の返答に対し、縋《すが》りつくように反論を試みる真理男さん。

「で、でも今戻ったらエライ事になるんスけどッ!」

「三度は言わない。戻りなさい。今すぐ」

ピシャリと言い放った先生。

真理男さんはすごすごと教室を出ていった。少しすると、錬金科の方からガラッとドアを開く音が聞こえる。直後——

——田中真理男ッ！　私のＨＲをサボろうとは良い心がけだッ!!　私の剛直でその可愛らしいケツに思い知らせてもよいのだぞッ　んんッ!?


真理男さんの断末魔が校内に響き渡った気がしたが俺には関係ないので気にしない事にした。ちなみに錬金科の担任は男の子が大好きな男性教諭だ。

またしても荒い息遣いが聞こえたのでそちらを見たら、千田君が「ま、真理男君が……剛直に……ッ」と呟きながら内股をすり合わせていた。あんた何でもイケるタイプなのね。

「聞いている者もいると思いますが、このクラスに新しいお友達が来ることになりました」

『新しいお友達』って小学校かよ……

先ほどまでシンとしていた教室が再び騒然となる。

「それではアーニャさん、入ってきてください」

えッ？　外国人!?　みたいな興奮で最高潮の教室のドアが開き、落高の制服を着た女生徒が入ってくる。そしてその瞬間、教室は再び水を打ったように静まり返った。

誰かが茫然と呟く。

「き、綺麗……」

「なんだよアレ……　CGだろ……？」

「反則でしょ……」

「誰かに似てるような……」

教室で起こるはずのないそよ風に揺られ残滓を放つのは、蛍光灯の光すら反射する亜麻色のロングヘアー。

エメラルドグリーンのアーモンド型の瞳が、まるでゲームの世界から抜け出してきたような完璧な輪郭の上で悪戯っぽく光り、コーカソイド特有の抜けるような白い肌と、ぷっくりと膨らんだ桜色の唇が対照的なコントラストを描く。

巨乳というほどではないが出るところはキッチリと出た胸、しかしそれよりプリンッと突き出た尻に目が行ってしまうのは、日本人には無いものだからだろうか。

背はせいぜい165センチ程度であろうが、顔が小さいせいかやけに高く見える。何から何まで完璧に美しい少女が微笑み佇《たたず》んでいた。

ゴクリと唾を飲み込む音が聞こえる。

誰もが見惚れ、その美しさに呑まれている中、俺は一人呻《うめ》いた。

「なんで、アンタがここに……」

彼女が俺を見つけて笑顔で手を振っているからではない。それを察知した野郎共の殺気を一身に受けているからでもなければ、なぜか凄まじいプレッシャーを放ってくる葵さんにビビったからでもない。

そう、俺は彼女を知っている。銀の髪も灰色の瞳も別物になってしまっているが、確かに俺は彼女を知っている。

「ポーランド・ウクライナ連邦から交流生として来たアーニャ・ノヴェさんです。アーニャさん、ご挨拶をお願いします」

彼女はニコリと笑うと、謡うように流暢過ぎる日本語を披露する。

「ワルシャワ自治区、冒険者訓練所から来ましたアーニャ15歳なのです。ニッポン語はアニメで覚えたのです。レベルは8、レイピアがメインウェポンの魔導戦士なのです。よくアリョーシャに似てるって言われるのだ」

俺はあんぐりと口を開けた。

アリョーシャに似てるじゃない。アリョーシャ・エメリアノヴァ本人だ。

キャラ付けのためか、あのあざとく定まらないヘンテコな語尾はもう間違いない。

何をトチ狂ったのか世界の【剣帝】様が日本の三流校に乗り込んで来やがった。しかも大人げなく歳をサバ読みして2コ下の学年にだ。

「好きなアニメは『ダン×男《ダン》』なのです！」

今朝、彼女は俺より早く家を出たのだが、まさか俺と同じ学校に向かっているとは思わなかった。

昨日、やけに含んだ物言いをすると思ったらこういう事だったのか。ていうか本当に何しに来た

んだよ。政府絡みの依頼じゃなかったのか。なんでこんなしがない冒険者学校なんかに来てるんだコイツは……

「はい、ではアーニャさんの席は……ちょうど良かったですね。一之瀬君の隣に座ってください」

「ハイなのです！」

「い、いや、俺の隣は田嶋さんで……」

抗弁しようとすると、先生がそれを制するように俺を見た。俺は少し困惑しながら口を噤《つぐ》む。

先生も彼女の素性を知っている……？

もしかしてアリョーシャの言っていた任務というのは学校絡みのものなのか。

「アーニャさんと一之瀬君は互いに御両親が知己で、以前から交流があるそうです。一之瀬君は日本に不慣れな彼女をサポートするように」

オオッ　とクラスメイト達が驚いているが、初めて聞いた設定に俺が一番驚いている。

アリョーシャ、いや、今はアーニャか。彼女は軽やかな足取りで隣の席に座ると、俺に向かってニッコリ笑った。

「ミナト、よろしくねっ」

「あ、ああ……」

女子連中の好奇の視線と、野郎共の羨望と嫉妬を煮詰めた視線が俺に突き刺さる。呪いで人は殺せないが、状態異常は現実に存在するから勘弁してほしい。

ていうか葵さん、お願いですからそのジェスチャーはやめて。もぐら叩きはそんな据わった目でする遊びじゃないから。

この人は確かに妖精みたいな容姿をしてるけど、普段は田舎の中学生より残念なイモっ子なんだからねッ
俺は盛大なため息をつくと、思わず両手で顔を覆った。

「イモ子なのに……」

「イモ子じゃないっちゃ!!」

任務

「アーニャさんはどうして日本に来たの!?」

「魔導戦士って遠距離支援タイプ？　それとも迫撃特化!?」

「っていうか股下何センチなんですかッ？　何食べたらそんなになれるんですっ!?」

「1年でレベル8ってすごくね!?」

HRの後、案の定アリョーシャ、もといアーニャはクラスメイト達に囲まれ質問攻めに遭っている。

冒険者高専に転校生というだけでも珍しいのに外国人、しかも超絶美少女ときたもんだから遠慮が無い。

「日本語上手！　ていうか語尾が面白いし！」

「す、スリーサイズをわたくしめにご教授いただきたく、グェへへへ」

「せ、性癖が気になるお！」

不埒な質問にも笑顔で応対するアーニャは流石だ。年上の余裕といったところだろうか。

後半のセクハラをした男子二人は速攻で女子にボコられ、ゴミみたいに窓から放り投げられていた。冒険者の学校は肉体的制裁に躊躇《ためら》いが無い。

「っつーかさあ、どういうことよミナちゃん？」

「当たり前のように冒険科にいるお前がどういうことだよ」

俺のお隣の席は満員電車もかくやというほどの人だかり。それとは反対隣の席に座り、俺に耳打ちしてくるのは当然の如く真理男さんである。

ちなみに、斜め前の席では千田君が当然のように「あ、アーニャさんのアーニャさんが僕にアーニャンニャン……」とか訳のわからない妄言を呟いていた。彼の妄想に国境は無い。

「オレは半分ここのクラスメイトみたいなもんじゃね？　それより何で転校生と知り合いなのよ」

「まあ知らんよ。いつもの親父のアレだ」

「ああ納得。ミナちゃんの親父さん相変わらずアレな」

こんなやり取りで意味が通じるくらい、俺の親父は昔からアレである。

ある日突然、モンスターを持って帰ってきてお巡りさんに怒られたり、世界各国のトップランナー達が集う温泉旅行に参加して散々飲み倒し、野郎共を率いて女風呂攻略に挑んだ挙句、温泉街を戦場に変えた実績を持っている。

ちなみに、その後はガチ切れしたお袋がとんでもなくおっかなかったらしい。今考えると本当にろくでもない父親である。

「……ミナト、この後の戦闘実習、組む」

何故か不機嫌そうに話しかけてきたのは俺のバディである葵だ。

「ああ、お願いするよ。ていうか葵、何でお前イライラしてんの？」

「……してない」

口数が少なく、表情にも起伏が少ない葵だが、なぜか彼女は感情表現が豊かな女の子だ。

表情に変化が無いので、感情が顔に出るわけではないのだが、それでも機嫌の良し悪しくらいはすぐにわかる。

すると、人に囲まれた隣の席から葵に気付いたアーニャが突然、素っ頓狂な声を上げた。

「か、かわゆいでござるッ！　ミナト！　このかわゆい子は誰っ!?　お人形さんみたいでござるッ！」

「ご、ござる……？　ああ、コイツは神城葵。1年の中ではトップクラスの実力者で俺のバディでござる……」

「バディ!?　バディでござるか!?　いいなぁ！　私も戦闘実習でパーティに入れて欲しいでござるぅッ!!」

「……お断りします」

一刀両断で切って捨てた葵。ござる的なやり取りを完全に無視した形の固辞である。

予想外の拒絶にあたふたするアーニャに向かって、葵が冷たく言い放つ。

「……ウチのパーティに入るには強さが必要」

「え？　俺そんなに強くないけど」

「……ミナトは黙って」

葵がコホンと咳払い。

仕切り直しとばかりに再度口を開いた。

「……ウチのパーティはいずれ階層権限を手に入れる予定」

「え？　俺初耳なんだけど？」

「……だからミナトは黙って」

階層権限。

葵の口から飛び出したその途方もない言葉に、俺はポカンと口を開けた。

現在、人類が手にした階層権限はたった34個。

それは、ダンジョンの階層を踏破するたびに齎《もたら》される人類資源の源泉であり、地球文明最後の拠り所。

階層権限とはつまるところ、階層が管轄する亜空間にアクセスするための権限だ。

詳細に関しては機密事項とされ、ごく限られた一部の人達にしか開示されておらず、俺達みたいな一般人が知り得るのは以下の3点のみ。

1、階層権限はその階層を最初に踏破した者、パーティに与えられる。
2、階層権限者が最初に亜空間にアクセスする際、キャパシティに応じた設定を施すことができる。
3、階層権限は一定条件下で譲渡することができる。

勘が良い人でなくてもわかるはずだ。

権限を手に入れるためには、未踏破の階層を、世界中の誰よりも早く攻略しなければならないという事である。

今こうして俺達が学生をしている間にも最前線で戦う、文字通りの化け物達を押しのけ、誰も見た事の無い未知の領域に足を踏み入れる必要があるという事だ。口で言うのは簡単だが、とても現実的な話だとは言い難い。

ヒトなど指先一つでいとも簡単に殺戮《さつりく》できる超人達が、全力でかかってもなお膝を屈する魔回廊を制覇するなど、少なくとも一介の学生に過ぎない俺にとってはテレビや映画のお話。実績も何もない俺達が口にするには大きすぎる野望である。何をバカげたことをと笑われて終わりだ。

しかし何の偶然か、この場にはそれを口にすることが許される人物がいた。

そう。雲上人の一人であるアーニャは、葵の啖呵に不敵な笑みを浮かべて口元を吊り上げた。

「私、強いでござるよ?」

結論から言うと、やはりアーニャ、アリョーシャ・エメリアノヴァは強かった。

売り言葉に買い言葉。テストと称してパーティを組んだ俺達は本日の戦闘実習に挑んだのだが、ダンジョン最前線で戦うトップランカーの実力というモノを嫌というほど見せつけられた。

オークの一団との戦闘。

単なる冒険者学校の一生徒に過ぎない俺達はまずエンカウントを避けるべき相手だ。

しかし、岩陰に隠れる俺の制止に聞く耳も持たず、なぜかバーサーカーと化した葵さんが巨大ハンマーを振りかぶってオークの集団に襲い掛かった。

そして頭を抱える俺をそっちのけに、アーニャさんは葵の暴走に当たり前のようについていく。

ただただ機械的にレイピアでオークを串刺しにしていく彼女の姿は、まるで熟練の手さばきで串を仕込む焼き鳥屋の主人のようだ。

酷い光景だった。あっちで餅つき。こっちで焼き鳥である。

葵は1年生とは思えない、とんでもないペースでオークをオーク煎餅に変えていったが、アーニャはそれ以上のスピードで仕込みを行っていた。

「……8枚」

「いえーい。私は14本でござる」

返り血で凄い事になった女子二人が向かい合う。アーニャがニッコリと笑い、葵が幾分険の籠る視線をアーニャに向けている。

そもそも単位がおかしい。ここは開店前の飲食店じゃないんだぞ。

葵も大概だが、アーニャの強さは更に数段階上のものだ。

しかし、それでも彼女本来のレベル27の強さではない。巨人のどてっ腹に大穴を開け、ワイバーンですら一撃で屠る『デッド・オア・アライブ』の破壊力には程遠い。

勿論、冒険者学校に転校してきた留学生という設定もあるのだから流石に本気を出すはずがないのだが、それにしても力を出し惜しみしているような不自然さも無かった。ちなみに、ヘンテコな語尾にもいい加減耐性がついてきた。

俺は隙を見計らって彼女に耳打ちする。

「おい、どうなってんですか。アンタの力はこんなもんじゃないハズなのに違和感が無いんですけど?」

するとアーニャは視線を自身の右腕に向けて呟いた。

「この腕輪でレベル制限をかけてるでござる。今の私はレベル10以上の力を出せないのでござる」

「そりゃ任務に関係あるんですか……?」

「……機密でござる」

「つーかそれ結構ヤバい装備じゃねーか。【息吹】に何があんだよ」

「……き、機密でござるぅッ!!」

素っ頓狂な声を上げたアーニャに訝《いぶか》しげな視線を向ける葵。

幾分イライラしているように見えるのは、撃滅数で彼女が一歩遅れているからだろうか。

ともあれ、機密扱いらしいがアーニャのリアクションから息吹絡みで何かが起きているということだけはわかった。

「誰かさんが言うには俺は協力者らしいぞ？」

「帰ったら触りだけ教えるでござるよ……」

二人でコソコソやり取りをしていると、突然、底冷えのする声を浴びせられる。

「……そこ、離れて」

葵さんである。

完全なる無表情に明らかな怒気が滲んでいて正直ちょっとちびった。

「あ、葵さん、どうしたん……？」

「……ミナトは黙って。私はその女に言った」

するとアーニャさんはアーニャさんでなぜかニマニマしながら言う。

「うふふ。嫌だって言ったら？」

「……別に。煎餅になってもらうだけ」

葵がゆっくりとハンマーを振りかぶる。アーニャがニヤニヤを崩さないままレイピアの鯉口を切った。

「お、おい、お前らまさか……」

「……直接決着をつける」

「おうふッ　こういう展開に憧れていたでござるっ」

二人は腰をわずかに落とす。互いに後ろ足に重心をかける突撃体勢。

葵の目が吊り上がり、アーニャの顔がへにょりと歪んだ。

「……いざ」

「青春バトルゥッ！」

そして、唐突に始まったガチンコバトルに俺は頭を抱えて叫んだ。

「お前らホント何やってんのッ⁉」

壁

彼は自分の名前が嫌いだった。

ありふれた姓、平凡な名。

間違いなく日本で最も多い苗字ランキングトップ5に食い込む姓に、昔から暗に非特定人物を指すものとして使われてきた名。

片方だけでは数多に埋もれる凡庸も、両者重ねることで妙な存在感が生じることがある。

佐藤太郎。彼の名がそれだった。

佐藤はあらゆるジャンルのフィクションの中で、自身の名を持つキャラクターが悲惨な目に遭うのをこれでもかというほど目の当たりにしてきた。

端役も端役。当たり前すぎて特定人物を指さない彼らは、まるで死ぬためだけに登場したモブキャラだ。

見た目も中身も凡庸、今から死にますよというフラグを大漁旗のように振りたくる彼らの顔には例外なく死相が浮かんでいる。

地味に傷ついている佐藤をあざ笑うかのように、世の中では今日も佐藤太郎が量産されていた。

そして、現実を生きる佐藤自身もその定めから逃げきれなかった事はもはや呪いの類か。

自身の名を考えるたび、口から出てくるのは意味のない愚痴とため息だけである。長々と何を言いたかったかというと、佐藤太郎という男は極々普通の一般人ということだ。

冒険者に憧れダンジョンに潜り、レベル10に達するも己の限界を知り挫折。それでも冒険者に関わる仕事がしたいと猛勉強してダンジョン調整管理資格を取得。

冒険者が関わる組織ならば一人は必要な調整官としてダンジョン管理庁に就職し、落ヶ浦第二冒険者高等専門学校に派遣され早5年。

この先の目途はついたと受験時代から支えてくれた妻とも昨年結婚し、今年で2年目になる後輩に一人で仕事を任せられるようになり、ようやく遅めの新婚旅行へと漕ぎ着けた。

旅行先は北海道だ。海外にあまり興味を惹かれず食道楽な妻に、今まで苦労させた分、散々美味いものを食わせてやろうと情報収集も万端だ。

「じゃあ菅野《かんの》君、悪いけど不在中はよろしくね」

「不安ですぅ～　いいなぁ、北海道。ウニでしょ、イクラでしょ、石狩鍋、豚丼、ラーメンにジンギスカン……」

「いっぱい土産買ってくっから何とか1週間頼むって。どうしようもなくなったら電話して。電話は出られるようにしておくから」

後輩の菅野が「ぶぅ」と口を尖らせる。

彼女はその愛くるしい容姿と明るい性格で生徒達からも人気の管理官だ。バカっぽい言動が目立つためか、難関試験を突破した調整官だと聞くと誰もが呆けたような顔になるのはご愛敬。

「あたしも連れてって下さいよぉ～　あたしは〝2番目の女〟でいいんでぇ～」

「バカな事言ってないで仕事しろ。早速コレ、先生方に通知しといてくれ」

またもや「ぶぅ～」と口を尖らせる菅野に佐藤は一枚の書類を翳《かざ》す。

「え～と、なになに……　明後日の【息吹】のゲート封鎖について……？」

「ああ、メンテナンスだとさ。まあ表向きにはだと思うけどカリキュラムに影響が出るのは間違いない」

するとと菅野が愛くるしい顔にえくぼを浮かべながら、ふざけたように敬礼をして書類を受け取った。

「わっかりました佐藤殿！　ところでお土産の話ですがあたしは甘いものよりしょっぱいものを――」

「菅野調整官～　お客様お見えになりましたよ～」

「あッ　やばッ　忘れてたッ!!」

ブースに顔を出した女性教諭に来客を告げられ、慌ただしく駆けていく後輩の背中を佐藤は苦笑しながら見送ると書類の整頓を始めた。

といっても今回のために前々から段取りをしてきたので、要確認の書類には全て目を通してあるし、要対応のものは既に菅野に引き継いでいる。後は処分だけだ。

調整官が扱う書類には、生徒にはもちろん、先生達にも見せられない機密扱いのものもある。チラリと時計を確認すると14時。18時の飛行機に乗らなくてはならないので、そろそろ出なければ間に合わない。

佐藤は柄にもなく鼻歌など歌いながら、要処分の書類を置いた黒いレターケースから書類を取り出してシュレッダーにかけ始めた。

◆　◆

「はあぁぁ～～～～」

俺は深々とため息を吐《つ》きながらレンジで温めたコンビニ弁当の包装を破った。

やるせない感情のままノロノロとリビングに目を向ける。まるでここが我が家だと言わんばかりにぐでんとソファに寝転んだアーニャが、煎餅をかじりながらお茶を啜《すす》っていた。彼女の視線は先ほどから流れているニュースに釘づけだ。

我が家でくつろいでもらえるのは嬉しいが限度というものはある。

ガチンコの西洋人がボリボリ煎餅食ってるのもそうだし、蛙の着ぐるみみたいなパジャマを着ているのもそうだ。

旦那を尻に敷く鬼嫁のように、ソファから一歩たりとも動いてなるものかという気迫は、せめて自分の家で見せてほしいと心から思う。ちなみに『蛙みたいな』ってのはパーカーのフード部分が蛙の顔になっているからだ。

「ミナト、何かあったケロ？」

「何かあったじゃねーよ。なんだその語尾、ぶっとばすぞ」

まさか蛙パジャマに語尾を被せてくるとは思わなかった。が、しかし俺の憤りはそんな事が原因ではないのだ。

「お前と葵がはしゃぎ過ぎたおかげでエライ目にあったんだよ」

何をやっても死なないという安心感は容易に闘争本能のタガを外す。

外の世界ならば内股を擦り合わせる内気な少女も、平手打ちさえためらう年頃の女子共も、みんなこぞって刃物片手に狂喜乱舞だ。

葵とアーニャの間に割って入った俺は、『待て』の二文字すら言い切る前に100トンハンマーでぶっ叩かれて空を飛んだ。

ご存じの通り、俺には翼もなければタケコプターもない。辛うじてブースター代わりに使えそうなのは穢れを知らない肛門括約筋のみである。

なので当然のごとく地面に墜落した。

そして盛大にリバースした。より正確に描写をするならば、リバースしながら地面に激突した。

ガーデン内部に広がる蒼い空で、自分でも惚れ惚れするくらいのスピンをキメたのが良くなかったらしい。

コマみたいに回転しながら遠心力に任せた噴射である。テレビ的な表現をするならば、お空に虹色の霧がかかったというところか。監督次第で霧はモザイク《ベイルアウト》に取って替えられただろう。

俺は恐る恐る近づいてきた二人を無視して、無言で緊急離脱したのだ。

「は、反省してるでケロ……」

「煎餅食いながら言うセリフではないな」

少しだけショボンとして見せているが、やはりソファから一歩も動く気配を見せない上に、右手が空の器の煎餅を探して元気に動いている。俺は虫を見る目でその様子を眺めていた。

目の前の女はエンカウント新人王でもなければレベル27のトップランナーでもない。ましてや全世界の少年少女の憧れ、【剣帝】などであるはずもない。

ちょっと西洋に生まれただけの残念極まりないただのダメ子だ。なので俺の中では当然の如く『お前』呼ばわりである。

《次のニュースです。今日、東ロシア連合のレベジェワ外相が来日し、村雨外務大臣と外相会談を行いました。昨年の西ロシア連邦への侵攻で、各国のダンジョン資源利用を制限されている東ロシアが制裁解除への協力を要請するものと見られます。また、レベジェワ外相は明後日には日本の訓練用ガーデン【息吹】の視察を行う予定であり――――》

最近、報道に顔を出し始めた女子アナが必要以上にキリッとした顔でニュースを読み上げる。ついこの前まで、芸人と一緒におでんを堪能していた人とは思えないほどの豹変ぶりだった。

「へー　西は西でお前の国にちょっかいかけてくんでしょ？　いつの時代もロシアさんは元気いっぱいだな。もしかしてお前の任務に関係あったりして」

９割以上、冗談のつもりでアーニャに話題を振る。

するとアーニャはビクリと体を震わせ、妙にたどたどしい口調で答えた。

「え？　な、無いです、よ？　な、何か問題でも……？」

「おい、敬語になってんぞ。ヘンテコ語尾はどうした」

わざとらしく明後日のほうを見るアーニャの瞳が全力でクロールしている。

よく見ると額に汗が浮かび、アホみたいに口を尖らせて、音の鳴らない口笛を吹いたりしていた。

大丈夫かこの東欧の至宝。

「一応俺も協力者枠なんだろ？　少しくらい教えてくれたってバチはあたんないぜ？」

「わかったケロ。ミナトには触りだけ教えてもいいって一之瀬氏も仰ったし」

「親父が？　っていうか何で俺の親父が【剣帝】サマと面識あるんだ？」

アーニャは超が付くほどの有名人だ。ＴＶのお偉いさんが視聴率のために行脚しているのは有名な話だし、票集めのために大国の選対組織が彼女の靴をピカピカに舐め上げるというジョークもジョークと言い切れない程度に彼女の影響力は凄まじい。

とんでもなく可愛い女の子が人類の未来のために戦っている。しかもアホみたいに強いときている。そんな逸材を世間が放っておくはずがないのだ。

年頃の男の家でお泊まりした挙句、蛙の服着てケロケロ鳴いてるなんて世間にバレようものならドえらいことになる。大人の事情で全部無かった事にされるし、俺の存在自体も無かった事にされかねない。

あれ？　俺色々とヤバイんじゃね？

「冒険者ギルド伝《づて》にお会いしたケロ。そもそも今回の案件もギルドの要請なんだケロ」

「えっ!?　ギルド絡みなの!?」

俺は絶句した。

冒険者ギルド。それは6年連続で『就職したい組織』ＮＯ・１に輝いた国際機構だ。

ダンジョンがこの星に現れて数年。

それは人々が未だ雑草を食み、木の皮をしゃぶって何とか生きていた時代。綺麗な水があるというだけで無反動砲担いだ軍隊がアリのように押し寄せていた頃である。

そんな時に、莫大な資源を手に入れるかもしれない冒険者達を世界は放っておくだろうか。

答えは『否』である。バカでもわかる。

冒険者が冒険者によって拉致されるなんて序の口。

車に轢かれても死なないはずの冒険者達が、それはもう簡単に事故で死んじゃってたし、身内の方々が前触れなく旅行に行ったっきり帰ってこないとか、そんな不思議な出来事がたくさん起こっていた。

脅迫、詐欺、誘拐、暗殺。彼らの周りには常にそんな不運という名の陰謀が渦巻いていた。

もちろん逆もまたあり得る。人間を超越した彼らによる犯罪も後を絶たなかった。彼らを利用してテロを起こす輩もゴキブリのように湧いていた。

心のどこかで冒険者を恐れた人々が、排除されていく彼らを横目にホッと胸を撫で下ろす風潮が、まるで伝染病のように広がっていく。


そんな冒険者にとって苦難の時代に、冒険者ギルドは一廉《ひとかど》の冒険者によって颯爽と旗揚げされた。

冒険者の冒険者による冒険者のための組織として。

冒険者を権力から守り、冒険者同士の争いを諌め、そして冒険者の犯罪を取り締まる。

本懐であるダンジョン攻略と、それにより齎される相応の富を、きちんと享受すべき者が享受するという、単純でいて難解なあるべき姿を取り戻すために。

巨大な需要に押される形であれよあれよと膨れ上がった冒険者ギルドは、今や国家の枠組みを超え、世界に絶対に無くてはならない存在にまでなった。冒険者無くして人類の生存が絶たれた現代において、冒険者を育成し統制するギルドはまさに新秩序の守護者だ。

ギルド職員はエリート中のエリートである。勝ち組中の勝ち組である。

もしギルドに就職しようものなら、もうそこらのおっぱいなんかは使い捨てである。

かつて人類が必死に拝み倒して何とか手に入れてきた貴重なおっぱい様を、ギルドのバッジを付けているってだけでもう入れ食いである。

流しおっぱいも可能だし、握りおっぱいも可能である。もちろん手打ちおっぱいも夢ではない。

冒険者ギルドとはそれほどの組織だ。だからアーニャならわかる。だが、しがない自営業の親父《オッサン》がギルドとどう繋がってくるのかがまったくわからない。

「そう。実は先日ギルドからとあるモノが盗み出されたケロ。すぐに急襲部隊がモノが引き渡されたと思しき組織の拠点を潰したんだけど、モノは既に下部に流され行方不明。そのかわり【息吹】の情報を収集している痕跡と、モノの引き渡しがニッポンでなされるという情報が見つかったケロ。実際、もう既にニッポンにギルドから戦力が派遣されているケロ。私もその中の一人ケロっぴ」

「なんか想像以上に大事でビビった。あと最後の『けろっぴ』が想像以上にイラついた」

「これ以上は私もよくわからないケロ」

実はアーニャの他にも戦力が派遣され、当の本人は細かいことを知らないままざっくりとした指示で動いているようだ。おそらくは他が本命なのだろう。

頭が残念なアーニャさんに説明しても無駄だということか。それとも、本当なら彼女がもっと目立ち、囮《おとり》となっている間に動くはずだったのか。

真相は不明だが俺は両方だと思う。どこにいたって目立つハズだった白銀の戦乙女様は、今こうして煎餅をボリボリ食いながら蛙のパジャマを着て引きこもっている。

満を持して外に出てみれば、そのいでたちはまさに上京したてのイモガールである。

ギルドのエリートさん達にとっては想定外にもほどがあるに違いない。

「ギルドスタッフが頭を抱えてるって事だけは理解した。まあそれは置いといてだな。外相さんが視察する明後日は俺達【息吹】で中間試験だぞ？　お前どうすんのさ」

ボリボリ頭をかきながら聞くと、アーニャは思いのほか真剣な表情で言い切った。

「明後日は風邪をひく予定ケロ」

「運動会かよ」

小学校の時、運動会目前に雨乞いの祈禱を行ったヤツがいたが、それと同レベルの妄言である。しかも、「キメ台詞言ったった！」みたいな空気のところ申し訳ないが、蛙のフードを被りながらキリっとされてもイラッとするだけだった。

「まあ、とは言ったところでアンタはＶＩＰさんだし、俺達学生とは背負ってるモンも違うだろうし。何も言わんけど。先生にはサボるって言ったのか？」

「先生方は私の正体を知ってても、任務の内容は機密ケロ。あとサボりではないケロ」

「ああそうかい。じゃあ当日は話を合わせといてやるよ」

「ありがとうございますケロっぴ」

「ケロッピはやめろ。俺の右手が言うこと聞かなくなる」

今は学生の身を窶《やつ》しているが彼女の本業は冒険者《ブレイバー》だ。しかも直接ギルドと関わるレベルの実力者である。

そんな実力者を投入しなければならないような案件など、ルーキーが関わって良い事なんて一つもあるはずがなかった。ギルドが関わるということはまず間違いなく権力が背景にある。

権力すら腕力でねじ伏せる事のできる彼女達とは違い、何もできない俺達はひよっこらしくテストに勤しむべきだ。

「くそ……っ」

思わず吐き捨てた言葉は、偽らざる俺の本心だと思う。

正義の味方を気取るつもりはない。しかし、遥か先を行く同世代の人間、しかも女の背中を見せつけられて何も感じないのならば冒険者など目指さないほうがいい。

なんの気負いもなく煎餅にかぶりつくアーニャと、握りこんだ右手に視線を落とすだけの俺。

これが今の俺達の間に聳《そび》え立つ壁の高さだ。

しょうがないことだと頭ではわかっていても、惨めな気持ちは募るばかりだし、捉えどころのない漠然とした焦りのせいでやけに背中が痒かった。

「早く強くなりてぇな……」

そう呟いて、俺は晩飯を作るためキッチンに向かった。

ゲート封鎖

「は〜い！　みなさ〜ん！　今日は待ちに待った中間実技試験ですよぉ〜！　先生ワクワクして昨日は眠れませんでしたっ！」

ハイテンションではしゃぎまわるのは我らが冒険家戦闘実習担当のモモ先生だ。

背丈も容姿も小学生低学年な先生の目元にはうっすら隈が残り、本当に寝不足であろうことがうかがえる。

対する俺達はどこまで行っても学生である。同じ隈、同じ寝不足でもそれは緊張や不安から来るものだ。

大きな目を輝かせるモモ先生とは正反対に、俺達の目はどんよりと濁っている。

「待ちに待ったワケないじゃん……」

誰かがボソリとつぶやく。それはここにいるクラスメイトほぼ全員の代弁なのだが、はしゃぎまわっていたモモ先生はピタリと足を止めると、プルプル震えながらその大きな瞳に大粒の涙を溜め始めた。

「ふ、ふぇっ　せ、先生、先生はみんなの活躍が、ふぐッ　たのッ　楽しみでッ！」

両こぶしをプルプル震わせて、えぐっ　えぐっ　と嗚咽《おえつ》を漏らし始めたモモ先生。

焦りに焦ったクラスメイト達が必死のフォローを開始する。

「うそうそ！　モモちゃん先生、今のウソだから！」

「お、俺も楽しみで眠れなかったぜー」

「ほ、ほら、モモちゃん先生！　飴ちゃんあるよ！　飴ちゃん舐めて元気だそう！」

「ふぁい……」


受け取った飴を口の中で転がすその姿は迷子の幼児にしか見えない。

しかも彼女の戦闘装束も相まって背徳感が凄まじい。

モモ先生は魔法戦士だ。しかしその装備は魔法戦士というより、魔法少女である。

フリフリのミニスカート、大きめのリボンに、ハートのクリスタルのネックレス。マジカルステッキにしか見えないエーテル刀の柄。

少し毛色が違う点はやたらヒラヒラのブラウスだろうか。必要以上に胸元が開いており、彼女曰く、『大人の女の色気を閉じ込めきれないの』とのことだが、俺には高校生のお姉さまに憧れる小学生にしか見えなかった。悲しきはつるぺったんである。

「お、おおふッ　も、ももタソせんせッ　キュートでプリチーな御身足で拙者のステッキをマジカルステッキに……っ」

息を荒らげて前かがみになっている千田君は病気なので放っておこう。

「モモ先生、それくらいにして早くはじめましょう。時間が勿体ないです」

おおッ　と男子生徒達が色めき立つ。

彼らの視線の先、キリッ　と赤ぶちメガネを押し上げるのは俺達の担任、クリスティナ先生だ。

いつもはデキる秘書然とした服装で、チラリズムとエロチズムを体現する彼女が、今は怪しい光沢を放つ黒のボンテージに身を包んでいる。そしてその右手に持つのは大型猛獣すら調教できそうなほど太くて厳ついムチである。

この街に越してきて散々冒険者達の尖ったファッションセンスを目の当たりにしてきたが、これほどストレートに尖った戦闘装束も中々あるまい。時と場所を間違えなくても普通に痴女である。

「静かにしなさい。実習中ですよ」

どよめきが収まらない男子群に、まるで虫でも見るような目を向けた先生はその太くて硬いやつで地面を打った。轟《ごう》と土煙が立ち上り、地面が軽く振動すると、千田君が「ウッ」と呻いて股間を押さえた。コメントは差し控えたい。

とにかく、今の一撃だけで素人に毛が生えただけの俺達にすらその力量が窺える。冒険者学校の教師陣はみな押しなべて強い。見た目などなんの判断基準にもなりはしない。腰など折れそうなほど細く華奢なクリスティナ先生でもこれだ。

では見た目小学校低学年のモモ先生はというと、なんとクリスティナ先生より強いらしい。

飴玉を持った知らないおじさんについて行ってしまいそうな身なりをしているというのにだ。レベルという概念の無茶苦茶加減を思い知らされる。二人とも、レベルアップ時を是非とも拝見したい。

「はい、プリントで配った通り、試験の内容は3人以上6人以下のパーティで、制限時間内に10地点にあるフラグをどれか3つ回収して集合場所に戻ってくる事ですぅ〜」

試験の内容自体はわりと簡単だ。

プリントに星印で描かれたポイントに行き、制限時間内に3つフラグを取って持って帰ってくる。持ちうる情報を駆使し各々が戦略を練って、より安全に、より効率的に移動し帰還する。『ゲット・オン・ザ・フィールド』と呼ばれる一種の競技だ。

ダンジョンは探索するだけではなく、生存して帰ってくる事が何より重要という、冒険者の基礎中の基礎を試す試験である。

各地点にフラグ1本というわけでもないので、他チームの妨害は想定しなくて良いだろう。そもそも本番ダンジョンでは他パーティと出くわす事が稀なのだから、冒険者を育てる冒険者学校の試験としては妥当な科目なのだ。

どちらかというと、フットワークの軽い俺達にとっては相性の良い内容。

しかし、俺は思わず舌打ちをした。なんとなく葵に目をやると、若干困った雰囲気の葵と目が合った。互いに重大な問題に気付いたのだ。

「おい葵、どうするよ?」

「……これは、困った」

そう、相性の良い試験内容にもかかわらず何が問題かというと……

「……3人以上のパーティ……　終わった」

「終わってないよ葵さん！　そんな虚ろな目をしちゃだめよっ！」

そう、元よりわかっていた事だが、最近パーティを組んでいたアーニャが今日はいないのだ。

表向きは体調不良になっているが、先生方の反応を見る限りでは連絡がされていたのだろう。

元々任務として潜入してきた高位ランカーだ。試験を受けなくても何一つ問題はない。

そして試験という大一番で安全策を取りたいクラスメイト達はいつもの布陣で挑みたい。俺達はいつも同じメンツでしか組んでいないせいで3人目を確保できないのだ。

「……ぼっちには過酷過ぎる試験」

「俺達別にぼっちじゃないから！　そうだよねみんな!?」

すると、まわりのクラスメイト達のほとんどは既にチームで固まっていて、気まずそうに眼を逸らした。

え、うそ？　何この空気？

まさかの千田君がモジモジしながら俺達に視線を向けてくるが、彼だけは勘弁していただきたい。

俺は思わずクリスティナ先生に聞いた。

「せ、先生！　もし3人パーティ組めなかったら……？」

「もちろん失格です。戦わずして失格した者は先生の『太くて硬いの』でお仕置きです」

ゾワっと背筋を悪寒が駆け上る。太くて硬いのって何ですか。

「あ、あっ　せ、先生の太くて硬いのがボクの……　ボクのォォォ〜〜〜ッ!!」

自身を掻き抱きながら股間を突き出す千田君。

女子達がまるでゴミでも見るような視線を小刻みに痙攣する千田君に浴びせていた。それすらも彼にとってはスパイスなのだから終わってる。

と、そんな事を考えている場合ではない。俺達はこのままでは失格になってしまう。

二人してウンウン唸りながら、微妙ににじり寄ってくる変態を撃退していると、突然声をかけられた。

「い、一之瀬君、僕でよかったらパーティに入れてくれないかなっ？」

そう言ってきたのは、例のドリルお嬢様チームから抜け出してきた尼子屋だ。

彼は少しだけ緊張した笑みを浮かべながら俺達に言う。

「尼子屋、いいのか？　お前いつものメンツは――」

「僕はいつものチームで足手まといだし、いなくても問題ないから」

「ちょ、ちょっとお待ちなさい！　あなたはウチのパシリ《アッシー》でしょう!?　ただで済むと思ってるの!?　勝手なマネは許さなくてよっ！」

柳眉を逆立てながら近づいてきたのは当然のようにドリルさんだった。取り巻きの女共も「そうよそうよ！」とドリルを援護する。

いつもの尼子屋の扱いを見ている限りでは彼の足抜けなんていつ起きてもおかしくなかった。誰だってパシリに使われて楽しいわけがない。ドリル共の憤りだって、自分達の所有物を勝手に盗るなとかそういった種類のものだ。

面倒くさいことに巻き込まれるのはゴメンだが、何もせずに試験を落とされるのはもっとゴメンだった。

「おいドリル、メンバーを繋ぎ止めておけないのはリーダーの責任だ。尼子屋に言いがかりつけるのはやめろ。大人げないぞ」

「んなっ！　彼はわたくしのパーティのメンバーですのよ！　大人げないのはあなたですわ！」

「本人が嫌がってんだから見逃してやってくれよ」

「なっ！　りょうちゃ――――　アッシーは嫌がってなんか……っ　そ、そうですわよね？」

なぜか不安顔で尻すぼみになっていくドリル。まるでご主人様のご機嫌をうかがう子犬のような姿を見て俺は違和感を覚える。

「僕はこの前、一之瀬君に助けてもらったし、どこかで恩が返したかったんだ。みんないつものメンバーで固まっちゃってて、このままだと3人目が見つからないだろうし……」

「ごめん、正直助かるよ尼子屋」

ドリルより更におどおどしながらも俺達とパーティを組む決断をしてくれた尼子屋。俺は軽く頭を下げた。

何か言いたそうに一歩踏み出したドリルだったが、クリスティナ先生がもう話は終わりだとばかりに手を叩く。

「さあ、こうしている間にも時間が無くなっていきます。そろそろ開始しますよ。制限時間は午後15時まで。それでは、はじめ！」

今日、ダンジョン調整管理官、菅野祥子は出張先からの出勤だった。

運悪く人身事故にカチ遭って相当な時間の足止めを食らったが、遅延証明書ももらったし学校のほうにも連絡を入れてある。

上司の佐藤は新婚旅行で不在なので本来ならば好ましくない事態だが、誰だって不可抗力には逆らえない。ルールやマニュアルでもこういった場合は迅速に連絡する事が定められている事から、想定される事態でもあるのだろう。

そもそも菅野が勤める学校は管理官二人体制だが、一人体制を余儀なくされている組織もあるのだ。事故も病欠も冠婚葬祭も許さないというのならば、それは人間の働く環境ではない。

「おはようございまーす！　すみません、電車止まっちゃって。あ、はいこれ遅延証明です～」

「おはようございます。聞いてますよ、大変でしたねぇ。今日もよろしくおねがいします」

「こちらこそおねがいしまっす～」

証明書自体は見せただけで提出はしない。

そもそもの組織構造を言うならば、菅野の所属はダンジョン管理局であって学校ではないからだ。労務上の指示・監督権も学校側には無く、管理官はあくまで独立の立ち位置でそれぞれの組織に駐在している。よって証明書の提出先は学校ではなく、ダンジョン管理局である。

菅野はデスクに着くとすぐにＰＣを立ち上げメールの確認を始めた。時計を確認すると10時20分。

1時間半も足止めを食らっていた計算だ。

差出人別に分けられた受信フォルダを、重要度が高いと思われる差出人のメールから確認し、必要なものには返事を返していく。そしてその作業が一段落した後、メッセンジャー機能を立ち上げた。軒並みオンラインになっている同期のIDを見て、今日もみんな働いてるね～　と独りごちる。

そして机に置かれていた回覧物に手を付け始めた時、ピコンと音が鳴る。メッセンジャーがメッセージを受信した音だ。

『今日は暇だねー　やる事ないねー　帰ろうかなー』

プライベートでも付き合いのある同期からのやる気のないメッセージ。彼女も同じく学校駐在の管理官なので、何かと話をする機会が多い。

上司不在の今、一度でも返信すると最終的には合コンの企画まで話が行ってしまいそうだったのでスルーしようと再び回覧物の整理を始める。菅野は軽い見た目と言動とは裏腹に、仕事に関しては非常に真面目なのだ。

そして再び受信音。仕事中なんだから後にしてよと思いながらも中身だけは確認する。

『【息吹】さんがお休みなんだからあたしも休みたーい！』


「――――え？」

ゾゾゾッ　と背中を悪寒が駆け上る。

瞬間、菅野の頭の中に佐藤が新婚旅行に行く日のやり取りが鮮明に蘇った。

――コレ、先生方に通知しといてくれ

そう言って佐藤に手渡された書類。内容は確か『【息吹】のゲート封鎖について』だったはずだ。通知するよう指示されたあの書類を自分はどこにやった？

あの時、来客を告げられ焦った自分はどこにその書類を置いた？

すっかり忘れていた。管理官として通知しなければならない案件を口頭ですら行っていない。

頭を振って深呼吸してから必死に思い出す。

そう、確かあの時、受け取った書類をそのまま佐藤のデスクの黒い書類ケースに置いて……

菅野はすぐに佐藤のデスクを確認する。そして呆然と立ち尽くした。

目的の書類ケースの縁にテプラで貼られた４文字。「確認済み」

「～～～ッ!!」

たまらず職員室のスケジュールボードまで駆けた。普段はのほほんとしている菅野が見せる剣幕に、何事かと職員が振り返るが気にしている場合ではない。

そういえば近々、１年生の中間実習試験で息吹を使う予定になっていたはずだ。普段の授業ならばどうとでもなるが、連絡不行き届きで当日に試験中止など目も当てられない。

そして菅野は【息吹】の使用予定表を見上げてガックリと項垂れた。

「よりによって、今日、かぁ～～～……」

何度見ても間違いなく、10時のラインに『中間試験』のマグネットシートが貼られている。

完全にミスである。【息吹】のゲート自体が一時封鎖されるのだから、ゲートが開かず【息吹】には入れないはずで、安全上の問題が生じるわけではない。しかし試験は間違いなく延期になり、段取りが相当狂ったはずだ。

責任問題になるほどではないが、管理官としては怠慢と言われても仕方のないミスである。

後で担当二人の先生には頭を下げに行かなければなるまい。

「はぁ～　やっちゃったよぉ～～……」

とにかく、落ち込んでる場合ではない。自分のミスで迷惑をかけてしまったのだ。

先生だけではなく、準備してきた生徒にも頭を下げるべきだ。

授業中だろうがなんだろうがまず謝罪をしなければ。

そうと決まったら、と、菅野は小走りで1年の冒険科の教室へと向かう。そして扉をノックしようと右手を上げ、ガラス窓越しに教室をのぞきこんで首を傾げた。

「あれ……　いない……？」

予想に反して無人の教室。ならば校庭か体育館かと行ってみるものの、冒険科の生徒達の姿が見えない。

どこに行ったのだろうかと不思議に思いつつ職員室に戻る。丁度デスクワークをしていた知り合いの教師に冒険科の生徒達がどこに行ったかを聞くと、教師はキョトンと首を傾げてこう言った。

「どこって……　今日は試験なんで【息吹】に行きましたよ？」

「…………え？」

菅野は混乱する。

「い、いや、今日は【息吹】は封鎖されてて入れないハズなんですケド……」

「えっ？　でも普通に入っていきましたよ？　間違いなくみんな【息吹】にいますよ」

教師が、周囲の職員に同意を求めると、彼らも一様に頷いて返す。

菅野はたとえようのない焦燥感に襲われた。血の気が引いていく音が聞こえたような気がする。

何が。いったい何が起こっているのか。

封鎖されたゲートが使えるはずがない。権限者の設定は絶対だ。国が管理するガーデンで通達が出た以上、ゲートは間違いなく封鎖されているはずだ。ならば生徒達はどこに行った？

菅野は呆然と呟いた。

「ウソ、でしょ……？」

異常

「う〜ん……」

木々を縫うようにして目的地に向かう途中、鬱蒼と茂る林が切れ、開けた丘へと飛び出す直前、突然立ち止まった尼子屋につられて俺は足を止めた。すぐに木の陰に隠れ、息を殺して周囲の様子を窺う。

同じように物陰に隠れようとした葵が、木の陰ではなく何故だか俺の背中に張り付いた。

やけに鼻をスンスン言わせてるけどそんなに俺、汗臭かった？

フラグは既に3つを確保し、今は集合地点へと向かうため湿地帯の原生林を進んでいる。

試験自体はそれほど難しいものではなかった。

フラグが置かれていた場所が特別難所だったということもなければ、強いモンスターが徘徊しているという事もなく、油断さえしなければいつも通りの戦闘をこなし、フラグを回収して目的地に向かうだけの内容だ。

試験といっても入学して1学期の試験なのでこんなもんと言えばこんなもんなのだろう。

地図の通りならば林を抜け、丘を越えた向こうの泉のほとりにゴールがあった。

制限時間2時間を残して、すでにノルマであるフラグ3本の回収は済ませているので焦る必要はない。

試験内容がモンスター討伐自体ではない以上、今、求められるのは蛮勇ではなく堅実性だ。

「どうした尼子屋。敵襲か？　何か気になることが？」

「……私はミナトの匂いが気になる」

「ちょ、やめて葵さんッ　臭いは気付いても口にしないのが日本人的思いやりよッ」

軽く振りほどこうとするも、葵はがっしりと俺の背中を摑んで放さない。

何なのコレ。本当は嗅がれたくないのにスンスンされてちょっと興奮。何か変なのに目覚めそう。葵さんホントやめて。

助けを求めるように尼子屋に視線を向けたが、彼は目の前に広がる平原を睨みつけながら腕組みをして考え込んでいる。

「尼子屋、マジでなんかあったのか？」

「なんかあったってわけじゃないけど、やっぱりおかしい……」

「何がだ？　全然順調に攻略できてるんじゃね？」

「まあ、そうなんだけど……」

冒険者《ブレイバー》は最終的に腕力がモノを言う商売だ。

いつも一緒に潜っている葵がとんでもない戦闘力を有している事は知っていたが、尼子屋と行動をするのは今回が初めてである。

尼子屋はいつもドリルグループのパシリ扱いでヘラヘラしている足手まといという印象しかなか

った。

レベルという概念の前では何の関係もないと理解しつつも、小柄で線の細い尼子屋が命の飛び交う戦場を生き抜くことができるようには思えなかったのだ。

しかし一緒に行動を共にすると、その認識は間違いである事を思い知らされる。

彼は優秀な斥候職だった。

戦闘以外はまるでダメ子と、全体的なダメ男という脳筋パーティでここ数か月やってきたせいか、俺達はフィールドでの立ち回りがお粗末だ。

いざとなったら破壊天使葵様のゴリ押しという、戦術もクソも無い探索をしてきた俺達にとって、常に周囲に気を配り、地形を考慮し、先制を獲得する尼子屋の存在は驚きだった。

正直、俺は今まで斥候職をナメていた。

レベルがあったり魔法があったりと、半世紀前に比べると酷くゲーム寄りになってしまった現実世界だが、それでもやっぱりゲームとは違う。

俺のクラスでもやたら「タンク」や「アタッカー」やらの役割を戦闘に持ち込もうとする奴がいたが、今ではタンクのタの字も出てきやしない。ゲーム的役割分担はあくまでゲームだから成り立つものだという事を散々に思い知らされているからだ。

狭い洞窟ならいざ知らず、広いフィールドでは隊列もクソも無いし、当たり前のように「ヘイト」なんて概念も無い。もちろん、多少のポジション割りはあるし、合理的な位置取りだってあるだろう。

しかし、後ろのほうで詠唱をしていれば安全かと言われたら首を傾げざるを得ない。回り込んでくる敵もいれば前線を抜けてくる敵もいる。遠距離攻撃をされたと思ったら、背後から新たな敵が現れる事だって当然の如く起こり得る。

軍隊同士の部隊運用概念のほうがよっぽど有用で、冒険者学校にも現役自衛軍の軍人さんによる戦術講義がカリキュラムとして組み込まれているほど。

一人では戦えない特化型の需要は少なく、満遍なく立ち回れる汎用型が上に上がっていける事は、ダンジョン最前線で戦う有名どころを見る限り明らかだ。だからこそ俺は火力が弱い斥候職に偏見があった。

だが、こうして一緒に行動してみると、尼子屋のお膳立てにより、毎回毎回、有利な態勢から一方的なタイミングで戦闘を開始できるのだ。

ほとんど戦闘に参加してこない斥候職が一人加入するだけで、こんなに戦闘が楽になるとは思ってもみなかった。実際、戦闘中に何度あくびを噛み殺したかもわからない。

この先、本番のダンジョンでは素人には見分けすらつかない罠や、力押しだけではどうにもならない強力なモンスターが出てくることを考えると、尼子屋のような特性を持つ存在が不可欠になってくるだろう。

あの高慢ちきなドリルお嬢様が、尼子屋のパーティ離脱に難色を示していた理由が今ならわかる。どうせなら正式に俺達のパーティに加入してくれないだろうか。アリョーシャのパンツくらいならば何とかパチって渡せると思うのだが……

「でも……　何か変だと思わない？　僕達、今日はここに来るまでクラスメイト以外、ほとんど見てないよ」

そう言われたらそんな気がする。

いつもなら社会科見学の学生さんとか、調査の学者さんがゼミ生を連れて回っていたり、気まぐれで本職の冒険者が遊びに来ていたりするのを見かけるはずなのだが、そういえば今日はそんな人達はいなかったような気がした。

「そういえば俺もそんな気が……　しないでもないかも。葵はどうよ？」

「……私は気付いていた。言わなかっただけ」

うそこけ。思いっきり目がバタフライしてんぞ。

不必要なところで強がる意味がわからないが、突っ込むと地雷が待っていそうだったので追及はしない。葵さんはぬぼ～っ　として見えても非常に負けず嫌いである。

「つってもこのガーデンてばちょっとした島くらいの面積があるだろ？　そういうこともあるんじゃないか？」

「……お昼だったのでみんなご飯を……」

「ここでのんびりメシ食ってるヤツなんていねーよ」

「……う、でも」

「まあそうなんだけど、それでも丘に上がればチラホラ人がいたのに今日はほとんどいない。気付いているかな？　さっきからモンスターも見かけなくなった。何か嫌な予感がするんだ……」

なんとなく怪しい、という勘だけでオークの待ち伏せを回避するような奴だ。尼子屋の「予感」を笑って流せるほど俺達は強くない。

もうゴールは目の前だというのに、俺達は油断なく周囲を警戒しながらゆっくりと丘を登る。

するといきなり、ズンッ　という音と共に地面が軽く振動した。

「な、なんだ……？　なんの音だ」

「しッ　静かにッ　この振動は、足音……？」

「ウソだろッ　ここは息吹だぞ!?　地響き起こすようなモンスターなんて——」

——ザザッ　ザザザザッ

突然、神経を逆撫でる擦過音が鳴り響く。この前も実習中に聞いた音だ。

しかし、風に紛れて微かに聞こえた前回と違って、今回は誰の耳にも明らかなようにはっきりと聞こえた。

「何、だ……？　あれは……？」

思わず空を見上げると、雲一つない青空に、モザイクのような亀裂が奔《はし》っていた。

ゾワリと肌が粟立つ。なんだあれは。あんなもの見たことがない。一体何が起きている。この前は音だけだった。こんな目に見える異常現象は無かった。

何故だか理由はわからない。

見たこともない光景もそうだが、それ以上に何か良くないことが起きるという確信だけが強烈な焦燥となって背中を掻き立てる。

「このノイズは…… この前の実習中も……ッ」

「……何かが、来る……？」

「すごく嫌な予感がする、ミナト君、とにかく集合場所に急ごう！ 先生達と合流しなきゃ！」

俺達は一瞬だけ顔を見合わせると、全速力で駆けだした。

◆ ◆

「ふんっ りょうちゃ…… 尼子屋ったら尼子屋のくせにッ！ む、昔から勝手な事ばかりしてッ！」

金髪ドリル——西郷寺カノンが憤りも露わにそう言うと、チームメンバーの比佐山郁美《ひさやまいくみ》が首を傾げた。

「え？ 西郷寺さん、昔から尼子屋と知り合いだったの？」

その素朴な問いにカノンがわたわたと慌てだす。

「ち、違いますわ！ い、今のは言葉のアヤ！ そう、りょうちゃ…… 尼子屋なんて全然知らなかったですわっ！」

訓練用ダンジョンには似つかわしくない、華やかな雰囲気を撒き散らしながら息吹を行くのは、冒険科女子の中でも何かと発言権の強い４人。

比佐山郁美、増田涼子、横峯久子、そしてチームのリーダー西郷寺カノン。

本来ならこの４人に加わっているはずの尼子屋の姿が今日は無い。

パーティを組めなくて困っているはずのミナト達を助けるため、彼らと臨時チームを編成しており、カノンが憤っているのはそのためだ。

プライドの高い彼女が、チームメンバーをライバルと目する神城葵がいるチームに引き抜かれて面白いはずがない。だが彼女の憤りの理由はそれだけではなかった。

「だよねー　あんなチビのオタクのダサ男と西郷寺さんが知り合いなワケないわよね」

比佐山の台詞に、一瞬だけムッとした表情を見せたカノンだったか、すぐに俯《うつむ》いて誰にも聞こえないようボソボソ呟いた。

「りょ、りょうちゃんはダサくないもん……」

カノンの反応に不思議そうな視線を向けるチームメンバーだったが、近くの茂みからゴブリンが飛び出してきて有耶無耶になる。

少し不意を突かれたが、相手は所詮最弱モンスターのゴブリンだ。

当然のように無傷で戦闘は終了。特に問題も無く、余裕の勝利と言ってもいいだろう。

短槍を腰元に戻しながら、比佐山がフンと鼻を鳴らす。

「まあ、気にしたってしょうがないわよ。尼子屋なんていなくても余裕だし」

「実際そうだよね。フラグだってあと一つ回収すればクリアだもん」

「そうです、あんな情けない奴、いなくて逆にせいせいします」

「そ、そこまで言わなくても、いいんじゃなくて……？」

ドリルチームは強い。個々人の実力もさることながら、チームとしても発現系魔導士のカノンを中心としてバランスよくまとまっている。

先日はオークの集団に後れを取ってしまったものの、普段は余程のイレギュラーが無い限りピンチに陥った事もない。

実際に現状を見ると3人の言う事も強くは否定できなかった。

そもそも、5人で探索をしていても尼子屋は斥候中心に動いていて、積極的に戦闘に参加することは少ない。確かに尼子屋がいなくてもこのチームは回るのだ。

しかし、とカノンの胸の中に一抹の不安が渦巻いていた。思い起こされるのは、やはり先日の出来事だ。

入学より数か月間、彼女達はチームとして活動していたが、戦闘中にメンバーのレベルアップでモンスターに後れを取るようなことは無かった。

カノンだけではなく、比佐山も、増田も横峯も実際に戦闘中に動けなくなった事があるが、その度に全員でチームを立て直して上手くいっていたのだ。

しかし先日、尼子屋が倒れた時は何をしてもまるで上手くいかなかった。そんなことは初めてだった。

改めて振り返ってみると、尼子屋はいつもそこにいて欲しいタイミングで、こうして欲しいという事をピンポイントで行っていたように思う。

危険を察知し、連戦を回避し、要所を締めて安全にユニット管理を行う。そんな役割を淡々とこなしていたように思える。

今だってそうだ。カノン達は、ゴブリンが茂みから飛び出してくるまで気付かなかった。余裕で勝利したものの、態勢も整わないまま戦闘に突入してしまうなんて、もし尼子屋がいたらこんな事は考えられない。

そんな事をつらつらと考えながら、何か嫌な予感がしてカノンが胸を押さえた時だった。

――――ザザッ　ザザザザッ

「何っ!?　一体なんの音!?」

「わ、わかりませんわ、一体何が……」

「ちょ、ちょっと!　空!　空を見てください!　あれは……」

「なんなのアレ……　息吹のバグか何か……?　あんな空、見たことないわ……」

突き抜けるような蒼穹を縦に貫くモザイクの様な亀裂。明滅しながら少しずつ広がっていくモザイクをチームメンバー全員が茫然と見上げている。

明らかに異常事態である。息吹の設定変更があったとしても、開放中に行われることは絶対にないのだ。

「どう、しよう……？」

「緊急事態かもしれませんわ。先生の指示通り、ここは集合場所に直行すべきですわね」

冒険科の生徒達は、個人で対処ができないような事象が発生した場合、すぐに集合場所に集まり先生の指示を受ける様、徹底して指導されている。

今、この瞬間に危機が迫っているわけではないが、そうすべきだ。

しかし、カノンの意見に増田が異を唱えた。

「で、でもっ！　試験中なんだよ!?　フラグはあと一つ。しかもここから5分もしないところにっ！　もし何も異常有りませんだったら……あたし達……っ」

「西郷寺さん、私も、そう思う……かも」

横峯も増田の意見に同意を示す。比佐山を見ると彼女はかなり迷っているようだった。

ここで二人の意見を聞かず撤退を決断すべきか。それともたかが5分くらいとフラグを回収してからにするか。

試験と言っても進級試験ではない。成績に影響するだろうがそれだけだ。しかし――

「でもまぁ、ココ【息吹】だもんね」

比佐山のその台詞に込められた意味、それは冒険者ならば普通の感覚だった。

そう、ここは【息吹】。死に戻りアリの国営ガーデンだ。

危険と言っても、最悪《死》の回避は保障されている。本当の意味の危険は、ここが息吹である限り起こり得ない。ならば……

「わかりましたわ。早急に最後のフラグを回収し次第、即座に集合場所へ。急ぎましょう」

目指すは丘の向こうに広がる荒野のフィールド。カノンの一言により、４人は走り出す。

あまりにも楽観的で安易な決断が招いた悪夢が、すぐ背後まで忍び寄っている事に気付くこともなく。


――りょうちゃんならばどうしていただろう。

ふと頭に浮かんだそんな迷いを断ち切るように、西郷寺カノンは頭《かぶり》を振った。

◆　◆

丘を駆け上り、転げ落ちるように坂を下る。周囲の警戒など後回しに、とにかくゴール地点へと急いだ。

途中、再び空を見上げると、半世紀前のテレビ画面みたいな砂嵐が更に風景を侵食していて、得体の知れない恐怖に肌が粟立つ。何かが起きようとしている。良くない何かが。

全速力で走りながら、俺は隣を行く尼子屋に大声で話しかけた。

「尼子屋、アレは何だかわかるか？　息吹では普通のモンなのか!?」

「僕は知らないよ。聞いたことも無いし。だけど異常事態だって事だけはわかるよ！」

「他の連中はどうしてると思う!?」

「わからないよ！　でも訓練中に異常が起きた時は、何をしててもすぐ集合場所に向かうように教えられてるから、みんなすぐに集まってくると思う！」

「緊急離脱《ベイルアウト》すべきと思うか……？」

「一応試験中だし、システムエラーなら万が一があるかもしれない。とにかく先生の指示を仰ごう！」

集合場所には、戦闘のエキスパートであるモモ先生もいる。一刻も早く先生達と合流して安全を確保しなければ。

進む先には林が広がっている。安全策のためにこの林を迂回してゴール地点へと向かおうと話していたのだが、そんな余裕は無いと本能が叫ぶ。

誰に確認するでもなく、俺達は強化《ブースト》を維持しつつトップスピードのまま、最後の森林に侵入し道なき道を駆け抜けた。本来ならば考えられない無用心な行為だが、そんな事を言っている場合ではない。ここを抜けたらゴール地点まではもう目と鼻の先だ。

そしてようやく林の終わりが見え、木々の隙間から草原へと身を躍らせた。その瞬間。

「何者だッ！」

「ひゃッ！　曲者でござるか！」

勢いよく林から飛び出た瞬間、すぐ目の前に迫っていたのは人の集団だ。

焦っていたし、ほとんど視界0からの飛び出しだったので全然気づかなかった。

衝突しそうになったのをどうにか体勢を崩すことで身をかわす。そのままの勢いでゴロゴロと地面を転がり、距離を開けて集団と向き直る。

「警戒しろ、対象を守れ！」

「貴様ら、何故ここにいる！」

そいつらはどう見てもこの場にはそぐわない恰好をした集団だった。

スーツ姿の禿《は》げ上がった老人を囲むように立つ、これまたスーツ姿の屈強な男達。耳にはヘッドセット、目元にはサングラス。なんとなく思い描くボディーガードそのままの姿だ。

訓練用ガーデンにそんな動きにくい恰好で訓練しにくるアホはいない。

禿げ上がった男を囲み、林から飛び出してきた俺達に対し警戒を露わにするボディーガード達を見る限り訓練ではないのだろう。

「今日はゲートが封鎖されているはずだ。貴様らは何者だ!?」

ワケのわかんない事を喚いているが、足止めを食っている場合ではない。偉い人がこんなところで何をしていようと正直知ったこっちゃないし、俺達には関係ない。

それに物騒なモンを腰にぶら下げているのが見えたので、これ以上、連中を刺激する前に離れたほうがいい。

「あ、すいません、俺達急いでるんで！」

なので、一言謝ってさっさとこの場を離れようとしたとき、集団から少しだけ離れた人物の姿が視界を掠めた。

思い返すと、先ほどのセリフの中にどこかで聞いたことがあるようなヘンテコ語尾が混じっていたような気がする。

ある種の予感に、勘弁してくれよと心の中で吐き捨てた。

するとその人物。見覚えが有り過ぎる少女が正体を隠した状態の姿で——要するにセンス壊滅なイモっぽい恰好で目を見開いた。

「ミナト！　こんなところで何してるでござるか!?」

「そりゃこっちのセリフだバカヤロウ！」

【剣帝】アリョーシャ・エメリアノヴァ　もとい、イモ女、アーニャ・ノヴェが、俺達から集団を守るように立っていたのだ。

ドラゴン襲来

「どうやら、みんな試験を切り上げて集まってきているみたいだね」

「ああ、こんな状況だからな」


泉のほとりに到着した俺達は周囲を見渡した。

既に多くのクラスメイト達が戻ってきているが、フラグを3本集め終わっていないパーティも少なくない。やはり異変に気づき試験中であるにも拘わらず集合を優先したのだ。

何が起こるかわからないダンジョンを再現したガーデンといえども、こんなのは見たことも聞いたこともない。俺達は冒険者の卵とはいえ教育課程の子供である。異常時は何よりも安全を優先すべしと厳命されているので、試験放棄はむしろ正しい選択だ。

続々と集まってくる生徒達が、モザイクの広がる空を指さし口々に不安を漏らしている。

クリスティナ先生はそんな生徒達に落ち着くよう言い聞かせ、一か所に集めている。さすが本職の元冒険者はこんな状況でも冷静だが、その顔にはなぜか少しだけ焦りが滲んでいた。

ちなみに、モモ先生は周囲の警戒と、まだここに来ていない生徒の捜索に出かけていた。

そういえばドリルチームの姿が無い。チラリと横目で尼子屋を窺うと、不安そうに視線を飛ばしていた。パシリに使われていたといってもパーティメンバーだ。心配なのだろう。

「ゲートは封鎖されたはずでござったのに……」

「んなこと言っても開いてたんだからしょうがねぇだろ。ウチの学校以外の連中もチラホラ入ってきてたぞ。いつもよりは圧倒的に少ない感じだったけど」

「……モンスターも少なかった」

厳しい表情を崩さないアーニャが、俺達生徒とは少し距離を置いたところで固まる集団に目を向ける。

先ほど出会い頭に衝突しそうになった一団は、相変わらず一人の老人を囲む形で周囲を警戒していた。

得体の知れない状況で、できる限りの安全を確保するため、高レベルの先生もいる俺達のところにやってきたはいいが、変な威圧感のせいで完全に浮いている。

モンスターが徘徊するガーデンで、スーツ姿のゴリゴリスキンヘッドや、厳つい髭をはやしたマッチョ共が、どこかで見たことのある老人一人を中心におしくらまんじゅう状態である。

学校指定の制服を、好き勝手に改造した上、原始的武器を装備している俺達の方が世間一般の目にはおかしな恰好に映るだろうが、ダンジョンではむしろ俺達が普通の恰好である。こんな場所にスーツでやってくる方がよっぽどおかしい。

それより、肉壁の中にいる爺さん、窒息死しないよね？

「ていうかアーニャさん、あの人レベジェワ外相だよね？　ニュースで【息吹】を視察するって言ってたけど何でアーニャさんが一緒にいるの？」

「うッ　そ、それは……　さ、散歩中に！　食パン咥《くわ》えた曲がり角で出会い頭にゴツーンってッ」

「試験サボって？　ガーデンで？　転校生定番イベントをこなしちゃった？」

「はうッ　う、と、ととっ図書室で同じ本を同時にタッチして……ッ」

「出会っちゃったの？　老年男性と？　図書室はどこにあるの？」

「おい尼子屋やめてやれ、そいつは見た目だけの可哀想なヤツなんだ」

弱り切った様子でうなだれるアーニャ。

集合場所に来るまでにコソっと聞いた話だと、アーニャが今日学校を休んだのは、護衛の仕事があったかららしい。もちろん護衛対象はマッチョ共に今にも潰されそうになっている何とか外相だ。

息吹周りで不穏な動きがあったことから、政府がギルド伝いに依頼をしたとのこと。

そして本当ならば今日、関係者以外は【息吹】に入れない設定にしてあるハズだったらしい。他国のお偉いさんの視察なので万が一があってはいけないという、至極まっとうな理由である。

今日【息吹】で見た人の数を考えると、周知のようなものはされていたと思う。

道中、尼子屋が不審そうに首を捻っていたが、そうした事情があったのであれば頷ける。

しかし、ダンジョン管理機構の手違いなのか、なぜかゲート封鎖自体はなされなかった。だから周知を知らない、もしくはダメ元で、とゲートにアクセスした者だけが、今、【息吹】にいるのだ。

自分達以外にも息吹に人がいる事にアーニャが気づいたのは、視察も半ばを過ぎた頃で転送ゲートからは相当離れた場所だったという。

念のため戻ろうと視察団の説得を開始した時、あの異常音が鳴り響き、空に亀裂が入った。そして周囲の警戒を始めた直後に俺達が林から飛び出してきたらしい。

下手すりゃ撃たれていたかもしれないね、と屈託ない笑みを浮かべるアーニャを見て、今晩の献立はヤツの嫌いな納豆にしてやろうと心に決めた。

「ううぅ～　どうしよう……　何かあったら怒られるでござるぅ……　タバサにまた罵《のの》られるでござるゥゥ～～～っ!!」

「それよりお前が一番経験豊富なんだから、お前が指揮取ればいいじゃん」

「拙者が指揮をとると、いつもすぐパーティ全滅するでござる……　その後には必ずタバサのお仕置きが……ッ　折檻が……　い、嫌でござるぅぅ～～～!!!」

「さっきからタバサって誰だ。【剣帝】に折檻とかどんだけだよ」

「メイドでござる……　我が家のドSメイドでござる……ッ」

うりんうりんと髪を振り乱す【剣帝】様。

東欧の至宝とまで謳われる彼女がまさかメイドに頭が上がらないとは誰も思うまい。

彼女に焦がれる少年少女達には決して見せられない、残念極まりない姿だった。

とにかく今回はあくまで護衛だけが任務らしい。

人類最強クラスの彼女が、頭脳戦にとんと弱い残念戦士である事は、ここ数日で何となく知っている。

戦闘員としては優秀かもしれないが、指揮官としてはダメ子ちゃんだ。きっとギルドの偉い人もそれを把握しているのだろう。

「つーかさ、訓練中の俺達はともかく、万が一があって困るお偉いさんなんだったら、さっさと緊急離脱《ベイルアウト》させちまえばいいだろ」

訓練用ガーデンである【息吹】には緊急離脱機能が備わっている。

ダンジョンの厳しさをその身で体験する事をコンセプトとする一方で、訓練用と銘打ち、他国にも開放されている事情から安全性には過剰なほど配慮がなされ、いざとなったら死に戻りをしなくても外へ出られる仕様となっていた。

訓練用とはいえ、モンスターも徘徊するガーデンにお偉いさんが視察に来るというのは、そういった安全装置が確保されているからでもあるのだ。

「……できなかったでござる」

「は？」

俺はアホみたいな声を出して聞き返した。

「マジで？」

「何故か緊急離脱ができなくなっているでござる……　全員試したけど間違いないでござる」

「う、嘘だろ!?　そんな話は聞いたことも――――」

「本当でござる。あの先生方が焦った様子なのも、おそらくは緊急離脱ができなくなっている事を知っているからでござろう」

俺は思わずクリスティナ先生に目を向ける。

不安をこぼす生徒達を宥めつつ、時折、鋭い視線をモモ先生が消えていった林に向けている。その表情に余裕は無い。

そして俺は重大なことに気が付いた。

実習中、いつも集合地点に指定された場所には、帰還用のゲートが設置されていたハズだ。教師の申請に基づき、ダンジョン管理官が指定地点にゲートを設置する。実習後は速やかにゲートをくぐり、点呼を済ませてゲートを閉じる。

これが戦闘実習一連の流れだったはずだ。それなのに――

「ミナト君、気づいた……？　ゲートが、無いよ……」

尼子屋の呟きが頭の中を反響した。

俺は弾かれたように周囲を見渡す。ここは大人数が集まれるよう開けた平原になっているため全体が見える。少し丘になったところに移動して見渡してみてもゲートらしきものは影も形も見当たらない。

「実は拙者も予定帰還地点に行ってみたでござるがゲートは……」

真剣な面持ちで頷くアーニャ。俺は尼子屋と顔を見合わせた。

「無かったのか……？」

俺達だけじゃない。別口で入って、別口で帰り道を用意していた視察団も帰りのゲートが無かったという。しかも彼らはどこかの旅行会社とかそんなちっぽけな組織に属していない。

国という、直接ガーデンを管理する組織が用意したゲート、それが無くなっているというのだ。

俺達の学校みたいに、管理官が謝って済む問題ではなかった。

現に、他国の外相がこうしてガーデンに閉じ込められているという事実は国際問題になりかねない。

背筋がゾクリとした。

どこか、システムの不具合か何かだろうと軽く考えていたのだが、何かが違う気がする。見た事も無い誰かがどこかで高笑いしているような――

そんな言い様の無い不安が背中に伸《の》し掛かる。

「……ミナト、空が、もう……　割れそう」

いつも平坦で感情の籠らない葵のセリフに焦りが滲む。釣られるように俺も空を見上げた。

青空にシミのように張り付いていたモザイクは、今や空を縦断する勢いだ。そしてそのモザイクが空全体を侵食しようと触手を広げていた。

何が起きようとしているんだ。行き場のない焦燥感に背筋をくねらせた、その時だった。

――――ザザッ　ザザザザザッ

「またあの音か……ッ」

先ほどよりもさらに大きい音、それはすでに轟音といっても過言ではない音量で不快な音があたりに響き渡る。

集まった生徒達も不安げに周囲を見渡している。

そしてその直後、

――ズズウゥゥウンッ

「じ、地震!?」

「ガーデンで!? そんな事あるわけが――」

「ミナト君、あれ見てッ!!!」

尼子屋が指す方に目を向け、絶句した。

「なんだ、ありゃ……」

空を侵食していた白黒モザイクが一気に空を覆い尽くす。最早青い部分は一つもない。ブラウン管ＴＶの砂嵐のような空、信じ難い光景。

だが俺が息を呑んだのはそれが理由ではなかった。


――グオォォオォッ!


「……あれは、何……?」

葵がおびえた子犬のように体を震わせた。

尼子屋が無意識に一歩後ずさる。

「信じられないでござる、あれはこんなところにいていい種族じゃないでござる……ッ」

地平近くの丘の上に、ソレはいた。

ここから見てわかるほど、横に立つ木が割りばしのように見えるほどの圧倒的巨体。

一対の巨大な翼、岩をも容易に割り砕くであろう強靱な尾。岩のように厳つい赤い体表。

そして天を飲み込まんばかりに開かれた凶悪な咢《アギト》。

俺達が呆然とその姿を眺めていると、ソレは、轟と火を噴き、周囲の木々を数秒で炭化させた。

相当距離があるはずのこの場所に、ブワリと熱波が到達する。

「火竜……　20階層の大規模戦闘《レイド》ボスでござる……ッ」

アーニャの信じ難いセリフにごくりと唾を飲み込む。

その圧倒的威容に、生物としての格を思い知らされ地面にへたり込む生徒達。

ドラゴン襲来。

これだけでも処理しきれないほどの出来事だというのに、異常事態はまだ終わりではなかった。

再び空。

空に巨大なスクリーンが現れた。いや、空全面がスクリーンになったと言ってもいい。

スクリーンに映るのは、慈愛すら感じられる微笑みを浮かべた一人の男。広大な空一面にその男

の姿が映し出される。
すると男は唐突に、場違いなほど穏やかな声で語りだした。
『はじめまして。私は【赤の騎士団】の【J】』
目まぐるしく変わる状況についていけず、呆然と空を見上げるだけの俺達。
それをあざ笑うかのように、笑みを深めた【J】は言い放った。
『そしてさようなら。デスゲームにようこそ』

デスゲーム

6月下旬。春の日差しに強いものが混ざり、日差し対策が意識され始める頃。

朝っぱらから気の早いヒグラシがカナカナとその身を震わせて鳴いていたとある火曜日。


ダンジョン管理庁に怒号が飛び交っていた。

「おい、どうなってるんだ！　息吹で何が起きてるッ!?」

「知りませんよそんな事ォッ!!」

「どうするんですか電話！　いきなりなんでこんな！」

「出なくていい、オイ出るなっ!!　回線引っこ抜いて放置でいい！」

「で、でもそんな事、後からマスコミに突っつかれたら」

「うるせぇ！　とにかく出なくていい！　それより情報収集だクソっ！」

【息吹】は基本的に毎日20時には強制転送《ログアウト》を行っている。

そして翌8時にまたゲートは開放され、手続きを済ませた者が転移を開始する。それが時に融通が利かないと揶揄される国営ガーデンの不変のルーチンだ。

その日は、レベジェワ外相の視察が予定されていた事や、一般開放していたらできない実験が溜まっていた事などから、朝8時になってもゲートが一般開放される事はなかった。

来場者は東ロシア連合の一団だけの予定で、朝から緩んだ空気が流れていた。

VIPが来るといってもそれだけである。

いつも通りの設定をした上で一般ゲートを封鎖する。外務省に個別ゲートをつなげる。ただそれだけの事だ。そこから先はダンジョン管理庁の管轄ではない。

今日は珍しく早上がりして飲みに行こうみたいな会話がそこかしこでなされ、たまにはこんな息抜きがあってもいいさと室長も見て見ぬふりだった。

そんな空気に水を差したのは、とある冒険者高専からの1本の報告だった。

――生徒達が息吹に入ってしまった

そんな馬鹿な。

一報を受けた係長は一笑に付した。そんな事はありえなかったからだ。

【息吹】のシステムは冒険者ギルドのガーデン管理システム『バベル』で統括管理されているもので、権限認証にはIDやパスコードといったものではなく、概念認証という非科学的な技術が用いられている。

それは冒険者達から観念的に委譲される階層権限を正しく認証するためのダンジョン特有のルールで、権限者以外が設定を変更するのは不可能となっている。

そしてルールに組み込まれた設定変更要件は想像を絶するほど煩雑であり、平時は設定内容について情報公開の対象として指定されている。

ダンジョン管理庁の権限で日常的にできる事と言えば、ゲートの閉鎖と個別ゲートの開放、そして強制転送くらいで、一度閉鎖したゲートは翌8時になるまで開くことはない。

これは憲法や法を変えたらできるという話ではなく、息吹が既にそういうルールに設定されているのだ。これを変更するには原始権限者か、現権限者が直接アプローチする必要がある。

ゲートを閉めたのはこの目で確認した。だから絶対に翌8時までは開かない。それが事実だ。それが破られることのない不動のルールなのだ。

だから係長はその一報に対し、耳クソをほじりながら「確認して折り返します」の一言だけを発し、電話を切った。

何もあるはずはない。とはいえ何も対応しなかったでは後々問題になるかもしれない。

部下にゲート設定の確認をさせ、『異常なし』の報告を聞くと、それ見た事かと今日行く予定の飲み屋を検索し始める。

現場に不穏な空気が漂い始めたのはそれから1時間が経ったころであった。

誰それが息吹に行ったきり戻ってこない。そんな報告が散発的に入り始めたのだ。

何か異常が起きたのかもしれないと外務省に注意喚起を促す。すると返ってきた返事は「視察団と連絡が取れなくなった」という驚くべき内容。これが決定打となった。

そこからは上を下への大騒ぎだ。

情報収集を開始するも、めぼしい情報が入ってこない。ならば直接現地にと人を送り込んでも連絡が途絶える。

何が起きているのかさっぱりわからない。対策本部を立ち上げるべきとの声もあるが、現状が把握できないまま話を通すための材料も足りない。運用始まって以来の出来事で対応マニュアルすら無い。

そうしてただ無為に時間だけが過ぎ、さらに1時間が経過した時だった。


「大変です室長!!　これを見てください！」


若手の職員がノートパソコン片手に会議室に飛び込んでくる。

通常ではあり得ない不躾《ぶしつけ》な行為だが、今それを咎《とが》める者はいない。会議に参加する多くの職員がPCをのぞき込む。画面に映っていたのは聖職者のような穏やかな笑みを浮かべる一人の男。

男が話す言語は日本語で、自動翻訳ソフトが組み込まれているのだろう、後追いで英語とロシア語の字幕が表示されている。

映像を見た職員達の顔から、見る間に血の気が失せていった。

「こ、これは……」

「【赤の騎士団】を名乗る勢力の犯行声明です！　東ロシア軍の即時撤退と、東ロシア連合に対する日本の経済的援助の凍結を要求、30分ほど前にUPされています！」

「西ロシア……　モスクワと関わり合いのある勢力か……？　レベジェワ外相との関連性を洗え、公安に協力要請だ！　急げ！」

室長の怒声に、一人の職員が会議室を飛び出す。

室長は苦し気に目をつむり、こめかみを押さえた。

「この映像が表に流れ始めるまでどれくらいだ」

「今この瞬間に流れてもおかしくないかと……」

「ならばすぐに省庁間会合の手はずを整えろ、内務省の横やりが入る前にだ」

「室長、それだけじゃないんです……　これを見てください……」

「なんだ、他にもまだ何か――　これはまさか……ッ」

ＰＣを操作していた職員が、動画の投稿者コメントに記載されたＵＲＬをクリックすると、９つの映像がリアルタイムに流れ続けているページに飛んだ。

動画のタグにはすべて『Ibuki Live』の文字。

「……そうです。現在の息吹の映像です」

流れる映像は目まぐるしく向きや焦点が変えられ、まるで誰かの視覚映像をそのまま見せられている様な印象を受ける。いや、「様な」ではなく、そうなのだろう。ガーデンの設定次第でそれは可能だ。

映像に映る少年少女達は、広場に固まり、恐怖一色で染められた顔をとある一点に向けている。

誰かの視点を借りたカメラがゆっくりと少年少女達が視線を向ける方向に向く。

そこにいたのは――

「ふざけるなッ！　息吹になぜ火竜がいるんだ！　あれは20階層で中級冒険者１００人がかりで挑む大規模戦闘階層《レイドフィールド》の大ボスだぞ!!　設定上そんなのは不可能だ!!」

感情に任せた拳が机に叩き付けられ、ビクリと職員達が怯む。

誰もが知っていることだ。息吹の設定が書き換えられる事など理論上あり得ない。

しかし、目の前ではあり得ないことが起きている。入場者視点のカメラ映像もそうだし、火竜の存在も勿論そうだ。

だがそれでも職員達の間では、息吹は訓練用ダンジョンであるという認識があった。

最悪死んでも生き返れる。そもそもそれ以前に緊急離脱がある。その二つの余裕が、このような非常事態になってもなお彼らの平静さを奪わない。


だからこそ、会議室内は次の一言で凍り付いた。


「室長……　死に戻り機能が……　機能していません……」

「なんだと……？」

「ゲートも一方通行……　11レベル以上の者について入場制限、緊急離脱も、ログアウトすらできないようになっています……」

誰もが絶句した。もしそれが事実だとすれば、そこはもう5階層までを想定した訓練用ダンジョンなどではない。ダンジョンに潜ったことも無いような雛鳥《ひなどり》が放り込まれたのは、上級冒険者ですら単騎では乗り込まない致死の大規模戦闘階層《レイドフィールド》20階層。

誰も、助からない。一人残らず。

誰一人身じろぎもしない室内に、室長の乾いた声が響いた。

「デス、ゲーム……だと……」

◆　◆

『はじめまして。そしてさようなら。デスゲームにようこそ』

そんな意味不明なセリフが鼓膜を揺らす。

口の動きと聞こえる言葉が合っていないところを見ると、何らかの翻訳機能を介しているのだろうか。

男は俺達の反応が見えているのか、満足げに頷いた後、パンと手を打った。

『といっても何も説明なしではさすがに可哀想だ。そろそろ我々の声明も流される頃。簡単に説明をしましょう』

歳は40前後だろうか。

高い鼻とくぼんだ眼。清潔感のある髪は色の薄い金髪で、きれいに6：4で分けられている。

厳つい印象もなければ、逆に優男といった風貌でもない。強いて言うならば、人の好さそうなスラブ人だ。

昼は仕事、夜は家族と団欒。休日に子供と遊び、近所の公園で犬の散歩をする。そんな日常感の溢れる普通の男。

空が砂嵐に覆われ、ドラゴンが現れ、天空のスクリーンでその男が安心感すら覚える笑みを浮かべている。

酷く非現実的な光景だった。

『あなた達は人質です。我々【赤の騎士団】の要求を通すためのね。今、ここの光景は全世界に中継されている。皆さんには見世物としてせいぜい足掻いてもらいます』

ラノベやアニメで腐るほど見た事のあるシチュエーション。

こんな状況、作中では喚き出すモブがいたりするが、あれはウソだ。

人はあまりに突拍子もない出来事に巻き込まれた時、ただ呆然と立ちすくむことしかできない。

今、俺が目にしている光景がまさにそれだった。

誰もがポカンと口を開き、無防備に突っ立って空を見上げている。中にはまるで授業みたいに体育座りで男のセリフを待っている者さえいる。

そんな何だが何だがわからない状況の中、はっきりと意志を持って動いている二人の人物がいた。

「モモ！　まだ来てない生徒は見つかりましたか!?」

「二組発見、すぐにこっちにくるよ！　だけどカノンちゃんのチームがまだ見つからないの！　もしかしたら集合地点に向かってなかったのかも……　クリスちゃんどうしよう……っ」

言わずもがな、担任のクリスティナ先生と戦闘実習担当のモモ先生だ。

まだここに来ていない生徒の捜索に向かっていたモモ先生が凄まじいスピードで駆けてくる。その後ろを隊列もクソもない全力疾走でついてくる生徒達の顔は一人残らず引き攣っていた。

「あなたが泣き言言ってどうするのです！　態勢を整えてから捜索を出します！　モモ、今はまだ状況が見えません。ここで生徒達を守りますッ！」

涙目のモモ先生を叱責したクリスティナ先生が、近くにいたクラス委員長の東雲《しののめ》に指示を飛ばす。

「東雲君、生徒を集めて点呼を！　終わり次第森に移動を開始します！」

「わかりました。みんな！　点呼をとる、集まってくれッ！」

東雲はなぜこの底辺高校にやってきたのかわからない3人のうちの1人である。

実力もさることながら、面倒見が良く人望も厚い。暑苦しいほど真っすぐな青春バカであることが玉にキズだが、男子も女子も、「東雲が言うんだから言う通りにしようぜ」と思わせるだけの力がある。

ここにきて呆然とするだけの生徒達がハッと我に返り、東雲の周りに集まり始める。

点呼が終わると、やはりカノンチーム――――ドリルチームの4人が見当たらない。チラリと尼子屋の顔を窺うと、幾分顔を青ざめさせ、拳を震わせていた。やはり心配なのだろう。

そして再びモモ先生が泣きそうな顔になるが、彼女だって子供ではない。今優先すべき順序というものがある。

俺達はダンジョン5階層相当の訓練用ガーデンで四苦八苦する程度の存在だ。それが中級冒険者の壁とされる20階層のレイドボスをどうにかできるはずがなかった。

先生がどんな作戦を考えているのかは知らないが、俺達が足手まといであることだけは確かだ。空を飛ぶドラゴン相手に、自分の身も守れないひよっこ共が広場で固まっていたら「狙ってください」と言っているようなものである。

今俺達がすべきことは、速やかに身を隠すことだ。

その間、スクリーンに映る男は、日本が東ロシアにどうだのレベジェワ外相がうんたらだの、やたら小難しい話を小難しい言葉で話していたが、正直誰も聞いていなかった。

普通なら涙目になって悔しがる所だと思うのだが、そもそも俺達に聞いてほしいわけでもないのだろう。

そして点呼も終わり、森へと移動を開始しようとした時、喧騒の合間を縫うタイミングで男――【J】の声が響き渡った。

『それではルールを説明しましょう。先に言っておきますが息吹の設定権限は我々が掌握しました。帰還ゲート全てを排除。死に戻り機能の停止。そして火竜の召喚。この意味、おわかりになりますかね？』

男が笑みを深め、三日月形に歪んだ目元からドロリと濁った瞳が顔を出す。

『死んだら死ぬ。そして君達に逃げ場はない』

死に戻りの機能は、訓練ガーデンが訓練ガーデンであるための必須機能だ。それがなければ、高々5階層程度の難易度とはいえ、命を危険に晒して潜るような奴は自殺志願者かキチガイだ。それなのにその命綱が失われ、逃げ道を断たれた挙句に火竜がいる。絶望以外の表現があるだろうか。

クラスメイトがざわつく中、尼子屋が呻くように呟いた。

「ダンジョンハック……　嘘でしょ……」

「ゲートの強制消失に火竜だ。認めるしかないだろ」

ダンジョンハック。

それは多くの映画や小説で題材とされながら、現実世界で起きたことは一度もない最悪のテロだ。もしかしたらあったのかもしれないが、少なくとも表向きは存在しない事になっている上に、技術的に不可能とされている空想のお話。

で、あったはずなのだ。

しかしそれが今、目の前で現実として起きている。起きてしまっている。

誰もが言葉を失い、中には声を上げて泣き出す子もいる。当然である。俺だって周りに誰もいなかったら大声で喚き散らしていたに違いない。現に俺の膝は笑いっぱなしで、意識していなければ真っすぐ歩くことだって難しい。

「アーニャ、お前、火竜倒せるか？」

お偉いさん達は俺達と共に行動することを選んだらしい。

すぐ後ろをついてくるアーニャを振り返ることなくボソリと呟く。

「腕輪を外して本気出せば……　いけるでござる」

「化けモンかお前」

「失敬でござる！　拙者はか弱い乙女でござるぞ！」

ゴソゴソと腕輪を外そうとするアーニャに、驚きを通り越して呆れてしまう。

だが少しだけ安心した。自力で何もできないのは悔しいが、最悪でも死ぬことは免れそうだ。

「いざとなったら頼ることに――――」

『そうそう。忘れていました。羊に狼が紛れ込んでいても困る。万が一がありますからねえ……レベル20を超える者の滞在を拒絶します』

「な――ッ！」

半ば腕輪を外しかけた体勢で固まるアーニャ。

驚く間もなく、【J】がパチンと指を鳴らすと、護衛の一人が驚きに目を見開いたまま光の粒子となって消えた。外に転送されたのだ。

一番小柄で目立たない中年だったが、高ランクの冒険者だったらしい。

「アーニャ待て！　外すな！　転送されたら終わりだ！」

自動なのか手動なのかわからないが、それでも今、レベル27のアーニャが転送されたら俺達はもう終わりだ。

レベル10の制限がかかっていたとしても、彼女の技術と経験は、この場を生き延びるために絶対に必要だった。

そしてハッとなって先生を見ると、制限ギリギリだったのか、ほっと胸をなでおろすクリスティナ先生がいる。モモ先生はレベル19だったはずだ。なんとか首の皮一枚繋がったということか。

だが絶対的窮地であることに変わりはない。

『猶予は24時間。フィールドを24に分け、1時間ごとにブレスで灰にしていきます。なに、心配することはありませんよ。ゲームを終わらせるための条件は3つ。両国が我々の要求を飲むか、火竜を倒すか、それとも……』

男の顔がぐにゃりと醜悪に歪む。瞳の奥に潜むどす黒い炎が爆《は》ぜた。

『……全滅するか。さあ、ゲームを始めましょう』

先生の決断

状況は良くない。

冒険者として戦力になりそうなのは先生2人とボディーガードのうち2人、そして後からやってきたダンジョン・インストラクター5人だけ。しかもボディーガードのうちの1人はレベル10と、初級冒険者の域を脱してすらいない。

ちなみにダンジョン管理庁から状況を調べに来た人は完全な非戦闘員だった。一体何しに来たんだと問い詰めると、今は入場にもレベル制限がかかっているらしい。

アーニャがレベル制御の腕輪を外せないのは、彼女の素性を知っている先生も認識しているようで、逆に下手な混乱を避けるために表立って彼女に接触しようとしない。

レイドボス相手には、あまりに頼りない戦力と言わざるを得ないだろう。

クリスティナ先生が東雲を通じて適宜、指示を出しているおかげで表立った混乱がないのが救いだ。

情報はチラホラとだが集まり始めていた。

ガーデンには構成キャパシティというものがある。細かい事を取っ払って雑に言えば、ラノベでお馴染みのＤ　Ｐ《ダンジョンポイント》のようなものだ。

普段ならばちょっとした島や県ほどの広さを誇る【息吹】だが、火竜を召喚したり、ゲートを取っ払ったり入場制限をかけてみたり、更には息吹の原始設定である「死に戻り」と「緊急離脱」の封印と、無茶苦茶しているおかげで、維持されているフィールドが極端に狭くなった。

モモちゃん先生とクリスティナ先生の会話を聞く限りでは、半径５キロ程度。火竜に追い立てられる身であることを考えると、俺達にとって必ずしも良い話ではない。

外への通信や、緊急離脱も試みられたが、【Ｊ】の言う通り全く成功する兆しがない。

俺達は本当にこのガーデンに閉じ込められてしまったのだ。

後は死に戻りができるかどうかだが、これを試そうとする勇者は流石にいなかった。

【Ｊ】が嘘を言っている可能性は十分にある。だが奴の言うことが本当だという可能性もまた十分あるのだ。失敗したら待っているのは『死』である。わざわざ博打を打つ必要もなかった。どうせ遅くとも20時間後にはガーデンが焼き尽くされるのだ。

俺達冒険科25名は東雲の指揮の下、班分けをして休憩と見張りを１時間交代で行っている。本当ならばもう少し長いスパンで行いたいところだが、そうもいかなかった。

そう遠くない位置にある森が炭化し、薄い灰色の煙を立ち昇らせていた。あれから４時間近くが経過し、３つのフィールドが火竜のブレスによって灰塵に帰している。

Ａ‐１からＦ‐４まで分けられた24のフィールドは、１時間ごとに無作為にブレス攻撃を受ける。

幸い火竜は遠くにおり、こちらに注意を向けてくる気配はない。

しかし、どのフィールドが焼かれるかは完全にランダムで、今、俺達が潜むフィールドが次のターゲットにならない保証は無い。なので、俺達は火竜の動きを監視しつつ、すぐに動ける態勢を維持しなければならなかった。

「先生！　モンスターです！」

「わかった！　いっくよ～！　みんな離れててねッ！」

さらには断続的なモンスターの襲撃もある。

本来ならゴブリンやらオークやらがメインの息吹であるが、おそらくは設定をいじっているのだろう。11階層以降に出現するオーガやらゴーレムやらが襲ってくるのだ。

キャパシティ制限のせいで数こそ少ないものの、レベル5前後の俺達が戦うには危険すぎる相手だ。

「ええ～い！　【斬岩剣】ッ!!」

――――ズガンッ
見た目小学校低学年の魔法幼女が、石人形を半透明の大剣でぶった切るというアレな光景ももう見慣れた。最初は正直、魔法少女らしくマジカル何とか的なやつを想像していたのだが、モモ先生はガッチガチの武闘派だったらしい。

「えへへ〜」

一刀両断にされたストーンゴーレムを見て俺達はホッと胸を撫で下ろした。

得意げに胸を張るモモちゃん先生に、よしよししたり飴をあげたりしてる奴は緊張感が足りない。

モモ先生の大剣と粗末な棒切れでチャンバラしたいでヤンスと、うわ言のように呟く千田君はブレなさ過ぎてむしろ尊敬する。

俺達がとっさに組んだ円陣の中で、ひと際深く息を吐く人達がいた。運悪く息吹に居合わせてしまった一般人達だ。

アーニャの話を聞く限りでは、今日は息吹のゲートは結果的に閉鎖はされていなかったものの、閉鎖されるという通達が出ていたらしい。いつもより人が少なすぎると訝しんだ尼子屋の言う事は正しかった。

それなのに中に入ってきてしまった彼らはご愁傷さまとしか言いようがない。彼らのほとんどは観光客なのだ。

今や代理店にとって疑似ダンジョン体験ツアーは、スキューバダイビングと肩を並べる人気商品であり、ツアーのインストラクターは中級冒険者の人気のバイトの一つだ。

大方、ロクにダンジョン情報も仕入れない、怠慢代理店のおかげで彼らは命がけのサバイバルに身を投じるハメになった。

しかし、皮肉にも貴重な戦力であるインストラクター数人が集団に加わったことは、俺達にとっては僥倖であるが問題も多い。

人数が多すぎるのだ。ざっと数えると一般人だけで50人以上。クラスメイトはドリルチームを抜いても25人いるが、「俺が知る限り」この中でオーガやゴーレムと戦えるのは葵と、そして東雲くらい。

守る態《てい》で円陣を組んではいるが、いざとなったらほとんど意味がないのはわかりきっている。

旅行客の中には、親子連れやカップル、有休をとってツアーに参加したのであろうOLさん達もいる。

特に、二人で手を取り合って震えているOLさんは何と言うか……　モテカワ全開の人で、クラスの男子共も率先して守ったりと、アピールに余念がない。

こんな状況だというのに一体何をやっているのか。ちょっとおっぱいがミサイル駆逐艦だからってお前ら……

「……ミナト、何見てるの」

「夢」

男の夢です、と確信をもって答える。

葵さんはゴムボート以下だったが、口にすると殺されるので黙っておいた。ちなみにモモ先生は手漕ぎボートだ。

「あなた達は私の太くて長くて硬いので新世界に旅立ちたいのですか？」

我が校が誇る軽空母が、太くて長いのをパシパシさせながら青筋立てている。男子共が蜘蛛の子を散らすように逃げていった。

すると、呆れたようにため息をつくクリスティナ先生に向かって尼子屋がスッと前に出る。

「クリスティナ先生、お話があります……」

「西郷寺カノンさんのことですね？」

「――――ッ！」

尼子屋の目が開かれ、逆に先生の目がスウッと細められる。

「彼女達の捜索にはインストラクターの方々がもう向かっています。パーティメンバーを心配する尼子屋君の気持ちもわかりますが、これ以上戦力を割くのは難しい事はわかりますね？」

「そ、それは……」

「まだ雛とはいえ、曲がりなりにもあなた達は冒険者の端くれ。雛にすらなっていない一般人を危険に晒すわけにはいきません」

俺達が森に避難し、息吹に閉じ込められた人達と合流した後、すぐさまドリル捜索チームが編成された。

25名の生徒に加え、数十人の非戦闘員を守りながら森を移動する事と、少人数の戦闘員で決まったポイント周辺を探索する事。どちらが危険かという話ではなく、どちらが向いているかという話だった。

いつも大人数の生徒達を引率している先生と、少人数の観光客を引き連れ、様々なポイントを案内しているインストラクター達。

つまりはそういう事だ。

今、この集団を守っているのは2人の先生とボディーガード2人だけ。ボディーガードのうち1人はレベル10だから、むしろ俺達の方に近いくらいで、もしかしないでも葵の方が強いだろう。

俺達生徒は大した役には立たず、他方から襲ってくるモンスターを実質3人で撃退しているのが現状である。

先生の言う通りだ。これ以上戦力を割くと万が一があり得る。そうなれば俺達は全滅だ。

「わかっています……　でも、インストラクターの人達、もう3時間も経つのに……っ」

初心者用のダンジョンとはいえ、単身でツアー客の安全を確保しつつ案内するには、ある程度の実力が必要だ。

今日、ここに集まった運の悪いインストラクター達もまた、中級冒険者としては申し分のないレベルだった。中には25階層以上に潜った経験を持つ猛者もいて、ゴーレムやオーガ程度ならば問題なく撃破できるはずなのだ。

しかし、帰ってこない。

圧縮され、今は5キロ四方くらいしか無いフィールドで、3時間が経過しても彼らが帰ってくる気配がない。

捜索が長引いているだけならいい。おそらくはその可能性が一番高い。

だが、そうじゃなかった場合はどうだ？

中級冒険者5人のパーティが帰還不能になるような何かが、このフィールドにあるとすれば。

一般人に毛が生えただけの女子学生４人が、果たして無事でいられるのだろうか。

「それでも今は待ちます。今、リスクを冒せば取返しのつかない事になる可能性があります。これ以上生徒達を危険に晒すわけにはいきません」

「～～ッ　なら、僕が――――ッ」

「認めません。絶対に。話は終わりです」

「先生ぇッ！」

宣言通り、話は終わりだとばかりに背を向け、持ち場に戻っていく先生。

尼子屋は突き出した手を力なく下ろし、悔しそうに項垂れた。

やり取りを聞いていた他の生徒達もこちらを見てくるが、視線が合うと気まずそうに眼を逸らす。

一般人達は罪悪感を顔に浮かべて俯いていた。

正論だ。先生の言葉は。

それをわかっているからこそ尼子屋だって黙って言葉を飲み込むしかない。

客観的に言うならば、先生は生徒を守るために４人の生徒を見捨てる決断をした。状況が状況ならば親御さん達が乗り込んできて吊るしあげられてもおかしくないと思う。

しかし、俺達にそれを責める資格は無かった。

血が滲むほど握りしめた拳を震わせながら、何事もなかった風を装って去っていく先生の背中に向かって、俺達は一体何を言えば良いというのか。

俺達が弱いせいで残酷な決断をせざるを得なかった優しい先生に、ちっぽけな正義感を振りかざして自己満足するようなクズに俺はなりたくない。

「尼子屋、気休めは言わない。だけど今は耐えよう」

「うん……そうだね……ごめんねミナト君」

俺達の力が必要になる時がきっとくる。その時のために、今できることをやるしかない。

父親に連れられて初めてダンジョンに潜ったあの日、初めてのレベルアップで目覚めた意味不明な能力。

使い所も威力も無さすぎる、どうしようもない力が宿る右手を見下ろし、俺は呟いた。

「全員で、帰るんだ」

逃走

彼らは同業者だ。

専業だろうがバイトだろうが、同じ【息吹】というフィールドで商売していたら顔を合わせることだってある。

どこそこの報酬が高いとか、あそこの会社の客は若い子が多いとか。

そんな野郎特有のどうしようもない情報交換をした覚えのあるメンツだった。

死にはしないと言っても、普通の感覚からすれば、息吹も得体のしれない化け物が闊歩する異世界であり、ダンジョンと違いはない。

そんなところをスリルを求めて、または珍しいもの見たさでやってくる女性達は吊り橋効果もあってか、圧倒的実力でもってモンスターを駆逐するインストラクター冒険者に熱を上げがちだ。

要するにモテるのである。

ダンジョンでは中層突破に足踏みしていても、同世代の冒険者が先へ進むのを指を咥えて見てるしかなくても、ここではゴブリンみたいな低級モンスターを狩るだけで女共は熱い吐息を漏らす。

ダンジョン攻略に限界を感じている者や、レベルアップの衝動に耐えきれない者など、ちょっとした小遣い稼ぎにインストラクターをやって、そのままハマってしまうものは少なくない。

今こうして、行方不明の女生徒を保護するためにフィールドを進む彼らがまさしくそうだった。

「ただ普通に助けるのも面白くないよね〜」

嘘くさい金髪に、肌をこんがり焼いたチャラい男が嘯《うそぶ》く。

防具らしい防具はガントレットのみ。ボタンの必要性を疑うほどシャツの前をはだけ、見られることを前提とした腹筋が大げさに割れている。有りがちなオラオラ系拳闘士である。

「いやいや、拳闘士氏ぃ〜　さすがにわかっていらっしゃるぅ〜　なんせ相手はＪＫでござるゆえ〜っ！」

分厚い眼鏡を指で押し上げた太り気味の男が「うひひ」と笑う。

テーブルクロスみたいなチェック柄のシャツに、ガラもののバンダナ。探索に必須なリュックにまで大人のお友達の夢がいっぱい詰まっていそうなその男は、パッと見女性には敬遠されそうな風貌であるにもかかわらず、これまで女に困ったことはない。

このメンバーの中で、唯一、25階層以上に潜ったことがあるのは他でもなくこのオタク風の男だった。「強さ」が価値を持つ世界で、明確に「強い」ということは、つまりはそういうことだ。

「お二人とも何を仰っているのですか、まったく嘆かわしい……　女子高生なんて私の娘よりも年下なのに――それはそれで……　燃えてきましたね」


上下ともにパリッとしたビジネススーツに身を固め、こんなフィールドよりもオフィス街が良く似合う40代後半の男は、メンバー唯一の妻帯者で2児の父だ。

リストラに遭い、偽装出社の時間つぶしにダンジョンに潜りはじめて中級冒険者にまで成り上がった彼は、今やサラリーマン時代の5倍以上の年収を稼ぐまでになった。


「然り。ただ強いて言うなれば人妻でないのが無念だ。しかしこれもまた運命《さだめ》、なのか……」

「いやはや、とにかく子猫ちゃん達を見つけることが先決ですな」


5人のインストラクター達は、現れるモンスターを瞬殺しながらクリスティナに渡された地図のポイントまで悠々と進む。

設定変更のせいでいつもよりも強いモンスターが現れるが、一言でいえばそれだけである。

雑魚に変わりないし、火竜にさえ遭遇しなければどうということはない。

正規の登録業者ならば絶対に目を通す機会のあった通達。それすらも気づかなかった代理店のおかげで、とんでもない事件に巻き込まれてしまったが、絶望するほどかと言われたらそうでもなかった。生き延びるだけならば十分可能。

そして、捜索対象は10代も半ばの女子高生４人。

ならば、彼らにとってやるべきことは一つだ。

「ピンチに颯爽と現れ、颯爽と助ける。これだ」

「間違いないでござるゥッ！」

「娘よりも年下の……　嘆かわしい。だが、それがイイ……ッ」

「くっ　これが業罪《カルマ》、か……」

「いやはや、正義に値しますな」

それぞれの決意を胸に、一行は森を進む。また1体オーガが現れるが、「ぶひひ」と笑みを崩さないオタクが一瞬で消し炭にした。

不穏当に聞こえるセリフも、いつでもどこでも男が集まれば似たり寄ったりである。

ここは危険が溢れるガーデンかもしれないが、一歩外に出たら法治国家日本だ。下卑た妄想は自由でも、実際に無茶な行動を起こそうとしているわけではない。

要するに助けた後のナンパは自由でしょ？　という話で盛り上がっているのだ。

加えて言うならば、

『もし万が一ウチの生徒に狼藉を働くようなことがあれば、私の太くて硬いのでケツから内臓を蹂躙しますのでご留意を』

全く目の笑っていない女教師に笑顔と共にそう告げられて、男達は正直縮み上がってしまった。

もちろん彼らの細くて短いのも同様である。

しかし、それでも彼らの目はキラキラと輝いていた。

女性に困っていないといっても、普段は旅行代理店を利用するような大人の女性を相手にしている彼らにとって、マジモンのＪＫはモンスターよりも遭遇率の低い空想上の生き物だ。

そういうお店に行ってもＪＫのコスプレをしたお姉さんがお相手をしてくれるだけ、つまり偽物なのだ。男達のテンションも否応なく上がっていく。こんなチャンスは滅多にない。

「まあとにかく急ごうぜ。にゃん子ちゃん達が俺達を待ってる」

「おおふ　おおふ！　起っきしてまいりましたァ！」

「世も末です嘆かわしい……　すでにカッチカチです」

「くっ　俺の中の獣が、これが暴走《ナイトビースト》、なのか……ッ」

「こりゃ一本採られますな」

男が集まってシモの話を始めればこんなもんである。

インストラクター５人は、そんなどうしようもない会話をしながら探索をする。そして探索といってもある程度目星はついていた。

女夜叉――――もとい、女性教師から「おそらくはこの辺にいる」と、丸で印をつけられた地図があるのだ。

空がモザイク化するという異常事態にも試験を続行し、そして様変わりしたモンスターに囲まれてどこかに隠れているか、誰かが怪我を負って身動きが取れなくなっているか、それとも火竜の凄まじさを見せつけられ生き延びることを諦めたか。

事の経緯を聞いていたインストラクター達はそう当たりをつけていた。

女教師が予想したポイントは3つ。

そのうち1つは既に捜索し、そろそろ2つ目のポイントに差し掛かろうとしている。

すると、丘の向こう、岩山がいくつもそそり立つあたりから爆発音が聞こえた。

5人は顔を見合わせると我先に駆けだす。

すると何を思ったのか、岩山を回り込んで突入しようとする男達の前に、サラリーマン風の男が両手を開いて立ちふさがった。

色めき立つ他の4人。今更怖気づいたのか。4人の目が言外にそう言っている。

一触即発の空気の中、サラリーマン風の男は泰然と首を横に振る。その表情はまるで悟りを開いたブッダの如し。

そしてサラリーマン風の男は無言のまま、オーケストラの指揮者の様に、スッと岩山の頂上を指した。

瞬間、男達は全てを理解する。

そして戦慄した。

娘より年下のJKをナンパするためにそこまでするのか、と、サラリーマン風の男を畏怖を込めた目で見る4人。

つまりこういうことだ。

女生徒達は戦闘中だろう。
そこにただ助けに入るのでは芸が無い。
ならば岩山の頂上から颯爽と登場してはどうか。
古《いにしえ》より、日本の血に脈々と受け継がれる戦隊モノ方式である。
男達は神妙な面持ちで頷き合う。
そして、いそいそと岩山を登り始めた。

◆　◆

「増田さん！　ゴーレムからは逃げられますわ！　オーガを牽制して！」
「比佐山さんは退路を確保してくださいまし！　撃ちますわ！　《エクスプロージョン》!!」

――――――ドンッ

ドリル――――――西郷寺カノンのチームは怒濤の連戦を強いられていた。
今も2体のオーガと3体のゴーレムに囲まれ、包囲から抜け出すための博打染みた戦闘も、もう何度目かわからない。

４人共が疲労困憊で、その表情には諦めの影すら浮かび始めている。

「横峯さん、諦めては駄目ですわ！　きっと助けがきます！　それまでは何としてもッ　《アイスバインド》!!」

異常事態発生時、彼女達はもう少しで３つ目のフラグ回収ができる場所にいた。

「すぐに集合地点に避難しなくては」という考えと「フラグ回収をしてからでも遅くない」という考えが４人の頭に同時に浮かび、そして彼女達は後者を選んだ。

実際、予定通りに行けば、それでも避難は間に合ったハズだったのだ。しかし……

「西郷寺さん、もういいよ！　私を置いていってっ！　いいから逃げて！」

「何を仰っているのですかッ！　何としても生き延びますわよッ！　全員でッ！　《ファイアエッジ》!!」

カノンが激高する。

「でもッ　このままじゃッ！」

「でももへったくれもありませんわ！　わたくしは絶対に仲間を見捨てない！　絶対にッ!!」

チームを指揮し、檄を飛ばすカノンに背負われている女生徒。横峯久子がフラグ回収直後、土手で足を滑らせ捻挫をしてしまったのだ。

結果、全速力では走れない彼女を庇《かば》う形での移動を余儀なくされ、モンスターに遭遇しては逃走するを繰り返しているうちに、ここがどこかもわからなくなってしまった。

移動中は交代で彼女を背負っているが、戦闘中はファイターの二人の動きを阻害するわけにもいかず、魔法職のカノンが彼女を背負っている。

魔法職とはいってもレベルは5。レベル1の成人男性の筋力は容易に上回るので、女の子一人背負うくらいはワケない。

といっても戦闘ともなればやはり勝手が違ってくる。極限の緊張感の中、いつもの自分と違う動きは、容易に自身の戦闘イメージを狂わせる。

彼女達の疲弊は限界を超えようとしていた。

斥候ができる尼子屋がいれば話が違っただろうが、今そんなことを言ってもはじまらない。変わらない事実は、見知らぬフィールドで、明らかに格上のモンスターに囲まれている、それだけだ。

不幸中の幸いだったのは、ゴーレムもオーガも動きがそれほど速くない上に、距離が離れると追うのを諦めてくれる事か。

敵との遭遇は避けられない。だが最小限の戦闘で逃走くらいはできる。

しかし集合場所もわからない。どこにモンスターが潜んでいるかもわからない。次の瞬間にこのフィールドが火竜に焼かれるかもしれない。

逃げ込める場所は有限で、戦闘音を聞きつけて他のモンスター達が容赦なく集まってくる。岩山に逃走経路を狭められ、確実な退路なんて確保できそうにない。

どうしたらいい。どうしたら生き延びられる。

救助は来るのか。もしかして見捨てられたのではないか。

押し寄せる恐怖。極限の緊張。

歯を食いしばらなければ今にも飛び出してしまいそうな嗚咽を漏らさないで済んでいるのは、それをした瞬間、チームが崩壊することを知っているからだ。

「西郷寺さんッ！」

「お黙りなさい！　絶対に見捨てないッ！　絶対に死なせないッ！　全員で生き延びてみせますわッ！」

しかし、気持ちだけで事が成せたら、どれだけ世界は幸せだっただろう。

どんな崇高な志があろうと、どれだけ努力を重ねようと。

今も、世界中で血は流され、咽び泣く者がいるという現実。そう現実はそんなに甘くはない。


その瞬間はあまりにもあっけなく訪れた。


それはほんの些細なミスだった。

オーガの牽制をしていた増田涼子が、小石を踏んで体勢を崩す。普段ならば問題の無いその小さなミスが、疲労と緊張感で限界に来ていた増田の集中力を途切れさせた。


――――お腹減ったな。久しぶりにハンバーガーが食べたいな。今日は頑張ったからホットパイをつけちゃおうかな。

そんな事が頭を過った。

1秒にも満たない脱力の瞬間、結果、彼女は大きく体勢を崩す。

そして地面に投げ出された彼女に影が差す。茫然と影を辿って見上げた先、彼女はオーガの顔が喜悦に歪むのを見た。


「イヤあぁぁぁぁぁ〜〜〜〜ッッ！！！」

「増田さん！」

「涼子！」

そこからは全てがスローモーションだ。

オーガが涼子の足を掴んで持ち上げる。ガパリと口を開け、生臭い息を涼子に吹きかける。

「や、やめて……」

「彼女を離しなさいッ!!《アイスブレイド》ォォ!!」

カノンの魔法がオーガの皮膚を僅かに傷つける。だがそれだけだ。

「涼子ォ!! 今、助けがヴァ———ッ」

「比佐山さん!!」

比佐山が涼子を助けるため、ゴーレムに背を向けた瞬間、石の腕が彼女を跳ね飛ばした。

ゴッ　ゴッ　と鈍い音を立てながら地面を転がった彼女はピクリとも動かない。

「逃げ、て……」

逆さに吊り上げられた涼子が、絶望に彩られた泣き笑いで、そう言った。

「い、いやです……　そんな、そんな……　わたくしはッ！」

夢遊病者の様にフラフラと後退《あとずさ》るカノン。
2、3歩よろめくと、ドンと何かにぶつかる。呆けた表情で見上げると、そこにはゴーレムの無機質な顔があった。
ブツンッ　と。

彼女の中で何かが切れる。

カノンは横峯久子を背負ったまま、ペタリと地面に尻もちを突いた。

途端に膝が笑いだす。歯がカチカチと鳴り、意味不明な呻き声が喉から洩れた。

腰のあたりがやけに生ぬるかった。横峯久子が失禁したのだ。だがそんな事は気にもならなかった。

死ぬ。殺される。

ゴーレムの丸太のような腕が振り上げられる。永遠とも思える数瞬を、カノンはただ茫然と見上げていた。

そして次の瞬間――

ゴーレムが消し飛んだ。そして……

「丁度いい、あなた達には餌になってもらいます」

今この瞬間まで、ゴーレムがいたはずの場所に、男がいた。

何が起きたのだろう。

それすらも思い浮かばない空白の思考のまま、彼女は唐突に現れた人影にぼんやりと視線を向ける。

男は、にこやかに微笑みながら言った。

「イベントの主催者として、ゲームを盛り上げないといけませんからね」

J

比佐山は転がる地面の上で、塊のような息を吐いて覚醒する。

ゴーレムに殴り飛ばされる瞬間、戦士の勘なのか、軽く地面を蹴った状態で打撃を受けたのがよかったらしい。全身がひび割れたような痛みに襲われるが、骨が折れていないことを直感的に感じてのろのろと身を起こした。

ドサリと音がする。

オーガに逆さ吊りにされた増田涼子が地面に落ちた音だ。

増田涼子は、唐突に生じた鈍い痛みに顔を顰《しか》めながら、ぼんやりと自身が生きていることを不思議に思う。

まだ足を摑まれている感じがして、足に目を向けると目を見開いた。摑まれている感じ、ではなく、実際に摑まれていた。腕だけとなったオーガによって。

横峯久子は、ここが戦場であることも忘れ、すすり泣いていた。

友人の背中で失禁した恥辱と、何よりもこれから訪れるであろう死への恐怖。

彼女の本能は、将来の痛みに身を固めるでもなく、生存のために思考するでもなく。

言葉も通じないモンスターを前に涙を流すという最も無意味な行為に費やされていた。

そしてリーダーの西郷寺カノン。

既に5体のモンスターの脅威は去ったというのに、そのことにすら彼女は気付いていない。最後の瞬間、完全に心を折られてしまったのだ。

彼女は焦点すら失った諦観満ちる瞳で無様に口を開け、ただ呆けるように男を見上げていた。

男はフワリと微笑み、そして言った。

「イベントの主催者として、ゲームを盛り上げないといけませんからね」


しかし、ソレは突然だった。


頭上から突然、場違いなほどテンション高めな声が響いたのだ。

「子猫ちゃん達！　助けに来たぜッ！」

「あッ　ず、ずるいですぞ拳闘士氏ぃ！　あれだけ抜け駆けは許すまじって言った件について！」

「10代の少女に鼻息を荒くするとは、全く嘆かわしい……　娘のお友達からお願いします」

「くっ　我が故郷、地獄《ヘルサイト》の様な惨状ッ　さながら私は闇の騎士《ダークナイト》か……ッ」

「いやはや、まさにベストタイミ……　危機一髪に値しますな」

そこには狙ったかのように5つの岩山。

それぞれの頂点に佇《たたず》むのはそれぞれにポージングを決めた男達。

そう、彼らはカノンチーム捜索隊のインストラクター5人組だ。

荒ぶる鷹、アブドミナル&サイ、仮面ラ○ダー
一人は疼く右手を押さえ、そしてもう一人は腰を折って目を瞑り右手を差し出している。

いまだかつてこれほどまで自由なポージングがあっただろうか。

しかし拳闘士は叫ぶ。

「俺達は、君達を助けに来た正義の戦士ッ　そう――――ッ」

そして、彼らは見計らったように同時に息を吸い込み、勇ましく名乗りを上げたのだ。


「「「「「くぁ wせdrftgyふじこlp」」」」」


圧倒的沈黙に5人は焦り始めた。

加えて男達は、キメ台詞が一文字も合わなかったことに強い危機感を覚えていた。

「お、おい！　お前ら俺に合わせろって言っただろ！」

「横暴ですぞ拳闘士氏ぃ！　チーム名は『ぷりちーるるんぶ』ってあれほど――――」

醜い責任の擦《なす》り合いが始まり、それがしばらく続いた後、サラリーマン風の男がハッ　と我に返り、ワナワナと体を震わせながら叫んだ。

「大変です皆さん！　どうやら先を越されたようですよ！」

「な、なんですとッ」

今更ながら状況に気付いた5人が焦って地表を見下ろす。そこには、既に残骸になったゴーレム

と肉塊と化したオーガ。

倒れこむ4人の少女と、そして――

「おい、アイツ見てみろよ、あのニヤけ面、間違いねえ。【J】だ……っ」

この異常事態を引き起こし、自分達をガーデンに閉じ込め、挙句の果てに火竜を召還した張本人。天空のスクリーンで、にこやかにデスゲームを宣言した男がそこにいる。

拳闘士の頬が凶悪に吊り上がった。獲物を見つけた獣の顔だ。

「ほほう、これはこれは」

「いやはや、大物を引き当てましたな」

お気楽にJKをナンパできるという下心満載のピクニック気分で、この場を訪れた彼らも本質は冒険者。

それも10層周辺のルーキーなどではなく、15層を超える場所で生き抜く中級冒険者である。


修羅場を潜らずして何が冒険者か。

地獄を見ずして何を語れよう。


たとえ、割と人間として底辺な言動が目立つ、ふざけた5人といっても、荒事と探索を生業とする本物の猛者なのだ。

5人は先ほどまでのだらしない笑顔を消し、二十数メートルも下の地面へ音もなく飛び降りると瞬時に戦闘態勢に移行した。スイッチの切り替わった彼らの視界には既に女学生の姿は無い。

「オイオイ【J】さんよぉ。何テメー俺らの活躍の場を奪っちゃってんの？　コロすゾ？」

「これは社会人として社会の厳しさを教えてあげなければいけませんねぇ……　八つ裂きだ」

「いやはや、挽肉に値しますな」

敵は１人、こちらは５人。

正々堂々？　それは一体どこの世界のおままごとか。

死に戻りが無い？　それは一体どこのボケ老人の寝言か。

ヤツは敵だ。それだけで正当性など３００回は証明できる。

「ほう、20レベルギリギリの手練れがこんなにまぎれ込んでいたとは……　予想外ですよ。これは運が良かった」

「運が、良wwwかwwwwっwwwwたwww　テラワロスwww」

しかも、相手は前代未聞のダンジョンハックまでしてのけた得体の知れない男だ。負けは絶対に許されない状況、ならば見栄など犬にでも食わせればいい。


「【悪魔の壁《デモンズ・ウォール》】……」

厨二病の男が結界を構築。

まだ呆然として逃げることができていない女生徒達と自分達を隔てるための壁だ。

「【戦闘開始《ショー・タイム》】」

ハゲ親父が強化の能力《アーツ》を発動。

5人全員の体の周りを、緑色に煌《きらめ》く粒子が舞う。全員のステータスを底上げする所謂『バフ』である。

それを受けた5人が、スッ　と腰を落とした。

「ははは ッ………行くぞ――ッ」

最初に仕掛けたのはやはり前衛職、拳闘士。

足元を爆散させながら【J】に肉薄。

1メートル手前で地面に足をメリ込ませて、ムチのように体を捻る。狙いは腹。

衒《てら》いも飾りもない、単純にして明快。

突き。単純にして最速の技。

――ドンッ

衝撃波が【J】の背中を抜けた。

確かな手ごたえ、全ての力を乗せた感触。敵の防御パラメータを貫通したという確信。

「決まっ――」

「――何がです？」

「――ッ！」

拳闘士の肉体に刻まれた数々の戦闘経験は、迷うことより敵から離れる事を瞬時に選択する。

戦闘は生き物だ。迷えばそれだけ死が近寄ってくる。

「離れてください拳闘士！」

サラリーマン風の男が懐から取り出したのは名刺ではなく暗器。

指の隙間には黒光りする刃物がズラリと並ぶ。

1投、2投。

数十の刃が【J】に殺到。【J】は反応できていない。

更にサラリーマン風の男は、どこからか取り出した短槍を片手に突撃を敢行。

暗器の着弾よりコンマ1秒もズレずに、短槍が【J】の胸を捉えた。しかし――

「な、馬鹿な……ッ」

確かな手ごたえはある。皮を破り肉を裂き骨を砕くイメージと感触が一致している。

なのに【J】の体には傷一ついていない。

「DEFが高い？　いや違う、レベル差じゃない、おかしい、なんだコイツは……！」

「行きますぞォ！」


雄叫びと共に腕を振り上げたのはオタクだ。

彼は魔導士。そして魔導士の役割はただ一つ。

最大火力を以て敵を殲滅《せんめつ》する。

本気の彼が概念世界のトリガーを引いた。


「【雷槌《トールハンマー》】!!」

――――ズドンッ

巨大な雷豪が雨あられと【J】に降り注ぐ。凄まじい轟音と閃光に、聴覚と視覚が一瞬マヒする。

オタクの頬が嗜虐的に歪んだ。

それも当然。あんなものを食らって生きていられる人間などいない。ここにいる誰もがそう思った。だが――

「素晴らしい演出です。トップラインでもそうそう見られない上位魔法。視聴者もさぞかし喜んでいる事でしょう」

生きている。しかも無傷。

更には今の魔法が衣服にすら届いていない事実。

戦闘中だというのに、呆然と足を止めたのはオタクだけではない。

他の4人もまた【J】の異常性に背筋を凍らせる。5人の判断は早かった。

「コイツはヤベェ！　みんな撤退――――」

「そんな事……」

拳闘士が驚愕に目を見開く。

敵を見失ったからではない。敵の気配が消えたからでもない。

その声が、自身の耳元から聞こえたからだ。


「させるわけありませんよ」

――――ゴッ

【J】が腕を軽く払った。それだけである。

だがしかし、拳闘士の体はくの字に折れて吹っ飛ぶと、森に突っ込み、轟音と共に10本近い木を薙《な》ぎ倒してようやく止まる。

突き刺さるような静寂が戦場に降りた。

誰も身じろぎ一つしない。呼吸すら忘れた男達が、ただスローモーションのように倒れる木を馬鹿みたいに眺めているだけだ。

「本当に運が良かった。火竜を倒してしまうかもしれないあなた達に出会えた事は」

4人は目の前の出来事が信じられず、ただ無防備に突っ立っている。

人類最高レベルを誇る冒険者、【鉄拳】とてこんな異常な真似はできるかどうか。

これほどの強者なら自分達が、いや、世界中の人々が知っているはずだ。世界の希望として、名を轟《とどろ》かせているはずだ。

自分達は一体どこで間違ってしまったのか。

敵との力量差を測れないようなヒヨッコではない。中級冒険者の域に達しているのだ。見た瞬間、大抵勝てるか勝てないかくらいは判断できたし、今までもそうしてきた。そうでなければ過酷なダンジョン攻略などできるはずがないのだ。

なのに、何だこの男は。一体何者だ。なんでこんなところに、なんでこんな事を……

恐怖を感じる余裕すら無い。こんな化け物相手に勝てるわけがない。本当の脅威は火竜などではなかった。この男だ。

【J】は隙だらけの背中を晒しながら、まるでゴミ捨てが終わったとばかりに悠然と手を払うと、ゆっくりと4人に向き直った。

「あなた達には、リタイアしてもらいます」

ああ、自分達は今日、ここで死ぬのだ。

グチャリと醜悪に歪んだ【J】の笑みをぼんやりと眺めながら、4人はそう思った。

敵は誰だ

「【赤の騎士団】、調べれば調べるほど小物臭漂うゴロツキ集団だ。当局としては、トップの趣味趣向、家族構成から女性関係はもちろんの事、性癖やケツの毛の数まで把握しているが、とてもこんな大事件を起こすような組織ではない」

「背後関係は……？」

「西露政府が水面下で支援を。正確に言うならば【赤の騎士団】の上部組織を支援しているのを把握している。おそらくは今回の件は無関係だと思われる。そもそもが新興宗教への武器横流しの中継として利用される程度のチンピラだ。メリットが何も無い」

「そういえば、先ほどウチを通して西露駐日大使から政府に会談の申し入れがあったと聞いてます。もしかしないでもこの件ですよね」

「コントロールに失敗しての釈明か……　工作としては最悪の部類だな」

重苦しい沈黙が会議室内に満ちた。

【息吹】の権限喪失からすでに8時間が経過しようとしている。

マスコミは既に動き出し、前代未聞の拉致事件として、TVを点《つ》ければ首都TV以外のすべての局が報道特番で『局の顔』をズラリと揃えていた。

こんな異常事態にもかかわらず、いつも通り社会の責任追及や心の闇に迫るコメンテーターのアホさ加減に苦笑するしかないとしても、国営ガーデンがハッキングされたという失態は覆しようもない。

会議室内で流しっぱなしにされている映像では、脂の乗り切った歴戦のアナウンサーが、後手後手に回る政府の対応を語気も荒く糾弾していた。

責任者がただ頭を下げれば済むというレベルはとうの昔に過ぎ去り、この部屋に集まる関係各省庁の実務者達の顔色が悪いのは疲労だけではないだろう。

事後に待っているであろう監査や、事実究明に関する気の遠くなるような作業を想像すると、普通の感覚の持ち主ならば頭を抱えて当然である。

「公安さんはそこまで把握しているなら……」

「これはまだ機密扱いでお願いしたいのですが、公安さんからの情報を元に、ダンジョン管理庁は自衛軍と連携して既に【赤の騎士団】の拠点制圧を行いました」

その言葉に驚く者もいれば、自身の情報網から既に把握していたのか、無反応の者もいた。

軽いどよめきが収まるのを待って、公安の担当者が口を開く。

「ええ。当局が現地で確認した【赤の騎士団】の構成員の中には、【J】、あの映像で声明を語っていた人物も含まれており、当局は現時点において、【赤の騎士団】は事実上壊滅したと認識している」

ダンッ　と、机が乱暴に叩かれた。立ち上がったのは内務省職員だ。

「ならばなぜ【息吹】はまだあのいかれた状況を解除できていない!? 制御を取り戻したんじゃないのかッ!?」

「外務省としても聞き捨てならないですね。ダンジョン管理権限は概念認証でも、細かい設定調整はバベルシステムで行っているはず。我が国のダンジョンデバイスは健在です。ならばダンジョンデバイスはどこから、そしてどこに行ったんです!?」

スッと、公安の担当者が机に目を落とす。

内務省の職員は鼻息も荒く追及を続けるが、公安担当者は口をぐっ引き結び、眉間に皺を寄せたままだ。

何とも言えない沈黙が会議室に落ちる。猜疑心に塗《まみ》れた視線がそこかしこで交錯した。

「それは……」

会議室に集まる十数人の官僚達が、それぞれ何かを小声で囁きあう。

肌を鑢《やすり》で擦られるような空気の中、ダンジョン管理庁の室長が呻《うめ》くように言った。

「ダンジョン管理庁の専属冒険者が乗り込んだ時には、既に【赤の騎士団】の拠点は壊滅していました……」

「どういう、事ですか……?」

「それは、その……」

口ごもる室長は突き刺さる視線で針の筵《むしろ》に座らされたように身をよじらせる。

この期に及んで何を隠しているんだといった険悪な空気が充満し、緊張感も頂点に達しようとした時。

一人の男が口を開いた。

「……制圧した拠点には誰もいなかった」

全ての視線が一斉にその男に向く。机に置かれた札には『内閣情報調査室』の文字。

ガッシリとした体格、綺麗にオールバックへと撫でつけられた髪。１本たりとも剃り残しの無い髭と、１ミリの染みも無い真っ白なシャツ。

身だしなみにすら妥協を許さないその男――八ノ宮瑛士《はちのみやえいし》は、まったく感情のこもらない瞳で周囲をぐるりと見まわす。

そして、困惑、猜疑、焦燥、苛立ち、そんな負の視線を一身に受け止め、まるで舞台役者のように優雅な所作で机の上で手を組んだ。

「『誰もいなかった』って……　さっき公安さんが【Ｊ】を『確認した』と……」

全員の気持ちを代弁するかのような誰かの問い。公安の担当者がチラホラ向けられる視線を避けるように斜め下に目を向ける。

すると八ノ宮はこの険悪な空気の中、顔面の筋肉が鉄でできているかのような無表情で淡々と告げた。

「正確に言うならば、生きた人間は誰もいなかった。違いますかな公安さん？」

公安の担当者が目を瞑り、フウッと息を吐きだす。

「ええ、内調さんの仰るとおりだ。対象者はいた。しかし生存者は誰もいなかった」

「まさか……」

「幹部は全員殺害されていた。そしてその中には声明を発表した【J】も含まれる。肝心の死亡時期だが、死後3日と判断している」

騒然とする会議室。

再び机がダンッと叩かれ、内務省の男が唾を飛ばしながら捲《まく》し立てる。

「あ、ああ有り得ないでしょう！【J】の声明は動画のアップロードの時間指定で説明できる！しかし、【息吹】がハックされたのは今日も今日、ほんの半日前だッ！しかもヤツはご丁寧に息吹内部の現状解説までやっているんだぞ！」

「そうです！人質対応で経済制裁解除云々の圧力も高まってきているのに、肝心の相手がいないのであれば犯行声明の要求は一体何だったたって言うんですかッ！」

敵は政治的主張を唱えるテロリスト。それが官民通じての共通認識だ。

西露が支援する地下組織が日本の国営ガーデンをハックして東ロシアの外相を拉致。

対立する東ロシアの経済的枷を強めると同時に、4つもの階層権限を持つ日本に何らかの譲歩を引き出させる。これで東露との国交回復を狙う現内閣の足取りにくさびを打ち込み、更に世論を傾かせることができれば万々歳。

それがここに集まった官僚達が想像する敵のシナリオであった。

なのに蓋を開けてみれば、当の地下組織は既に壊滅し、ダンジョンデバイスの行方も不明。

高ランクの冒険者から成る頼みの綱の魔導特務隊だって、敵が不明であれば為す術がない。

明らかにダンジョンに纏《まつ》わる者――――冒険者が関わっている案件だというのに未だ冒険者ギルドは沈黙を保ったまま。

彼らは何をやっているのかと声を荒らげるのは簡単だ。

しかし、それをしたが最後、日本は国家として守るべきプライドを失ってしまうだろう。

敵は誰なのか。チンケな地下組織の皮を被って何をしたかったのか。

そもそも理論的に不可能と言われていたダンジョンハックに至っては、誰が、どんな技術で行ったのだろうか。

侃々諤々《かんかんがくがく》の議論がそこかしこで巻き起こり、いよいよ収拾がつかなくなってきた時、低くも高くもない、大きくも小さくもない、しかしはっきりと通る声が室内に木霊《こだま》した。

「本件について、政府は既に冒険者ギルドと連携し動いている。現在はトップラインの冒険者4名が既に来日し、内1名は当の現場に潜入しています」

「――ッ!! 内調さん、ウチはそれは初耳ですよ……ッ」

「ダンジョン管理庁のキャパシティを超える事案だと我々は判断しました。ギルドより情報提供を受けてから公安さんと極秘裏に進めてきたプランです」

「そんな！ 公安さんは……っ！」

ダンジョン管理庁の室長が思わず公安担当者を見るが、公安担当者は頑なに目を合わせようとしなかった。全ての事情を理解した室長の顔が悔し気に歪む。

公安は最初から内調と結託しており、ダンジョン管理庁を囮《おとり》として躍らせただけだったのだ。

外務省の職員もモノ言いたげに八ノ宮に視線を向けるが、そんなものを考慮するつもりは無いといった風に八ノ宮は言い放った。

「非公式に、【息吹】に関する全ての制御権を一時的に冒険者ギルドへ付託します」

「そ、それは外交的敗北です！　あんたらは何の権限でそんなッ！　見返りなんて何もないでしょうッ！」

「本案件はギルドの不始末に端を発します。詳細は話せませんが、権限強奪者は【息吹】内にいる」

その言葉に全員がギョッと目を見開いた。

現在【息吹】の入場ゲートは完全に閉ざされている。助けに行きたくても助けに行けない状況、それが今の状況だ。

それなのに権限者が息吹の中にいるともなれば、本当にもう手の出しようがない。

しかも現在の【息吹】にはレベル制限が発生していると報告されており、レベル20以上の者は強制的に息吹の外に放り出されるという。入場に至ってはさらに厳しいレベル制限が課せられている。

それらが意味する事は何か。

中に取り残された生徒や、数人の中級冒険者だけでダンジョンハックをやってのけた正体不明の敵をどうにかしなければいけないという事だ。

それは実質的に解決不能と同義である。しかし――

「ギルドは解決策を持っている。彼らに貸しを作る。これが見返りと思っていただきたい。そしてこれは政府の意思と思っていただいて構わない」

「そんな……ッ」

会議室内にいる職員達の反応は様々だ。

ほとんどの者がホッと胸を撫で下ろしたり、満足そうに頷《うなず》いているが、対照的なのはダンジョン管理庁と外務省だった。

当然である。

レベジェワ外相を殺すのは日本ではない。外相が対立する西露が支援するテロ組織だ。

もともと経済制裁で死にかけている国が、外相一人の命くらいで対立行動に出るわけがない。むしろそれをダシに日本も解きたがっている制裁解除への足掛かりに使ってくるに違いない。

間違いなく政府は外相の安全よりも、ギルドへの貸しを優先させるだろう。

要人を危険に晒し、その生命も保障されない現状を抱える外務省の担当者は、これから訪れるであろうデスマーチを想像して頭を抱えた。

そしてダンジョン管理庁に至っては目も当てられないのは考える必要すらないだろう。

ダンジョン管理の根幹を成す管理権限が奪われ、今この瞬間にも100名近い国民の命が消えるかもしれないのだ。マスコミの追及は始まっているし、被害者親族の怒りは頂点に達している。

わかりきっていたことだが、待ち受ける地獄の事後処理では、国民の溜飲を下げさせるためのスケープゴートが必要だ。

自分達で解決したならばまだ道はあった。経緯を説明し、管理責任としてトップが頭を下げ、形ばかりの人事を経て時間が過ぎれば、喉元過ぎればすぐに熱さを忘れる日本国民である。庁の権威を保つことは可能だった。

しかし、その道は断たれたに等しい。

この場にいる誰もが口には出さないが、しかし同時に誰もが引き攣る様に口端を吊り上げている。いつも対岸で見て来たからわかる。それは安全圏を確保した者特有の暗い笑みだ。

内閣とて半数以上は国会議員。野党の追及を躱《かわ》すには相応の犠牲が必要。ともなればその際に戦犯に祭り上げられるのは誰か。

間違いなくダンジョン管理庁である。

死人のように力なくうなだれる室長を一瞥《いちべつ》した八ノ宮は、その鉄面皮を崩すことなく口を開いた。

「本日中にもギルド戦力の突入が開始されるでしょう」

誰もがゴクリと唾を飲み、会議室が三度《みたび》静まり返る。

世界最強の武装組織、冒険者ギルドが既に介入している。誰もがその事実が持つ意味を噛みしめる。落とし所はどこか、着地点に居合わせるために何をすべきか。

国とは多頭竜《ヒュドラ》だ。

対外的には共に戦い、そして隙あらば身内で喰らいあう。

互いを牽制するように顔を見合わせるこの会議室は、国家機構の縮図であった。

するとそのタイミングで、唐突に神経を逆撫でする音が響き渡った。

発信源は――点けっ放しにされたＴＶ。

出席者達は視線だけで映像を追う。

『緊急速報が入ってまいりました。ええ、たった今情報が入ってまいりました。本日発生した大規模拉致事件に関して動きがあった模様です。【赤の騎士団】の声明が発表されました。今ご覧いただいている動画がその声明です』

熱気が籠る会議室で、緊急速報のテロップと共に映る【Ｊ】の寒々しい笑顔。

既に殺害されているはずの【Ｊ】は、にこやかな表情を崩さないまま、まるで愛しい我が子に語り掛けるように優しく言った。

――映像から分析をしているでしょうが、ご存じの通り未だ死者は１名も出ておりません。何も起きないままでは両政府も判断し辛いようなので、危機感を持っていただく必要があるようです。

フフッ　そこで本日21時、ショーを開催します。皆さんが待ち望んでいる、危険なショーをね
外務省の担当者の思わず呟いたセリフが、会議室に虚しく響いた。

「何が、目的だ……　こいつは一体……　何者なんだ……」

生贄

【息吹】に閉じ込められてから8時間以上が経過し、外の世界と時間をシンクロさせている息吹内も、もう日が落ち切ってあたりには闇が差している。モザイクの空もそこらへんの仕様は同じらしい。

文明の明かりも無く、本来ならば真っ暗になっているはずのフィールド内は、仄かに明るく、人が立つ先には薄く影すら伸びていた。火竜によって焼かれた森が燃えているのだ。

といっても、安全確保のために距離を取っているせいで、このあたりは動き回るには困る程度に暗いため、チラホラと光源魔法を使用している者がいる。

普通ならばモンスターが集まってくるので控える場面でも、非戦闘員を多数抱えたまま暗闇で襲撃されるよりマシだという判断があった。

薄明かりに照らされるみんなの顔には総じて疲労の色が濃く滲む。

いつ火竜の矛先がこちらに向くかわからないまま、断続的な襲撃に晒されているのだ。気を張りつめたままの8時間というのは想像以上に長い。

しかし、圧倒的不利には違いないとはいえ、今は膠着状態となっている。

俺達冒険科の生徒は非戦闘員に気を配り、先生達がモンスターを駆逐する。半ばルーチンとなってきた程度には状況は安定していたが、それが長く続かないことも何となく気付いている。

仮初の安定、砂上の均衡。

そうして必死に生を繋ぐ俺達をあざ笑うかのように、それは突然始まったのだ。


『みなさんこんばんは』


夜空に突如現れた光る巨大なスクリーン。

そこで相変わらず人の好さそうな笑みを浮かべる没個性的な男、俺達をここに閉じ込めた張本人【J】だ。

『最初に残念なお知らせがあります。みなさんと別行動をしていた中級冒険者5名。彼らにはリタイアしてもらいました』

全員が息を呑む。

俺達生徒も驚いているが、先生二人の驚きは見ていて明らかだった。彼らの力量にそれなりの信頼を寄せていた証拠だ。

しかし【J】は、俺達の驚きなど気にもせず、微笑みを崩さないまま言葉を続ける。

『レベル20以下でも強い者は強いのですね。やはりレベルだけでは世の中は測れない。レベル制限を15くらいにするべきかなとも思いましたが、まあ、さすがに後出しは卑怯でしょう』

こんな状態で火竜まで召喚しておいて卑怯もクソもないと思うが、口にはしない。口にしたところで何かが変わるわけでもないのだ。

『それより、視聴者の皆さんが退屈していましてね。動画配信のアクセス数も段々落ちて来ているのですよ。それはそうでしょうね、1時間に1回、火竜が適当に森を焼くだけなのですから。なので、『ショー』をすることにしました』

あまりにこの状況に似つかわしくない単語に、俺達はポカンと口を開けた。

ショーをする？　誰が、どうやってそんなものを……

『今から2時間後、21時から戦闘中継を始めます。もちろんその映像は全世界に配信され、そしてこのスクリーンでもご覧いただけます』


何を言っているんだと思った。

コイツは頭がおかしいのかと思った。

戦闘するには相手が必要だ。一方はいいだろう。ここは【息吹】だ。オーガもいればゴーレムもいる。ムカつくことに火竜までもがいやがる。

そいつらの誰かが一方に立てばスタンバイＯＫだ。

ならばもう一方はどうする？

現に俺達は戦闘をしている。それなのに、顔も知らぬ視聴者は退屈し、だから戦闘ショーを行うという。

そんなバカな話があるか。一体誰が戦うというのだ。

そこらで上がり始める罵声。

馬鹿を言ってんじゃない。ふざけるな。

俺達は思いっきり眉を顰《ひそ》めて悪態を飛ばし合った。

そう、映像が切り替わった先、結界の様な檻に閉じ込められた、

4人のクラスメイトを見るまでは。


『もしかしてと思っていますか？　ははは。そのもしかしてです』

誰かがポツリと呟く。

「うそ、だろ……」

映像に映っているのは見間違いようがない。リタイアしたとされる5人のインストラクター達が捜しに行った、西郷寺カノンとそのパーティメンバーだ。

彼女達が生きていた。

肌には泥がこびりつき、髪が見るも無残にボサボサになっているが、全員に意識があり、見る限りでわかる怪我をしているような者もいない。

しかし、その事に安堵のため息をつく者もまたいなかった。

なぜなら、俺達は悟ってしまったからだ。

次にヤツが発するであろう、無慈悲な台詞を。

『彼女達に、火竜戦に挑んでもらいます』

ふざけるな……ッ
誰のともつかない呟きが、空に溶けた。

まるで手の届かない空を摑むよう、上げかけた拳がダラリと落ちる。

死刑宣告だ。これは。

彼女達は生贄。無力な俺達をあざ笑うためだけに用意された、哀れな子羊だ。

『ショーに相応しい場を用意しましょう。場所は、ここです』

【J】が慈しみさえ窺える笑顔で言うと、スクリーンに映った現在のフィールドに赤い光点が灯る。

ヤツがわざわざ俺達に場所を教える意味。

そのメッセージは明白だ。

――――助けたければここに来い

俺は確信した。

ヤツは俺達の誰が死のうと知った事ではない。ヤツにとっては、俺達の助けすら『ショー』とやらを盛り上げるツールでしかないのだ。

ギリッ　と音がするほど奥歯を噛みしめる。

無力であることが、これほど憎いと思ったことはなかった。

『ではお楽しみに。最後に金髪縦ロールさんのメッセージを皆さんに伝えましょう。「絶対に来ないで下さい」とのことです。なんと美しい決意でしょう。泣かせますね』

ではごきげんよう。

【J】がそう言い放って映像は途切れたが、戦闘場所を示すマップだけが中空に光っている。

言葉は無い。身じろぎ一つすらも。

沈黙というものがこんなにも耳に痛いなんて思いもしなかった。

クラスメイト達は、憤りと諦めをその瞳に浮かべ、そして誰とも目を合わせないようひたすら下を向いていた。誰もが使命感と罪悪感のせめぎ合いに胸を押し潰されそうになっている。

「先生……」

誰かが言う。

そして誰も俯《うつむ》けた視線を上げることはしない。

クリスティナ先生が言った。

「何も……　することは、変わりません」

その決断を責める者は誰一人としていない。先生に責任が無い事を誰もが知っているからだ。

しかし、横目で先生を見てしまった俺は知っている。先生自身がそうは思っていない事を。唇を千切らんほどに嚙み締めたモモ先生は、浮かんでいたマップの一点を睨《にら》みつけ、瞬きすらしないその瞳からポロポロと涙をこぼし、顎から血を滴らせている。

そしてクリスティナ先生は……見たくない。見ている俺の胸が締め付けられる。

「このまま、警戒態勢を続けます……」

その一言をひり出すために、どれほどの葛藤があっただろうか。どれほどの屈辱を呑み込んだのだろうか。

生徒を安心させるため、無理矢理に作ろうとした笑顔で頬が痙攣《けいれん》している。血走らせ、乾き切った瞳には何も映ってはいない。

かける言葉すら見当たらなかった。いや、そんな残酷な事ができるはずがない。もし俺達が無事に帰れたとしても、この人はきっと……

クラスメイト達が一人、二人と地面に座り込む中、俺は俺の仲間を目で探した。

葵はいつも通りの無表情で、じっと俺を見ていた。傍から見たら何を考えているかわからないが、ずっとパーティを組んできた俺にはわかる。

アーニャは考え込むように自身の右腕に塡《は》められた腕輪を見ていた。レベル制限の腕輪である。

本来レベル27の彼女は、その腕輪でレベルを10程度まで抑えることによって、今ここに立つことを許されていた。

【剣帝】アリョーシャ・エメリアノヴァ。天翔ける戦乙女《ヴァルキリー》。ダンジョン39階層という、気の遠くなるような修羅の道を超え、魑魅魍魎満ちる冥道を征《ゆ》き、人類の最前線で闘う彼女は、もし腕輪を外すことができるならば、単体で火竜を撃破できる戦力。

なのに、見殺しにするしかない。

もしかしたら友になったかもしれない同世代の少女が、理不尽に蹂躙されるところを、ただ見ていることしかできない。

彼女の瞳は、使命感と恐怖の狭間で陽炎《かげろう》のように揺らいでいた。

そして尼子屋。尼子屋亮平。

普段温厚で虫も殺さないような表情を浮かべている男は、物凄い形相で空を睨みつけていた。

その眼光の凄まじさに俺は息を呑む。

ドリル――西郷寺カノンは彼のパーティメンバーだ。

もし、今日の試験のパーティ人数に下限が無かったら。

もし、先日俺がドリルパーティを助けていなかったら。

もし、今日アーニャが試験に出ていたら。

スクリーンの向こう側に彼女達はいなかったかもしれない。

今更、仮定を論じたところで意味はない。しかし、そう思わずにはいられない怒りが、尼子屋の体からはちきれんばかりに溢れている。

俺は正直、尼子屋はパシリに使われているだけだと思っていた。他のパーティに加わる事もできず、流されるままイジメを受け入れ、諦めているものだとばかり思っていた。

しかし、と俺は思う。

彼女達との間に、何があるかは知らないし、聞くつもりもない。

だが、今、こうして尼子屋の抱える『怒り』だけは紛れもない剥き出しの感情だった。

誰しもが諦め下を向く中、たった一人、狂気すら滲ませた瞳を爛々《らんらん》と光らせる尼子屋の横顔を見据えて、
俺は、強く拳を握りしめた。

◆

◆

さっきから何度も執拗に点呼が行われている。

光源魔法があってもあたりは薄闇である。息を潜めてこの集団から離れようと思ったらそれほど難しい事ではないように思えるし、実行に移そうとする者がいてもおかしくはない。

何度も点呼を行う事で、万が一、俺達が馬鹿な気を起こさないよう牽制しているのだ。

非戦闘員の人達に交じってチラホラとクラスメイトの寝息が聞こえる。周りを見ると、思った以上に船を漕いでいる人が多かった。ナントカ外相も我儘《わがまま》を言うことなく、大人しく集団に交じって

じっと目を瞑っている。

ここに来てもう半日だ。

緊張を続けることは思った以上に消耗を強いられる。休憩のタイミングに眠ることは、推奨されても非難される謂《いわ》れはない。

そうした状況で、足音を殺して集団から離れようとする影があった。それもご丁寧に斥候職特有の技能を駆使しながらである。

誰もその影に気付いた様子はない。俺が気付けたのは、最初から俺がソイツをマークしていたからだった。

気配を殺すことに躍起になって、後ろが疎かになっているソイツに近づいて俺は声をかける。

「どこに行くんだ？」

その影――――尼子屋は驚いたように俺を振り返り、つっかえながら言った。

「ちょ、ちょちょっと、とと、トイレに……」

はぁ……　とため息をついて肩をすくめると、俺は更に問いかける。

「ションベンか。俺も一緒に行っていいか？」

「い、いや、それは……ッ」

まあまあ、と肩に手をやりながら、集団から少し離れた木立に向かって歩く。

傍から見たら、カツアゲ先輩が獲物を捕まえたようにしか見えないだろうが、大した問題ではない。

俺は、立ちションに丁度いい木を見つけて二人で並ぶと、大して溜まってもいないションベンを捻《ひね》り出し始める。

チラリと横を見ると、尼子屋はチャックを下ろす気配すらない。

わかっていた事だが、立ちションくらい付き合ってくれないと梱包マグナム晒した俺が恥ずかしい。こんなもん誰かに目撃されたら不祥事である。

俺の勢いの弱すぎるションベンが終わると、尼子屋が意を決したように口を開いた。

「ミナト君、ごめん、僕は……」

「行くのか？」

俺は端的に聞く。

尼子屋はジッと俺の顔を見つめると、無言で頷いた。

「尼子屋、お前が行っても何もできない。無駄だ。無駄死にだよ」

俺達は弱い。ダンジョンでは5階層を突破できたら喝采ものだろう。それなのに相手は20階層《レイドフィールド》の主だ。勝てるはずがない。

消えた尼子屋を捜しに、また戦力が分散される。尼子屋の無駄な正義感のおかげでみんなが危険に晒される。どう考えても愚かな行為だった。

「僕は……　約束したんだ……　僕は、行く」

一人の我儘が全員を殺すかもしれない。

それは許されなかった。冒険者は統率を重んじるべきだ。細く切れそうな糸を手繰って、辛うじ

て今俺達は生きている。

尼子屋の決意を秘めた瞳には怯えが浮かんでいた。死ぬことにではない。今ここで俺に取り押さえられ、助けに行く機会を失うことに恐怖している。そんな目だ。

「そうか、お前がそのつもりなら――」

彼女達は助からない。

無理なものは無理なのだ。死にに行こうとするコイツを放っておくわけにはいかなかった。

知ってしまった俺は、力ずくでもコイツを止めなければならない。

だから、俺はヤツの胸倉を摑んで言ってやったんだ。

パーティ結成

「――――俺も、行くぞ」

驚きに目を見開く尼子屋に、俺はニヘラッと情けない笑みを浮かべた。

自分は一体何を言ってるんだろうと思った。

今の言葉を撤回させて下さいという言葉を何度も呑み込んで、代わりに出てきたのはゲップだった。締まらないにもほどがある。

「ミナト君、何で……？」

俺が聞きたい。でも気づいたらそう言っていたんだ。

クラスメイトが殺される。命がけでも救わなきゃ。それは建前だ。本心ではそんな事思っちゃいない。

入学してたった3か月間で、俺の名前も覚えようとしないドリルと仲間意識を育てた覚えもないし、尼子屋だって今日が初めてパーティを組んだ同級生でしかないのだ。

義理もない、思い入れも無い。死ぬかもしれないのにそんな奴を助けに行って一体何の得があるのか。

だから損得ではないのだと思う。

かといって使命感みたいなご高潔なものがあるわけでもなく、正義感剝き出しにする聖戦士サマになったつもりもない。むしろそういうのは煽っている方が楽しい。悪とか正義なんかはアメリカ様にブン投げておけばいい。

「理由なんて、そんなのわかんねぇよ……」

でも、俺の魂が叫んでいたんだ。

認めるな。理不尽を。不合理を。

それは『怒り』だった。

ここで見て見ぬふりをしたら、俺を構成する大事な何かが壊れてしまう。そしてそれは二度と元には戻らないという確信だけがあった。

「どうせこのままでも半日後にはなぶり殺しだ。だったらちょっとくらいカッコつけたっていいだろ」

「でも……っ」

「どうせ結果が変わらないなら、知り合い見殺しにして、寝覚めが悪いまま死にたくない」

俺は自嘲するように笑う。

ここではないどこかで、俺は同じような選択を間違えたような、一瞬そんな気がした。

「それにさ、ヤツは遊んでる。あのふざけた野郎が本気になったら、ものの数分で俺達はみんな仲良くあの世行きだよ。階層権限ってのは権限の範囲内なら神サマと一緒だからな。なのに奴はそれをしない。何か目的があるんだ。そこにまだチャンスがあるはずだ」

あの火竜が、1時間で1フィールドを焼いただけでお昼寝である。その気になれば、現存するフィールドを全て焼き払う力を持っているのに、だ。

もちろん、俺達は政治的交渉のための人質だから、簡単に全滅させるわけにはいかないだろう。

だが、ヤツは『ショー』と言った。

ネットでUPされているらしいリアルタイム配信から、視聴者が離れることを気にしているフシがあった。

数は力なのだとしても、本当に政治的主張が目的の人間が、果たしてそんな俗な物言いをするだろうか。

そもそも論、たかだかテロリストのテロ事件なんかよりも、人類史上初のダンジョンハックの方がセンセーショナルな事件なのだ。おそらくダンジョンハックばかりが世界中の新聞のトップに書き立てられ、肝心の主張など誰も見向きもしないだろう。

要求を通したいだけならばもっと他にやりようがあるはずなのだ。

「まだ、出目は残っているような気がすんだよ。まあ、ちょっとは俺達も意地見せねぇとな」

尼子屋は俺の言葉に、少しだけ迷っていた素振りを見せた後、俺を射貫くように真っすぐ見つめて言った。

「ありがとう、ミナト君」

「いいって。ま、帰ったらファミレス奢れよ」

「ははッ　わかったよ。どうせなら『Big Girl』行こうよ！」

「俺は『ビクーリ鈍器』派だ」

　憑き物が落ちたように明るい笑みを浮かべる尼子屋。

　二人で笑い合っていると、背後から唐突に声が上がった。

「せ、先生も！　モモも行くよッ！」

「モモ！　あなたは何てことをッ！　私達は彼らを止めに来たのですよッ!?」

「だ、だってッ！　モモもハンバーグ行きたいもん！　ちなみにモモは『カウボーイ兄弟』だよ！」

「モモ!!　あなたはッ！」

　いきなり始まった口論を聞きながら俺は苦笑する。

　何となく気配は感じていた。いや、気配自体は感じなかったけど、きっとそこにいるんだろうなと思っていた。

　俺でもコソコソ出ていく尼子屋に気付くのに、実力者である先生達が気付かないはずがないのだ。

　どうせお前らもいるんだろう？　と、口論する先生の向こうに目をやれば案の定だ。

　葵とアーニャ。意外にも委員長もいる。心配になって見に来たのだろう。そしてまさかの千田君まで……と思ったら、ロリも先生のスカートの中身を見ようと地面に横になっていた。いつだってブレない千田君に、今は変な頼もしさしか感じない。あ、踏まれた。

「……ミナト行くの？」

「ああ」

「……そう、だったら私も行く」

あまりにあっさりと決意してみせた葵に俺は驚く。

「おいおいいいのかよ。火竜だぞ」

「……構わない。私達はパーティ。そしてパーティは一心同体。ミナトも言って。『一心同体』」

いつもながらよくわからん要求だ。葵は突然こんなことを言い出すことがある。一体何がしたいんだろう。

ともかく、減るものでもないので俺は小首を傾げながら言った。

「一心同体」

「…………誰と誰が一心同体?」

「?? 葵と、俺?」

うりんうりんと身もだえを始めた葵。いつもいつも一体何がしたいんだお前。

あと一緒にハンマー振り回すのやめろ。俺とか当たるだけでトリプルアクセル余裕だから。

ところで、先ほどから続いている口論はまだ終わっていないらしい。

「クリスちゃんだってホントは助けに行きたいんでしょッ!!」

モモちゃん先生が叫ぶと、クリスティナ先生はサッと目を逸らした。

今時、小学生のガキでも中々投げないレベルのド直球である。

そんなこと当たり前だろ！　と言わんばかりにモモ先生を睨みつけるクリス先生の目には、いつも俺達の股間をハウスさせるような力が無い。

その瞳は、親に叱られるただの少女のように潤み、大粒の涙が今にも決壊しそうに揺れていた。

助けに行きたくて行きたくてたまらない。命をなげうってでも。たとえここで死ぬことになろうとも。

だけど、残った生徒を守らなきゃいけない。できるだけ多くの生徒を助けなければいけない。

だから今は絶対に間違えられない。ここを出た後、如何なる誹謗中傷に晒されるとしても。自分ができる最善の事をやらなくてはならない。

果たすべき義務と、生徒への愛情の狭間で、今にも溺れそうなクリスティナ先生に必要なものは何だったのだろうか。

今更考えるまでもなかった。

そんなもの、決まっているではないか。


「クリスちゃんも一緒に行こうッ!!」


ただ、一言。

ただその一言でいい。

それだけで先生は救われる。あとは、そう――――

「でも…… 生徒達が…… 私は、生徒達を守らなければいけな――」

「みんな、聞いたかい?」

先生の言葉を遮った委員長が、さして大きくもない声でそう言った。普段ならば、我らがクリスティナ先生の言葉を遮るなど俺達には考えもつかない暴挙だ。

しかし俺は、いや、俺達は、委員長の台詞だけを聞いていた。

ハッと背後を振り返った先生の目が、驚愕に見開かれる。

こんだけ騒いでいたのだ。そりゃそうだ。

仲間の危機にヘラヘラできるような奴は俺達のクラスにはいない。なにより、クリスティナ先生にそんな事は教わっていない。

「先生が僕達の事が心配で、僕達が弱いから。だから西郷寺君を助けに行けないそうだ」

当たり前のようにそこにいたのは、決意を秘めた瞳で佇む、私立落ヶ浦第二冒険者高専冒険科の仲間達。

エリート高専さん達からは、『落第者』と嘲られ、冷笑される底辺高の中でも最高の馬鹿野郎共。

不敵に嗤っている奴もいれば、無表情の奴もいる。緊張に表情を硬くしてる奴もいれば、涙目で虚勢を張っている奴もいた。

だけど、薄闇の中に浮かび上がる25対の瞳は、誰一人として違《たが》えることなく、同じ色の炎が灯っている。

言葉を失う先生を尻目に、馬鹿共を見回した委員長――東雲が怒りの咆哮を上げた。

「僕達はそれでいいのかッ!!」


馬鹿共が足を踏み鳴らす。


「良いワケねぇだろうがッ!!」

「わ、私達にだって意地くらいありますッ！　わ、私だって、戦えますッ！」

「やってやンよクソがッ！　皆殺しだッ！　オーガだかゴーレムだか知らんがブチ殺してやるァッ！」

「先生ぇっ！　行ってきてください！　西郷寺さん達を助けて来てくださいッ！」

溜まりに溜まった鬱憤が爆発するように、次から次へと怒号が上がる。

彼らの雄叫びは闇夜に轟《とどろ》き、そして一つに束ねられ鬨《とき》の声となっていく。

心にあるのはただ一つ。

俺達は闘う。

来るなら来い。ブチのめしてやる。

委員長は満足げに頷くと、爽やかな笑みを浮かべて先生に向き直った。

「みんなこう言ってますが？　先生、いつも通り僕達に指示を」

「～～ッッ!!」

その防御を突破した者はいないとされる鉄面皮が、ほんの一瞬だけクシャリと歪む。

クリスティナ先生が赤メガネを額に上げて、目元を一回だけ乱暴に拭う。

ほら、クリスちゃん、早く言いなよと背中を叩くモモ先生の手を払って、クリスティナ先生はゾクリとするほど濃密な激情を瞳に宿した。

煮え滾《たぎ》るような、それでいて冷たすぎる視線が、クラスメイト達を睥睨《へいげい》する。

「よろしい。私の太くて硬いので人間トンネルになりたくない者は復唱しなさい。『モンスターはケツだ。汚いケツだ』」

「「「モンスターはケツだ！　汚いケツだッ!!」」」

「『片っ端から掘り起こしてやるクソッタレ』」

「「「片っ端から掘り起こしてやるクソッタレッッッ！！！」」」

そして、ズイッ　とメガネを押し上げた鉄の女が、傲慢な笑みを口元に貼り付け、俺達に唯一無二の命令を下した。

「死ぬことはこの私が許しません。撃滅しなさい。一匹残らず。血の一滴も残さず敵を蹂躙しなさい」

「「「オオオオォォォォッッ!!」」」

オーガやゴーレムは俺達1年にとっては強敵である。幸い、敵は数が少ないのでおそらくは大丈夫だろうが、万が一ということが起こりうるほどには手強い相手だ。

しかし、先ほど下されたのは、敬愛する我らが指揮官の命令である。冒険科では、先生の命令に背く事は、神に弓引くと同義の蛮行だ。

ならば俺達は従わなければならない。死ぬことは許されなかった。敵のケツを片っ端から徹底的に掘り返し、蹂躙するのみだ。俺達にそれ以外の結果は許されないのだ。

クラスメイト達が、士気も最高潮のまま、非戦闘員の集団の下に駆けて行った。

いつもは自由過ぎる我がクラスも、今回ばかりは委員長の指揮の下で連携してくれるはずだ。

そしてこの場に残ったのは、俺、尼子屋、モモ先生、クリスティナ先生、葵、そしてアーニャの6人。奇しくも、ダンジョン攻略上限人数である。

しかし、一人だけ、なし崩し的にこの場に居合わせてしまった者がいる。アーニャだ。

熱狂が過ぎ去り、数瞬の後、それを待っていたかのように、彼女は呻いた。

「わ、私は、反対、だよ……」

その瞳には怯えが浮かび、体は小刻みに震えている。ダンジョン攻略最前線で戦う彼女にとって、火竜は本来ならば格下の相手だ。

もしもレベル制限なんてものが無かったら、きっと散歩するような気軽さで戦場に飛び込み、そして鼻歌交じりで倒してしまうのだろう。

だが今は違うのだ。

「わ、私は、死にたくない、よ……　こんな状態で火竜なんて無茶だよ……　死に戻りだってないんだよ……？　死んだら、本当に死んじゃうんだよ!?」

ダンジョンアタックにおいて、冒険者は本当の意味での死ぬ覚悟を持っていない。言うまでもなく、ダンジョン内で死んでも生き返れるからだ。

ダンジョンのおかげで、『死』というものが曖昧になって来たと言われる昨今、エラい先生は、本当の『死』とは『終わり』なのだと言った。

ダンジョンにも耐え難い痛みや苦しみ、そして恐怖があることは間違いない。しかし、何度死んだとしても、何度光の粒子となって消滅しようと、『終わり』が訪れることは無い。

慣れてしまった『死』という概念。本当の『死』とはあまりに乖離したところで生きて来た彼女が今、本物を目の前に恐怖している。

そのことを情けないと俺は思わない。当然ではないか。誰だって死ぬのが怖くないワケがない。

そして彼女はただ強いだけの普通の10代の女の子でしかないのだ。

「別にお前が行くわけじゃないだろ？」

「そんなわけにいかないよ！　だって私は最前線《トップライン》の冒険者だもん。私はもしもの時に、みんなを守るためにギルドから派遣されたの！　ミナト達だけ行かせるわけにはいかないよ……っ！」

イヤイヤするように首を振るアーニャ。

いつものヘンテコ語尾がなりを潜めるほど余裕を失った彼女に向かって、俺は言った。

「別にそんな義務はねぇって……」

「あるもんッ！　私は……　わたッ　私は【剣帝】でッ　だから――」

「おい、聞けよ。アーニャ、おい聞けって」

「い、イヤ……ッ　怖いッ　死にたくない……ッ　だって、だって私は――ッ」

俺はアーニャの両肩に手を置き、ガシリと掴む。この子はこんなにも細い腕で、小さい背中で、世界を背負って戦っているのか。義務だけで死地に赴かなければならないほどのモノを、世界はこの子一人に背負わせているのか。

言葉にできないやり切れなさが湧き上がる。なぜだか無性に腹が立った。

手から伝わる震えが、彼女が化け物なんかではなく、他と変わらぬ一人の人間であることを物語っている。

アーニャの背後にチラリと視線を向けると、先生二人が何とも言えない顔で俺達を見ていた。

先生達はアーニャがアリョーシャ・エメリアノヴァであることを知っている。偽らざる本心を言うならば、生徒救出のために協力してほしいに違いない。

だが俺は彼女に選ばせるべきだと思った。今の彼女は、アーニャだ。レベル10で、転校してきたばかりの、頭がちょっと残念なだけの普通の女の子なのだ。誰が認めなくても俺は認める。そうしなければ、彼女はどこまで行っても独りぼっちだ。そんなこと、許されるはずがない。

「アーニャ、俺の目を見ろ。そうだ。俺がわかるか？」

「……うん」

「強要はしない。お前は【剣帝】じゃない。アーニャ・ノヴェ、ただの女の子だ。無理する必要なんてないんだ。俺は絶対にお前の決断を責めたりはしない」

フッ　と笑うと、アーニャがぎこちない笑みを返してきた。

そして、縋るように俺を見て泣き笑う。

「何で、ミナトは行くの……？」

それは核心を衝く問い。

彼女のその目はどこまでも真摯で、真っすぐ俺の視線を捉えて離さない。

俺は照れ臭くなってガシガシと頭を掻いた。こんな場面でクサい台詞を言えるほど、俺は器用じゃないんだ。

だから俺はボソリと吐き捨てる。

「まだ、見てねえからだ……」

「見て、ない……？」

「俺は女の子のレベルアップを見るために冒険者になった。ドリルのレベルアップを俺はまだ見てねえ」

キョトンと目を点にしたアーニャに、手をワキャワキャさせながら俺渾身のエロ顔を披露してやる。

「正義とか使命感とかどうでもいい。そう、俺はレベルアップが見たいんだ！」

俺の背後から、あからさまなため息が聞こえる。おそらくは葵さんだろう。

更に鼻の下を伸ばしながら俺は言う。

「ちなみに、葵さんのレベルアップは3回見たぜ。でもまだまだ見たりねぇんだ」

俺はもっと強くなる。強くなって、もっと激しいレベルアップ《絶頂》をこの目で見てやる。

それまでは死ぬわけにいかない。俺は諦めていない。

今日だって無事に帰って、寝る間を惜しんでコツコツ溜めた絶頂動画集の編集に励むのだ。

俺は生き延びる。俺達は生き延びて家に帰るんだ。

「……み、ミナト、それは一生私のレベルアップが見たいという……」

またワケのわからん事を言いながら身もだえ始めた葵さんは放置しよう。

未だキョトンとしているアーニャをじっと見つめる。

すると、突然、こらえ切れなくなったように、アーニャがプッと噴き出した。

「ぷっ　くふふふッ　じゃあ、ぷぷっ　ミナトはまだ死ねないね！」

「ああ、勿論だ。無事に帰ったら、お前のレベルアップも見せやがれ」

「うふふ、考えておくね。ミナト……私も行くよ。君に目的があるように、私にも叶えたい夢がある。」

「そうか。あんがとな」

「ううん。私もちょっとくらい良いところ見せたいな……って」

天下の【剣帝】アリョーシャ様が本気を出されるみたいだ。涙が出るほどありがたい。

アーニャと顔を見合わせて軽く頷き合う。

先生二人を振り返ると、なにやらクリスティナ先生が顔を真っ赤にし、モモ先生がニマニマしていた。

俺の趣味を大っぴらに言ってしまった気恥ずかしさもあるが、それを振り切るように空を見上げる。

上空浮かぶのは、戦闘領域が示されたマップ。

俺は不敵に頬を吊り上げてボソリと呟いた

「行こう」


そう、これは反撃の狼煙《のろし》。

俺達の戦争は今、始まったのだ。

咆哮

木々の合間を縫うように走る。

先生二人は加減しながら走ってくれているが俺は全速力である。

俺はまだ学生だからしょうがないと言いたいのだが、疲れなど少しも見せないで軽快に走る同級生二人の背中を見ていると、そうも言っていられない。

斥候の尼子屋はともかく、身長よりデカいハンマー片手に走る葵さんの体力は一体どうなっているのか。

アーニャさんはちょくちょく心配そうに俺を振り返るが、情けなくなってくるのでそんなに気にしないでほしい。ていうかアンタそんな過保護キャラだったの？

とにかく、無駄なことを考えている暇はなかった。もう戦闘開始まであまり時間が無い。

俺達は目的地へと移動しながら来《きた》る火竜戦の作戦を練っていた。

作戦は至ってシンプルだ。

レイドボス相手に、勝とうなんてどだい無理な話である。

しかし、俺達の目的は火竜に『勝つ』事ではない。むしろ負けてもいいくらいだ。

勝利条件はただ一つ、囚われたドリルチームの救出である。それができなければ火竜を倒したところで意味は無い。

先生方が戦っている隙に俺達がドリル達4人を逃がす。

俺達が安全圏まで離れたら先生二人が撤退する。

言葉にすれば、それだけの作戦であるが、人生そんなうまくいかないことも俺達は知っている。

ある程度のダメージを与えなければ、一度に中級冒険者数十人を相手取る火竜が隙を見せるはずがないのだ。

「今から行う戦闘は長期戦ではありません。中期戦でもない。短期決戦です。全員が助かるためにはそれしかありません」

ということで、俺達は囮《おとり》役をすることになった。

そもそも、葵はともかく俺と尼子屋の火力では火竜のDEFを抜けないのだから、当然の役割である。

「いいですか、あなた方では火竜のガードを抜けません。ただひたすら火竜の気を引きつつ逃げ回りなさい。逃げる以外の事を考えてはいけない。欲を出した次の瞬間には死ぬと思って行動しなさい。火竜を受け持つ必要はありません。一瞬でも火竜の気が逸れたらそれでいいのです」


レベル的に火竜の防御力を突破できる先生二人がアタッカー。経験豊富なアーニャが全体の指揮をとり、葵は遊撃、俺と尼子屋は囮だ。

そして戦闘開始のタイミングは、ドリル達4人を目視次第。

敵を待ってやる必要は無い。格上の相手になぜこちらが合わせてやらなければいけないのか。

奇襲だ。卑怯でも何でもいい。生き抜く可能性が上がるなら、なんでもやってやる。

そうしてしばらく走ると、ついに目的地に到着した。

現在潜んでいる林を抜ければすでにそこは指定ポイントだが、俺達は目の前に広がる光景に絶句していた。なぜなら……

「廃墟……　いや、遺跡……？　こんなものこの辺にあったっけ……？」

「いや、無いだろ……」

石でできた巨大な円柱が、規則正しく無数に立ち並んでいたからだ。もう何度も息吹には潜っているが、こんなコンセプトの建造物は見たことが無い。

それはまるで打ち捨てられた古代神殿。ギリシャの宮殿にイメージが近いが、ただ朽ちかけた円柱が屹立しているのみである。

荘厳な風景のようでいて、逆におどろおどろしい印象もある不気味なエリアだった。

勝手に想像するギリシャの神殿と違うところは、エリアの四隅に、より巨大な円柱が聳《そび》え立っている事と、屋根のある建物が一つしかないところだろうか。

そそり立つ石柱群の数百メートル先に、一つだけ神殿のような平屋の建物があって、何かの舞台装置の様にも見える。動画で見るダンジョンでは見たことのない光景だった。

階層権限っていうモノはここまで無茶苦茶なものなのかと、背筋に寒いものが走る。

「……火竜がいない」

「カノンちゃん達もいないね…… クリスちゃん、どうしよう……」

「下手に動くべきではありませんね。刻限までもうわずかです」

俺達は周囲の様子を窺うのと同時に、地形を頭に叩き込んだ。地形の重要性は文字通りイヤというほど体に叩き込まれたので、意識しなくてもできるようになってしまったのだ。

しばらくそのまま数分が過ぎ、そろそろ探索の範囲を広げようとした時だった。

視界の奥、唯一の建物の屋上が赤く眩《まばゆ》い閃光に包まれる。

手を翳《かざ》して光をやり過ごした後、何事かとそちらに目を凝らした俺は驚愕に目を見開いた。

「オイ、マジかよ、敵さんはそんな事までできんのか……」

俺が光に目をやられていたのは数秒も無い。それなのに、再度屋上を見た俺の目に飛び込んできたのは、見えない何かで拘束され、屋根の縁に並ばされた4人の少女達だった。そしてその横には悠然と佇む【J】の姿。

どこかからやってくるとばかり思っていた例の男は、瞬きするくらいの一瞬でこの場に姿を現したのだ。

「転移魔法とか、チートにもほどがあんだろうよ……っ！」

確かに転移魔法の存在は確認されていた。

しかし、それを使える冒険者は、世界広しといえども片手で数えられるほどしか存在しない。

燃費が悪く使用条件が限定的で、使い勝手が悪すぎる上に魔導減衰が激しい魔法で、外の世界では使い物にならない事が大きな理由だが、それ以前に制御自体が極めて困難であるからだ。

「転移魔法じゃないよ。アレは多分、転移装置……」

アーニャの呟きに、それはもっとタチが悪いだろ、という言葉をやっとのことで呑み込む。

権限保有者が現れるという事は、その権限範囲内において、まさしく神の降臨と同義だ。

外で高みの見物を決め込んでいるものだとばかり思っていたが、まさか【息吹】の中にいるとは思ってもみなかった。しかも、今はドリル達のすぐそばにいやがる。

「先生……っ！」

指示を乞うべくクリスティナ先生に目を向けると、先生も身を強張らせていた。

火竜をなんとかやり過ごしてドリル達を助けるという前提で作戦を組んでいたが、それらは既に無意味だ。ヤツが権限者だとしたら、彼女達のそばにいる限り、俺達は手も足も出ない。

一体どうしたらいい。こんな時はどうすべきだ。

ギリっと不穏な音に振り向くと、尼子屋が親の仇《かたき》を見るような目でヤツを睨んでいた。状況を理解したアーニャも顔を青ざめさせ、まったく理解していない葵がキョトンと首を傾げた。可愛いなちくしょう。

答えの出るはずもない自問自答を繰り返していると、遠目で【J】が両手を空に掲げる。

するとまたしても唐突に、空に巨大なスクリーンが現れた。

ヤツの微笑みも見慣れた事に気付いて、何故か猛烈に腹が立つ。スクリーンにアップになった【J】は、その笑顔に喜色すら浮かべて語り出した。

『素晴らしい。世界中の皆さん。見ていますか？　なんと、彼女達を助けるために火竜に挑む挑戦者が現れました！　己の身を賭して他人を助ける、素晴らしい人間愛だと思いませんかみなさんッ！　私は求めていました。勇者達を』


そう言って、ヤツは嬉しそうに俺達がいる場所に目を向ける。気温が下がったような気がした。

ゾワリと肌が粟立ち、こめかみに冷や汗が伝う。潜伏場所が当たり前のようにバレている。

なぜ？　なんていう無駄なことは今更聞くまい。

他でもない、今はヤツがダンジョンマスターだ。

エンドロールが終わった映画館みたいに、突然あたりが明るくなり、中でも強いスポットライトのような光が、俺達がいる場所を捉えた。

遠目ではっきりとはわからないが、屋上の縁に立たされた4人が目を見開いてこちらを見ているような気がする。

もうコソコソ隠れていても意味が無い。俺達はヤツを睨みつけながら木立から出て廃墟エリアへと足を踏み入れた。

『皆さん見て下さい。彼らの勇気に免じて、私は約束をしようと思います』

相変わらず俺達にではなく、ネットを通した不特定多数に向けて語り掛ける【J】。

すると、ウンウンと満足げに頷いたヤツが、突如として想像もできない事を言ってのけた。

『火竜のブレスは、禁止致します』

「……は?」

「えっ?」

『せっかくこの場に来たのに、すぐに終わってしまっては場がシラけてしまいます。火竜のブレスは禁止します』

俺達が火竜と戦うにあたって、一番の懸念事項が『ブレス』だった。

何度も動画で見たことがあるので知っているが、その威力は凶悪の一言に尽きる。

ただデカいトカゲが口から火を噴いているだけに見えても、一瞬にして生きた人間の骨まで灰にする威力、無理ゲーとしか思えない程の効果範囲。

近年の研究によって、ドラゴンのブレスはれっきとした高レベルの魔導行使である事がわかり、対応策なども確立してきているが、何の準備も無くまともに喰らって無事でいられるはずがない。少なくとも俺達レベルならば即死である。

だがそのブレスを禁止すると【J】は言う。一体コイツは何を言っているのか。罠か? それとも……

あまりに突拍子がなさ過ぎて一瞬思考が止まった。ブレスが無ければ、竜は空飛ぶデカいトカゲだ。

ヤツの言う事が本当かどうかわからないし、いざとなったらブレスを使ってくるに決まってる。

しかし、と、俺は同時に思った。

これだけの舞台装置を『ショー』のためだけに用意し、この期に及んでも視聴者に対して語り掛ける姿勢。そして通告通りにしか焼き払われなかったフィールド。

ヤツの本当の目的が何なのかはさっぱりわからないが、それでもわかる事はある。

ヤツはヤツなりの目的を持って動いている。そしてこれは俺達が一方的に得をするように見えて、おそらくはヤツの目的に適《かな》う演出なのだ。

ならばたとえ自分にとって不利なものだとしても、ヤツは自分の定めたルールを守る。

そして、俺達のすべきことは最初から決まっている。

『更に彼らが勝てば、4人を解放すると、ここに誓いましょう！　もちろん解放した途端にまた拘束するなんて野暮な事はしません。安全圏まで確実にお帰りいただくことを、私はここに宣言します！』

ブレスがあろうがなかろうが、やることは変わらない。ならば俺達は、ご厚意に甘えて遠慮無くやらせてもらおうじゃないか。

ははっ　と俺は口端を吊り上げた。

「上等だよ……」

「……ミナト？」

いい。とてもいいよ。

よっぽどわかりやすくていいじゃないか。そうだろう？　簡単な話だ。

偏差値最低、底辺校の俺《バカ》でもわかるぜ。

火竜を倒す。４人を助ける。全員で帰る。

そして寝る前にはいつも通りのレベルアップ絶頂動画鑑賞会だ。

やめだ。ごちゃごちゃ考えるのは。

迷うな。覚悟を決めろ。前に進め。

一之瀬ミナト。お前は何のために生きている。

『さあ、ショーの始まりです』

次の瞬間、ヤツらがいる宮殿と俺達の中間点あたりで、赤い閃光が夜空に吹き上がる。

もう手を翳して視界を絶つような愚かなマネはしない。戦闘中に目を閉じることは死と同義だ。

薄眼で閃光をやり過ごし、そこにいるはずの敵をただ見据える。

そして光が消えた後、当たり前のようにそこにいたのは、
神話より現代に至るまで、人が思い描く力の権化であり続け、時には神の地位にまで昇華されたことすらある化け物の中の化け物。紅き竜。

覇者に相応しき巨軀、鋼のような強靱な肉体、悪魔のような一対の翼、根源的恐怖を掻き立てる咢《アギト》。

神々しくすらある兇猛《きょうもう》な化け物は、まるで己が存在を誇示するかのように、天に向かって咆哮した。

『戦いの前に教えてください勇敢なる挑戦者よ。あなた達が何者なのかを』

葵がハンマーを担ぎ上げ、アーニャがスラリとレイピアを抜く。

尼子屋が腰から2本のナイフを抜き放ち、モモ先生が魔導大剣を構えると、クリスティナ先生が太くて硬いのを振りぬいて、近くの石柱を粉砕した。

そして俺は――

「はっはっはっ　俺達か？　俺達が何者かってか……？」

カシャンと、魔導ガンのスライドを引く。ぬらりと光る黒刃のナイフを、ゆっくりと逆手に握り込む。

クリスティナ先生が、言ってやれとばかりに顎を煽った。

だから俺は嗤う。牙を剝き出しに。限界まで口角を吊り上げて。

そして、俺は咆哮した。

「冒険者高専冒険科だバカヤロウッ!!」

開戦の狼煙

「今日もあっちこっち回ったなあ〜〜」

佐藤太郎は充実感が滲む愚痴をこぼしながら、プシュッ　と缶ビールのプルトップを引く。中身をコップに移すこともなく、そのまま口を付けて喉に流し込むと、この瞬間のために生きているのだと安上がりな幸福感を堪能した。

新婚旅行も3日目。

今朝はこの旅行の中でも一番のビッグイベント、根室のイカ釣り漁船でイカ釣り体験があり、心地よい疲れのおかげかアルコールの回りもすこぶる早い。

宝石と見まごうばかりに輝いたイカでイカそうめんを作り、それを肴《さかな》に飲んだ日本酒は最高だった。何より、長く苦労をかけた妻の心からの笑顔が見られて、北海道に来て本当に良かったと思う。

数日後にはまた、ダンジョン管理官として出勤だが、今は思いっきり羽を伸ばしたい気分だった。

部屋の入口近くから聞こえてくるシャワーの音を聞きながら、ベッドに腰を下ろしてテレビのリモコンを操作する。昨日泊まったホテルに携帯を忘れてきてしまった上に、今日は一日中食べ物屋を回っていたせいで、世の中の動きがまったくわからない。

一日二日くらい世間から切り離されたとしても全く問題無いとは思うのだが性分なのだろうか、

やはり軽くニュースくらいは見ておきたいのだ。

そうしてビールを呷《あお》りながら、さして大きくもない部屋のＴＶを見た佐藤太郎は「えっ？」とマヌケな声を上げた。

画面の上部には『緊急特番』の文字。

何事だと見ていると、よりによって日本が誇る訓練用ガーデン【息吹】がハックされたという内容。

佐藤太郎にとって関係ない話でもない。彼の主な業務は落高生徒の実習がスムーズに進むよう、ダンジョンにまつわる調整を行うことだ。とてもじゃないが、他人事ではいられなかった。

見れば特番のアナウンサーは当然のごとく『局の顔』と呼ばれる人で、深刻な表情で解説者に質問をぶつけている。

『先ほどもご紹介しましたが、今日は、首都大学ダンジョン生物学准教授、小出隼人さんにお越しいただいております。小出さん、映像にもありましたあの生物は火竜で間違いないのでしょうか？』

『ええ、間違いありません。あの巨体、一息で数百メートル四方のフィールドを灰にするブレス。私も何度か実際の火竜戦の現場に行った経験があるのですが、あれは間違いなくダンジョン20階層の主、紅き竜です』

『その火竜が実際に訓練用ガーデンに現れたという事をどうお考えですか?』

『まだ信じられませんね。火竜は中級冒険者が数十人、下手をすれば100人規模で挑み、ようやく倒せるほどの戦闘力を持っています。特にブレスは、ただ火を噴いているように見えるかもしれませんが、実際は極めて高度な魔導行為によるものであることが確認されています。あれに呑まれれば事実として人間は数秒で骨まで炭化します。20レベル以上の冒険者が排除された状態で、しかも息吹に出入りするようなレベルの戦力で倒せるような存在では決してありません』

『ならば、生命再生機能が停止された状態で、学生に過ぎない4人の少女を、強制的に火竜戦に挑ませる。テロリストにはどういった意図があると思われますか?』

『気分を害される方がいる可能性がありますので先にお詫び申し上げます、一言でいうと「処刑」です』

『処刑……ですか?』

『ええ、勝てるはずがない。状況は絶望的です。彼ら学生全員が束になってかかったとしても、万が一にも勝ち目は無いでしょう。それを知っていてたった4人に強制させるのですから、まさしく公開処刑です。私はね、倫理的にも心情的にも、今からリアルタイムで流されるであろう映像を、公共の電波で流すべきではないとこの場ではっきり申し上げたい。視聴者の心に多大な傷を残す結果になる事だけは間違いありません』

馬鹿な！　死に戻り機能が解除されているだと!?

無意識のうちにリモコンを操作し他の局も確認するが、どこも特番が組まれており【息吹】一色となっている。佐藤太郎はすぐに連絡を取ろうと携帯を探すが、昨日のホテルに忘れてきたことを思い出して歯噛みする。

ダンジョンハックにより100人程度の国民が息吹に閉じ込められ、そこに火竜が現れた。そして攫《さら》われた学生4人が火竜と戦わされそうになっている。

内容を追っていくが、摑んでいる情報はどこの局も同じようで、それ以上のものは無い。

「えっ　何か凄い事になってるね……　学生が閉じ込められたって言ってるけどあなたの学校は大丈夫なの？」

いつの間にかシャワーを終えた妻が、バスタオルに身を包んだだけの状態で横に座って話しかけてくる。とてもじゃないが、これから子作りどうのこうのという気分ではない。

「ああ。うちの学校は大丈夫だよ。ちゃんとゲート一時閉鎖の引き継ぎもしてきたから間違いない。しかし、どこなんだ、ゲート閉鎖の通達がされていないなんて……」

佐藤自身も元冒険者である。ボスと呼ばれるモンスターの恐ろしさも知っているし、冒険者として芽の出なかった自分と比較したら、まるでモノが違う優秀な同輩達が虫けらのように容赦なく火竜に殺されまくった事も知っている。

死に戻り機能がない状態で学生達が生き残る術などあるはずがない。解説者の言うとおりだった。状況は絶望的だ。

佐藤にも正義感はある。テロリストに対する憤りももちろんあるし、まだ10代の若者が死地に取り残されたことに心底同情もする。それでも、正直、心のどこかでは他人事の部分があった。

テレビの向こう側、自分とは関係のないどこかの世界の若者達が大変な状況に襲われている。決して許されないことだが、言ってみればそれだけの事でもある。

だから佐藤は可哀想だとは思いつつも、自分には関係が無いと思っていた。

そう、アナウンサーの次の台詞を聞くまでは。

『それでは繰り返しお伝えします、本日昼、国営ガーデン【息吹】がハッキング攻撃を受け、権限を奪われました。これによりゲートが遮断され、さらに生命再生機能を喪失。ガーデン探索ツアーの参加者数十名と、私立落ヶ浦第二冒険者高等専門学校の生徒約30名が中に取り残されています。また、息吹内ではダンジョン20階層の主、火竜が確認されており――――』

ガシャンと缶ビールが床に落ちる。

今、何と言った……？　誰が、取り残されている……と？

「ね、ねえ、落高って、あなたの職場じゃ……」

「…………うそ、だろ」

『ええ、たった今速報が入ってまいりました！　今入った情報によりますと、４人の女生徒を助けるべく、火竜戦に参戦する者が現れた模様です！』

夢遊病者のようにフラフラとＴＶに近づき、両端を摑んで握りしめる。

「な、何やってんだお前ら……　冗談だろ……　死ぬぞ……　死ぬんだぞ……っ」

「あ、あなた！　ちょ、ちょっと座って！」

「うちの……　ウチの生徒だ……　見たことがある、間違いない……　あれは、先生まで……っ」

『映像、ご覧いただけてますでしょうか、ライブ映像となっております、今現在の映像です。音声、入りますか……？　入りますね。テロリストと対峙する人影が見えます、１、２、３……６名、彼らがそうなのでしょうか!?』

自分は管理官だ。教師じゃない。

だからといって、職場の生徒に愛着が湧かないかと言えば、そんなことはない。

毎日挨拶するし、困っているところを助けたら、明るいお礼が返ってくる。

ダンジョン管理官を目指す子だっている。そんな子達にアドバイスを求められる事だって当然ある。生徒と一線を引くことが求められる教師と違って、かえって気安く関わってきた。

校内のレクリエーションにだって一緒に参加してるし、走り回る彼らの背中に目を細めた事は一度や二度じゃない。

決して頭の良い子達ではないが、それを補って余りあるパワーがあった。

既に自分達が失い、もう二度と取り戻せないであろう輝きに満ちた彼らは、希望だ。

彼らの瞳に、未来を見た。彼らの笑顔に、夢を見た。

口には出さない。しかしそんな職場で働ける事を、佐藤は誇りに思っていた。

――――それなのに、なぜ……ッ

「頼む……助けてくれ……　誰か、国は一体何をやって……　頼むっ　俺達の生徒なんだ……ッ」

「あなた落ち着いてッ！」

まるで何かのショーを見ているかのように、興奮を隠さないアナウンサーに殺意を覚える。

数字が取れると裏でほくそ笑んでいるであろう、見たこともない制作者を想像して頭を掻き毟《むし》る。

『あ、何か喋っています、聞こえますでしょうか？　音声！　音大きくッ！』

アナウンサーが一際大きい声で叫ぶと、画面全てがライブ映像に切り替わり、石柱が乱立する廃墟のようなエリアに佇む6人の姿がアップになる。

そして、どこか芝居がかった不快な音声が流れた。


――――戦いの前に教えてください勇敢なる挑戦者よ。あなた達が何者なのかを

誰が撮影しているのだろうか。映像は一人の少年の顔を全面に映す。

佐藤にも覚えがある少年だ。平凡な容姿、平凡な成績、ぶっきらぼうだが憎めない、どこか変なオーラを纏い、人を惹きつける不思議な少年、そんな印象がある。

その彼が今、火竜と対峙し、そして――――

「――――わら、った……？」

自嘲や諦めの笑みではない。威嚇《いかく》でも強がりでもない。

決して狩られる側が浮かべていい笑みではなかった。

「まさか、勝つつもり……なのか……？」

それはまるで獣。

牙を剝きだした獰猛《どうもう》な笑み。覚悟を決めた男の顔。

そしてその少年は、呆然とする佐藤をあざ笑うように
誇り高く、己の存在を叫んだ。

――――冒険者高専冒険科だバカヤロウ!!

◆　◆

「委員長！　北からオーガ２体接近っ　あと数分で接触するぞ！」

委員長――――東雲は、落ち着きはらった様子でメガネを指で押し上げると、すぐに指示を飛ばし始めた。

「落ち着くんだ北野君。みんな聞いてくれ！　あと数分で次の敵と接触する！　オーガ２体だ！」

生徒達が、待ってましたとばかりに、不敵な笑みを浮かべて立ち上がる。

「さっきと同じだ。幸い一度に襲撃してくる敵は少ない。神楽耶班、弦月班の前衛２班で対応、４人一組は常にキープ。敵の正面に立つのは厳禁だ」

「東雲！　俺達はどうすりゃいい？」

「北里君、君達遊撃班は非戦闘員の護衛に当たってくれ。先生がいなくなって皆さんの不安が限界にきている。モンスターの対処よりもパニックによる無謀な行動を諌める事を優先してほしい」

「了解ッ！」

「委員長、俺達は？」

「斥候班は再度周囲に展開、敵の接近を報告してほしい。余裕があれば敵を遠くに誘導を。連戦は避けたい」

「オッケェ～～」

「東雲君、虎穴《こけつ》達も手が空いてるの」

「虎穴班は前衛2班の後ろで待機。2班の援護をしつつ、万が一敵が抜けてきた場合に備えてほしい。そろそろレベルアップする者が出てくるはずだ。前衛2班のメンバーにレベルアップの兆候が現れ次第、強制的に戦線離脱させて穴埋めに入ってくれ、ケガをした者も同様だ」

「了解なの！」

モモとクリスティナが戦線を離脱してすぐ、東雲はクラス20人を役割ごとに、4人1チーム、計5班に分けた。

ここはダンジョンではなくガーデンだ。パーティ上限も無いため、東雲は個々のパーティによる行動を即座に禁止し、一クラス全体を一つのパーティとして運用することに決めたのだ。

個々人では10階層超えのモンスターには勝てない。

そんな厳しい現実から導き出した苦肉の策であるが、いざやってみるとこれが見事に機能した。

現状のモンスターは、構成キャパシティの関係で、群れになるほどの規模で襲ってこないという事が強力なアドバンテージとなり、少し拍子抜けするほど戦況は安定している。

この状態ならば、そうそう負けることは無いだろう。心配しなければならない事があるとすれば、それは時間だ。

今も断続的に続くモンスターとの戦闘は、思った以上に精神力を消耗する。

当たり前である。一撃で人体を破壊し得る膂力《りょりょく》を持ったモンスターの攻撃が、音を立てて耳元を過ぎていくのだ。集中を切らせば待っているのは死だ。

疲れが出ればミスも出るだろう。ミスが出れば怪我人も出てくるに違いない。そうして少しずつ綻びた部分を突かれて一気に戦線崩壊、というのが東雲が想定する最悪のシナリオだった。

「いいかみんな、安全第一でいこう。先生が死ぬのを許さないと言った以上、僕達は死ぬことが許されない。もし死んだらきっとおぞましい事になる」

すると生徒達、特には男子が、幾分内股になりお尻を引き締めた。おぞましい未来を想像して肛門括約筋がアップを始めたのだ。

ちなみに約1名、思いっきり尻を突き出し、バッチコイ体勢に入ったつわもの千田君《ちだくん》もいるが、本人の名誉もある。名前は伏せておいたほうがいいだろう。

「もうすぐ接敵だ。他に何か言っておきたい事がある人はいるかい？」

「はい！　はいはいは〜い!!」

前衛班の一人が元気よく手を挙げる。

色が抜けた乾いた金髪、肌をこんがり焼いて胸元を盛大に開いた、ギャルっぽい、というか完全にギャルな女子生徒、多々羅《たたら》ナナである。

「多々羅君、何だい？」

「えっとぉ　ナナわぁ　さっきぃ聞いたんだけどぉ～　ここってぇ　誰かの視点でぇ　ライブ中継されてるっぽくてぇ～」

東雲が呆れたようにため息をつく。

確かにその情報は把握していた。非戦闘員の中には、事件発覚後、内部の状況を確かめるために直接乗り込んできたダンジョン管理庁の職員がいる。

彼の話によると、上空に浮かぶスクリーンの映像を含め、誰かの視点による複数の映像がリアルタイムでネット配信されているとの事だった。外は大変な大騒ぎになっているに違いないと思うが、それだけだ。何かが変わるわけでも、すべきことが変わるわけでもないのだ。

「多々羅君、その情報は僕も知っているが、今は関係無いと思うぞ」

「えぇ～　でもぉ～　きっとぉ～　今頃ぉ　全国でぇ　ニュースにぃ　なってるだろぅ　ってぇ～」

すると、もう敵がすぐそこまで来ているというのに騒然となる生徒達。

「え！　うそッ　マジで!?」

「映ってんの？　俺映ってる感じ!?」

「ウッソー!!　だったらもっとちゃんと化粧してきたのにぃ～！」

「どこどこ!?　カメラどこ!?」

「本当かい？　とうとうボクという存在が知られてしまったね、世界に……ッ」

基本的に偏差値最低の底辺校なので、こういう時の反応もことごとく頭が悪い。

無言で虚空に向かってピースをする者、手で目元を隠し、顔出しNGの風俗嬢みたいになってる者、いそいそと服を脱ぎだす千田君。

中でも最高に頭の悪い連中が吐いた台詞はこうだ。

「やっべ！　かーちゃんに録画しろって言っとかないと！」

「多々羅ナナでぇす、あたしぃ、アイドル冒険者になりたくてぇ～　特技わぁ～」

「いえ～い見てる～？　全国の可愛い子ちゃん達～　ボクだよ～？」

男子も女子も大はしゃぎでカメラを探し、非戦闘員の皆様が「大丈夫かコイツら？」的な視線を投げかける。

この事態に、いつも冷静沈着、品行方正の委員長もさすがに焦った。

「お、おい！　君達いい加減にしろ！　そろそろ敵が――ちょっと話を聞い――ッ」

完全にしっちゃかめっちゃかである。

だれも東雲の話を聞いていない。そして再び上空に現れたスクリーンに気付く者もまたいない。

隊列も班もクソもない、迎撃もままならないほど完全に無防備な状態。このままでは蹂躙されるだけだ。

最悪のイメージがツアー客達の頭を過った。阿鼻叫喚の地獄絵図で、自身の断末魔さえ聞こえたような気がした。

しかし、現実とはかくも残酷なものか。

戦線を立て直す間も無いまま、無情にもその刻は訪れる。

人々を食い殺さんと身を滾らせる悪鬼。身の丈八尺の化け物、『オーガ』がついに姿を現したのだ。

「あ、オーガだ」

「「「獲物じゃぁぁぁぁ～～～～っっ！！！」」」

――ドドドドドッ

「蹂躙じゃボケぇぇ!!」(男子)
「掘り尽したんぞゴラァ!!」(男子)
「タマ出せやぁ～　おおッ!?」(女子)

20名中、実に15名が、オーガ2体に躍りかかった。完全にカメラを意識しての行動である。

そして彼らが、引くほどオーガをボコボコにしている時、その言葉は彼らの頭上に降り注いだ。

——戦いの前に教えてください勇敢なる挑戦者よ。あなた達が何者なのかを

その台詞。

誰が言ったのかはわかっている。誰に言ったのかもわかっている。そして、どう返すのかもわかっていた。

ならば敢えてソレを見る必要もなかろう。きっとやってくれる。自分達がすべきことは、目の前の敵を蹂躙し、その雄姿を広く日本中のお茶の間に届ける事だ。

そうだ、そうに違いない。ていうかカメラはどこですか。

だから、彼らは頭上を見上げることなく、ただただ哀れな獲物に向かって凶悪な笑みを浮かべた。


「「「冒険者高専冒険科だクソッタレ!!」」」

◆　◆

「…………馬鹿どもの絶叫が聞こえた気がした」

「ミナト君何言ってんの、集中だよ！」

「わかってンよ！」

彼我の距離は200メートル
俺達は疾走する。このままいけば十数秒後には接触、戦闘に突入だ。

「ミナト、尼子屋君はサイドに回り込んで敵を牽制！　横にいる限りは比較的安全だよ！　石柱との距離と、尻尾の薙ぎ払いに気を付けて！」

「あいよっと」

「わかりました！」

「モモちゃん先生と葵ちゃんの火力組は背後に回って！　尻尾の無力化に全力を注いで！」

「了解だよ〜！」

「………銀狐は煩《うるさ》い」

「私とクリスティナ先生は正面！　正面攻撃は速いから牽制を中心にするよ！　ダメージは後ろから！　ある程度弱らせてからじゃないと取り付いちゃダメ！　みんな、いい!?」


近づくにつれ、その威容が目に入る。

ウロコではなく、岩のようにゴツゴツした肌、捻《ね》じくれそそり立った2本のツノ、ギロチンみたいな歯がズラリと並ぶ顎。前足は後ろ足に比べて小さいが飾りではない。人一人は十分に捻り殺せる大きさだ。

だが、俺は率直な感想として、想像よりも小さいなと思った。

縮尺がよくわからないが、感覚的に体高は映画で見るティラノサウルスの2倍程度、3倍は無いだろう。

それだけでも馬鹿デカいのは間違いないけど、小山が動くという表現があるくらいである。圧倒的巨体なのかと思っていたので少しだけ拍子抜けだ。

これくらいならば何とかなるかもしれない、そう思っていた。

ヤツの咆哮を聞くまでは。

「咆哮来るよッ　口開けて耳抜きッ！」

――――――――ヴゥォォォォォォォォッツ
「――――ガッ!!」


ちびりそうになった。

とんでもない音量、まさしく音の暴力だ。

肌がビリビリ震えるとか、鼓膜に叩きつけられるとか、そんな表現があるが、こいつはそれどころじゃない。ここまで来たらエアハンマーで頭をぶん殴られるのと何が違うのかわからない。

頭の中を掻き回されているような衝撃に眩暈と吐き気がした。生物としての隔絶した差があることを否が応でも認識させられる。

こんなものに本当に勝てるのか？　俺達は無駄な事をしているんじゃないかと、俺の中の弱気な部分が一斉に顔を出した。

「散開ッ!!」

アーニャが言い終わる前にその場を離脱。

次の瞬間、直前まで俺達がいた場所を、火竜がその咢でこそげとった。

不吉な音とともに、噛み砕かれる石畳。

「速ぇッ　クソッ!!　なんだ今のッ!?」

「正面にいたらあれが来るよ！　ミナトは絶対正面に来ちゃダメ！」

まだ一合交わしただけだというのに、背中から冷たい汗がブワッと噴き出た。

あんなの食らって生きていられるはずがない。

気を抜けば一撃で死ぬ！

とにかくサイドへと移動した瞬間、猛烈な悪寒が背骨を貫く。

目で確認するのは後だ。今はただ直感を信じろ！

反射的に跳び上がる。まだ足りないと足を畳む。そして俺は見た
直後、電車の車両みたいな尻尾が俺の数十センチ下を駆け抜けるのを。薙ぎ払いだ。

躱《かわ》したと思ったのもつかの間。

足元からの風圧で体が流され、空中でバランスを崩した俺は着地に失敗して地面を転がる。直後
にアーニャの絶叫。

「ミナト避《よ》けてぇッ!!」

「――ッ!!」

何を避ければいいのかわからない。だが避けないと死ぬ！

「ふざッ　けんなッ！」

腕の力だけで体を跳ね上げると、すぐ横に巨大な足が落ちてきた。

――ズンッ

全身の毛穴がかっ開く。

何が比較的安全だ畜生！　オーバーキルのコンボじゃねえか！

今度こそ体勢を立て直して立ち上がる。

俺ばかり狙いやがってと睨み付けると、火竜はこっちをチラリとも見ていなかった。

お前は羽虫も同然。言外にそう言われているような気がして、ビキリとこめかみが引き攣る。

「このヤロウ……ッ」

俺は逆手に握ったコンバットナイフを振り上げ、ヤツの後ろ足に躍りかかった。

勝利目前

「薙ぎ払い来るよッ　離脱ッ！」

一瞬の溜めの後、火竜がその場で一回転。

破滅的な轟音をまき散らしながら、尻尾が周囲の石柱をことごとく破砕する。

もうもうと立ち込める粉塵の中に、爬虫類特有の縦長の瞳孔がギラリと光った。

「突進来るッ！！！」

またかよっ　と誰に向かってでもなく毒づいたのは、6人の中で唯一、俺だけがこの突進に反応が遅れるからだ。視界0の土煙から突然現れるから、誰に向かっているか音で判断するしかない。

数瞬後、土煙から飛び出した火竜が、モモ先生の方に突撃。先生は焦ることなく石柱の側面を飛び移ってそれを回避した。

躱された火竜はといえば、勢いで噛み付いた石柱をヘシ折り、まるでせんべいでも食ってるかのように咀嚼《そしゃく》する。石食って生きられんなら最初から人間襲うんじゃねえ。

一瞬動きの止まった火竜。俺達はお菓子に群がる蟻のように再度火竜との距離を詰めた。

「くそッ　硬過ぎンだよッ!!　何食ったらこんなんなるんだっての！」

「……石食べてる」

「知ってるよッ!!」

俺は何度もナイフで後ろ足を切り付けるが、未だ傷一つ付けられない。俺のレベルではヤツのDEFという名の障壁を抜けないのだ。

「ミナト無理しないッ！　尼子屋クンももう少し後退ッ！　要所要所で注意を引いてくれたら十分だよッ!!」

「わかってるッ!!」

「すみません！」

唯一、足の指先、爪と爪の間はダメージが通るのだが、俺がチマチマ攻撃しても意味がない。アーニャの言う通り、いざという時、気を引くためにとっておくべきだ。

「クソッ」

火力が足りない。手数も足りない。何もかもが足りない。

戦闘開始より、主に先生二人が怒濤の攻撃を加えている。それこそオーガやゴーレムクラスならば一撃で挽肉になるような、どデカイやつを連発しているのだが、火竜は未だ弱った気配すら見せていない。

「アーニャさん！」

「了解っ！」

それだけで何をするかわかったのか、アーニャがすかさず退避した。

すると、折れた石柱に先生が太くて長いのを巻き付け、そのままそれをブン回して火竜の横面をブッ叩く。引くほど鈍い音と共に火竜のアゴが跳ね上がるが、2、3度頭を振っただけで何事もなかったかのようにヤツはまた動き出す。

すぐに戦線復帰したアーニャが紫電の奔《はし》るレイピアで突撃を敢行する。しかし硬い皮膚に浅い傷をつけただけですぐに飛びのいた。

あれでもダメとか、一体何だったらいいんだよ。校庭のローラーで全力ビンタされたみたいなモンだぞ。

ダメージは蓄積されるという事を頭では理解していても心が折れそうになる。

もう戦闘が始まってから30分以上が経った。戦況が安定していると言えばそうなのだろう。

しかし一撃でももらったら終わりの俺達にとって、そんな安定は有って無いと同じだ。

しかも少しずつ疲れが見えてきている俺達が、どの瞬間にミスをするかもわからない。

この薄氷の上の均衡は、せいぜいもってあと1時間だろう。

冒険者といえども、人間に全力の戦闘を2時間も継続する体力はない。そして集中力はそれ以上に脆いものだ。

俺みたいな低レベルの冒険者がここまで生きている事だけで奇跡的だとは思うが、勝たなければいけない以上、焦りはある。

「クソッ　このままじゃ……ッ」

するとその時、大剣《ライジング》を振りかぶって石柱から飛び降りるモモ先生の姿が、俺の視界の隅を掠めた。

俺は反射的にEP-R06をヤツの横っ面に向けて乱射。反動を殺して全弾撃ち尽くす。

マガジンを引っこ抜いて交換、銃撃再開。

この距離だったら俺の実力ではかなりの威力が減衰する。０距離ならば実銃と威力は変わらないのだが無いものねだりをしてもしょうがない。それに０距離だとしても今のままでは奴の装甲は抜けないだろう。

ヤツは虫に刺されたほどの反応を見せるだけだがそれでいい。俺の役割は『ちょっと気を引く』こと。それだけでいいのだ。

石柱から落下しながら、モモ先生が雄叫びを上げる。

「あああああぁぁぁぁ～～～～ッ！！！」

ただ愚直に上から下へ。細かい技術なんて無い。

身の丈以上の大剣を、小さな幼女が、大きな竜の尾へと叩きつける。

――――ズドンッ

伝わる。確かに。

足から。地面を伝って。その振動が。

それが意味することは一つしかない。

――――ギィヤオオォォォォォ～～～～～～ッ！！！

「抜いたッ!? マジかよッ!!」

丸太どころか、下手したら車両ほどもある尻尾だ。廻る血液の量だって尋常ではない。

根元の近くから噴水のように噴き出る血は、先生がヤツの装甲を抜いた証だ。


「みんな退避ッ!!」

火竜が半狂乱になって暴れ出す。側面組と背面組は即座に退避。

闇雲に払われる尻尾が、落ちている石柱を跳ね飛ばすが先ほどまでの勢いは無い。遠目で見るヤツの尻尾は切断こそされていないが、傷は完全に骨まで達していた。切断面は右半分。

戦闘が始まって以来、初めての損傷攻撃だ。

俺はそれをやってのけた幼女先生を目で探す。

火竜からほど近い石柱の頂上、葵と共に彼女の姿はあった。

頬から滴り落ちる返り血をペロリと舐めるその様は凄絶の一言。

口元を吊り上げて興奮に肩を荒く上下させ、開き切った瞳孔で肉食獣のように獲物を捉える彼女は、いつもみんなに愛されるモモちゃん先生ではない。

普段はヘニョヘニョしていようが、やはり彼女も冒険者であったという事だ。

「いくよ、葵ちゃんッ!」

「……いつでも」

えっ？　と俺は間抜けな声で呻いた。

眼下では火竜が我を忘れたように暴れ狂っている。

確かにチャンスなのかもしれないが、動きの予測もへったくれもない。あんな暴風雨みたいな領域で攻撃を加えるなんて至難の業だ。正常な判断だとは思えない。

「モモちゃん先生ダメ！　今は危険すぎるよッ！」

「ああなったらモモは言う事を聞きません。合わせますよ」

「うっそォォォ～～ッ！　葵ちゃんも止めてぇぇ～ッ‼」

「………………銀狐は煩い」

クリスティナ先生が諦めたようなため息をつきながら、またしても太くて長いのを小ぶりな石柱に巻き付けた。

「諦めなさい。今でこそ生徒達に『ロリ天使』とか呼ばれていますが、冒険者時代のモモの徒名《あだな》は【狂姫】ですよ」

マジかよ！

俺が衝撃の真実に身を震わせていると、何を思ったか、モモ先生が葵のハンマーの打突面によじ登る。そして葵はグッと腰を落とした。

何だ、一体何をするつもりだ。いや、まさか……と、思ったらそのまさかだった。

クリスティナ先生が思い切り振りかぶって石柱をブン投げる。一直線に飛んで行った石柱は見事に火竜の頭部に命中。たまらず一瞬硬直する火竜。

「モモォッ！」

「葵ちゃん、今ッ！」

葵がとんでもないスピードでハンマーを振りぬく。

当然、ハンマーの上に乗っていたモモ先生もとんでもないスピードで射出される。

「あああああぁぁぁ～～ッ!!」

突貫。

弾丸と化したモモ先生が火竜に着弾。その背にズブリと深く剣を突き立てる。

強烈な痛みというものは、認識の後にやってくるものだ。何が起きたか理解できない火竜は、一瞬キョトンとした様子を見せた。

そして、モモ先生はその隙に追撃することなく、すぐさま安全圏へと離脱。直後に火竜の絶叫が空気を震わせる。

「スゲェ……　何なんだあの未発達コンビは……」

火竜はさらに怒り狂って暴れ出しているが既に全員が安全圏へと退避している。ひとまずの危険は無く戦況は大きく俺達の側に傾こうとしている。

考えてみればとんでもない状況だった。

ブレスが無いと言っても相手はレイドボスである。一撃で死ぬ攻撃をアホみたいに繰り出してくる化け物相手にたった６人、しかもその内３人は10レベルにも満たないルーキーだ。

先生二人の実力が凄かったからとはいえ、普通に考えたら有り得ない。

このまま行けば、もしかしたら勝てるのではないかという思いが脳裏をかすめた。油断ではない。正しく戦況を組み立てるためには、過大も過小も無い状況認識が必要である。

問題は、法則性もなく暴れまわる火竜に、どうやって有効打を与えていくか、だ。

モモ先生が再度突貫を仕掛けようとすると、火竜が牽制するような動きを見せた。

いくら興奮状態だとしても、死に戻りの無い戦闘で分の悪い攻撃を仕掛けるほど先生は弱くない。

先生が突貫を諦めると、戦闘は膠着状況に陥った。

俺は魔導充当《エーテルチャージ》の終わったマガジンをライジングに差し込むと、空のマガジンのチャージを開始する。補充だけは今のうちにやっておかなければ。

火竜が暴れまわったおかげで、周囲の石柱のほとんどがはじき出されてヤツの周りはほぼ更地だ。石柱の上に登れない俺と尼子屋を除いた４人は、石柱の上を移動しながら火竜の突撃を回避している。

火竜は、俺と尼子屋は眼中に無いようで、石柱の上にいる４人を執拗に追いかけ、攻撃を加えていた。

そろそろ無差別に暴れる事もなくなってきたので、再び包囲陣を組みたいのだが、やたら警戒しているせいでなかなか仕掛けるキッカケがつかめない。ヤツに人のような感情があるかわからないが、最初は取るに足りない者として油断していたに違いない。

「一体いつまで元気なんだよクソトカゲめ……」

尻尾から相当量の出血があったはずだが、衰弱死どころか動きを緩める気配すら無い。

さすがは１００人の冒険者を相手取って戦うボスだと普段ならば称賛しているだろうが、今は一秒でも早く死んでくれと願うばかりだ。

といっても圧倒的優位な状態での均衡。次に均衡が破れた時は、俺達が勝つ時だ。

俺はそう信じて疑わなかった。

しかし、その均衡は最悪の形で崩れる事となる。

ここまで戦況を引っ張り、勝利の可能性を齎《もたら》した張本人。

パーティで断トツの火力を誇るモモ先生が、
腕を食い千切られたのだ。

スキル解放

一向に捕らえる事のできない小さき者共に怒りと苛立ちを募らせていく火竜。

そんな火竜をあざ笑うように、悉《ことごと》く逃げ回る小さき者共。

火竜は突撃を繰り返す。しかし躱される。

その時何を思ったか、火竜は石柱を噛み砕かず、その咢に咥《くわ》えた。そしてやたらめったらに振り回し始めた。

高さ20メートル、幅2メートルの石柱が棒切れのように舞い、空気が唸り声を上げる。

凄まじいスピード、凄まじい質量。

だが届かない。むしろ、より遠巻きに退避する小さき者共。

だからそれは偶然の出来事だった。

振り回した石柱が、数瞬前まで小さき者がいた石柱にぶち当たる。互いに砕け散る石柱。

火竜は思った。

おや？　軽くなったぞ？　短くなったぞ？　これはもう要らないぞ。

――ブンッ

八つ当たり気味に振り捨てられた石柱。

1つ目の偶然は、砕け散った石礫が包囲攻撃となってソイツを襲った事。

2つ目の偶然は、放り投げた石柱がたまたまソイツに向かって飛んだ事。

3つめの偶然は、新しい石柱を探すため、ちょうど火竜がソレを見ていた事。


尼子屋が石礫《いしつぶて》に襲われ、一瞬だけ地面に膝を突く。

危険を察知したモモ先生が、迫る石柱と尼子屋の間に割って入った。

火竜にとっては棒切れでも、俺達にとっては巨大な質量。それが一番軽いモモ先生に襲い掛かる。

その膂力で大剣を叩きつけ、直撃を免れても全ての勢いは殺せない。

吹き飛ぶモモ先生、駆け寄る尼子屋。

俺は、火竜の顔が喜悦に歪むのを、確かに見た。

全ての動きがスローモーションみたいに流れていく。

モモ先生を抱えて離脱を図る尼子屋。その時にはもう、火竜の咢は吐息のかかる距離にあった。

ドンッ　と先生が尼子屋を突き飛ばす。尼子屋は呆然とそれを見る。

そして、この日、最速の突撃がモモ先生を襲った。

――――ガギンッ

その顔に法悦すら浮かべた火竜が「プッ」と何かを吐き出す。

べちゃりと地面に音を立てたソレは、先ほどまで大剣を握っていたはずのモモ先生の……腕。


「あああああぁあぁあっぁぁ〜〜〜〜ッッッ！！！！！」


それはまるで、出の悪いシャワーのようだった。

モモ先生の命が切断面から音を立てて流れ出ていく。

「モモぉォォォ〜〜〜ッッ！！！」

「モモちゃん先生ッ！！！！」

ありったけのエーテル弾をぶっ放した。

追撃を阻むべく、アーニャとクリスティナ先生が、形振《なり》り構わない突撃を敢行。

とどめはいつでもできるとばかりに、火竜は悠然と前面の二人に向き直った。

尻餅をついたまま動けない尼子屋に怒号を飛ばす。

「尼子屋ァッ!!　なにボサっとしてやがるッ!!」

「ひッ　みな、ミナトく――――」

「いいから二人が気を引いてる間にモモ先生持ってさっさと退避だッ!!　こっちに来いッ!!」

「あ、わ、わか、わかった、う、うう――――」

駄目だ。腰が抜けてやがる。俺はたまらず二人の近くにいる葵に怒鳴った。

「葵ィッ!!」

「……わかってる!」

猛然と二人に近づいた葵が、二人を抱えて戦線を離脱する。アーニャとクリスティナ先生は正面で全力の戦闘中、俺が出しゃばっても足手まといだ。

俺は回り込むようにして葵が退避した方に向かって合流した。

「クソがッ!」

「ご、ごめッ　僕が――――ッ」

「違う!　そうじゃねえッ!!」

これは戦闘だ。ミスはある。ノーリスクなんてあるはずがない。

そしてこの戦況で起きたたった一つのミス。それが最悪の結果につながっただけだ。

尼子屋を責めるのはお門違いだった。火竜が首を振る方向が逆だったら、情けなく尻餅をついていたのはきっと俺だからだ。

一撃で状況がひっくり返るなんて最初からわかっていたのに、目の前に突き付けられて膝が震える。

「……血が、出過ぎてる」

「わかってる……っ」

左腕が根元から持っていかれてやがる。

既に葵が止血処置を施したものの、肩から腕が食いちぎられたせいで縛る事ができない。ハンカチで押さえるだけだ。

「クソッ　まずいッ！」

顔色が白を通り越して土気色になっていく。出血の勢いが徐々に弱まっていく。

「ざ、寒い……　クリスちゃ　約束、ごべ――――」

先生にもう意識は無い。

薄く開かれた目は虚ろで、意味のわからない言葉をうわ言のように呟き、ガタガタと体を震わせている。急速に抜けていく命が目に見えるようだった。

「このままじゃ、先生が……ッ」

「その先を、言うんじゃねえ……ッ」


『死』


一瞬過ったその言葉を、乱暴に頭《かぶり》を振って弾き出す。

出会ってからまだ数か月。思い出と呼ぶには早すぎる記憶の羅列を俯瞰して、俺は歯を食いしばった。

底辺校の落ちこぼれと呼ばれる俺達を、一端の冒険者に育てようと走り回っていたのは誰だ。

失敗しても、落ち込んでも、生徒を励まし、いつも笑顔で俺達の行く先に立っていたのは誰だ。

絶対に認めない。絶対に助けてみせる。死なせない。死なせてたまるか。


「助けるぞ、先生を……」

「で、でもっ　どうやって……ッ！！」


ズンッと鈍い音がした。

その方向に視線を向けると、鼻面に弾き飛ばされたアーニャが石柱に激突し、苦悶の表情を浮かべていた。

すぐに戦線復帰して事なきを得たが、見てみるとアーニャもクリスティナ先生も先ほどとは打って変わってズタボロになっている。俺達がこっちに集中している間に、捨て身の攻撃を仕掛けていたに違いなかった。

みんな命がけだ。

心の底では死ぬことに怯えながら、その身を躊躇《ためら》うことなく兇牙《きようが》に晒している。

俺と同レベル帯の葵も、尼子屋ですら、見れば体中に青あざを付け、そこかしこが傷だらけだ。

それなのに俺はどうだ。俺は何をやっていた？

レベルが低い事を言い訳に、安全地帯から申し訳程度の嫌がらせで戦闘に参加した気になっていなかったか？

満身創痍のこいつ等の目を見て、俺は全力で闘ったと胸を張って言えるか？

俺はお前らの仲間だと、自信をもって誇れるというのか？

そんなはずはなかった。

我が身可愛さに出し惜しみをしている自分に、こいつらを仲間と呼ぶ資格なんてあるはずがない。

こいつらの仲間でありたい。

血飛沫《しぶき》舞う鉄火場で、俺はそう思った。

「葵、先生のレベルは……いくつだ……？」

「………19……ミナト、何を考えてるの」

俺の中でマグマのように煮え滾る激情が、ガチリと音を立てて胸にはまる。

知っているはずだ。その方法を。歩の悪すぎる博打を、俺は知っているはずだ。

俺に足りなかったのは力なんかじゃない。覚悟だ。

命を懸けて闘うという決意だ。

「まさか、ミナト君……っ！」

「20階層の大ボスだ。ヤツを倒せばきっとレベルは上がる。20レベルに達したら強制転送の対象になる。死に戻り機能を喪失しても転送の中身まで設定をいじってなければ、【息吹】での欠損は転送時に回復するはずだ」

「無茶だッ！　どうやって!?　先生二人でもダメだったのに！　僕達だけでなんてッ!!」

「できるかどうかじゃない……」

俺は立ち上がって火竜を睨み付ける。

「やるんだ……ッ」

チャージが終わったマガジンをEP-R06《ライジング》に差し込みスライドを引く。

カシャンと乾いた音が、やけに大きく聞こえた。

「尼子屋、お前斥候だからロープくらい持ってるよな？　貸してくれ」

「持ってるけどっ　一体何に……ッ」

「いいから早く。時間がない」

こうしているうちにも、前線からは世界の終わりのような音が聞こえてくる。彼女達の想いも同じだった。一刻も早く火竜を倒す。敵うはずもない相手に無防備で全力の殴り合いだ。

俺は尼子屋からロープを受け取ると、５メートルほどで切って左手首に装着する。引っ張れば引っ張るほど締まるように結んで、反対側も同じように結んだ。うまく引っかかれば締まる一方で外れることは無いだろう。

「葵、さっき先生を飛ばしたアレ、人間大砲みたいやつ、できるか？」

「……ミナト、やめて。ミナトのレベルでは火竜の装甲は――――」

「葵」

葵の言葉を遮って、真っすぐに。ただ愚直に彼女を見つめて言う。

「俺を、信じろ」

手のひらを何度か開いて握ってを繰り返す。苦笑せずにはいられない。

信じろと言った本人が未だ自身のスキルを信じきれていないのだから。

本当に通用するのか。ヤツのレベルが高くなかったらどうする。ただの無駄死にじゃないのか。

だというのに、俺の信頼する相棒《バディ》は、迷うことなく言い切ったのだ。

「……わかった。信じる」

怖くないと言ったらそれは嘘だ。自信があるかと言えば、やっぱり無いだろう。

だけど、と、俺は俺が今、頼りなく踏みしめる仮初の大地に目を落とした。

俺が俺であるための岐路は、きっと――

「――ここが俺の戦場だ」

「ミナト君ッ！」

「尼子屋、先生を頼む。戦闘離脱と判定されない程度の距離を保ってくれ。葵、行くぞ！」

俺達は尼子屋とモモ先生を置いて、ヤツの正面で戦う二人の後方へと回り込む。

移動中にチラリと横目で見たアーニャは既に全身血だらけで、足元もおぼつかず、いつ倒れてもおかしくない状態だった。倒れた瞬間、彼女に訪れるのはまごう事なき『死』だ。

クリスティナ先生はそこまでではないが、荒く上下する肩は、体力の限界が近いことを示している。

対する火竜は顔の右半分の表皮が捲れ、切り裂かれた顎から歯茎が剝きだしになっている。更には右目が潰れて血と体液が流れ出しているが、猛威が衰える気配は無かった。

ドクリと心臓が脈打つ。

――本当にできるのか、いや、やるしかないんだッ

「あなた達！　モモは!?　モモは大丈夫なのですかッ!?」

「先生ッ！　よそ見しちゃダメだよッ!!」

鉄面皮など誰が言った言葉か。

焦り、怯え、怒り、悲しみ。様々な感情がクリスティナ先生の顔に浮かび、そして消えていく。アーニャの指摘に、火竜から目を離さない彼女の横顔には焦燥感だけが廻っている。

俺達は人間だ。命の灯が消えかけた友を心配する事に、何の体面が必要あるというのか。

だからこそ、俺は言わなければならない。今、何が必要か、取り繕う必要がないからこそ、俺達が優先すべきは何かを。

俺は先生の問いを無視して葵のハンマーによじ登った。

質問は必要ない。ただ要求だけを言い放つ。

「先生！　一瞬でいい！　ヤツの頭を拘束してくださいッ！」

「あなたは一体何を――――わかりました、やりましょう……ッ」

視線の交錯は一瞬。

ブワリと、先生の背から青いオーラが噴き上がる。怨念と呼んで差し支えない黒い感情が、怜悧な瞳にどろりと宿った。

「一之瀬君！　ケツから串刺しにしてやりなさいッ！」

渾身の一振り。

先生の太くて硬くて長くて黒いの。『蝿王《ベルゼビュート》』が夜空に舞った。

空気を切り裂いたそれは、剝きだしになった火竜の下顎を確かに捕らえる。俺は来る衝撃に備えて、深く腰を落とした。

「先生の仰る通りだ。ケツでレベルアップさせてやンよクソトカゲ」

狙いは奴の顔面横。

着弾まで3秒、いや2秒も無いだろう。狙いが逸れたら何もできることなく死ぬ。信じてるぞ葵。

「『特殊能力《スキル》』解放……」

「……ミナト、行くよ」

葵が躊躇なく、俺を乗せたハンマーを振りぬく。

俺は弾丸だ。

凄まじい風圧に目の水分が一瞬で飛んだ。視界を流れる景色が非現実的だ。空気が粘液のように口内を掻き回す。恐ろしいほどのスピードで視界に迫る火竜、その瞬間、ヤツと目が合ったような気がした。

そして俺は――――腹の底から絶叫した。

「『秩序破壊《システム・ブレイク》』ッッ!!」

秩序を拒絶する者

ニュースが始まって数時間、教師の一人が火竜に襲われたところで実況映像は切り替わり、無意味なテロップと共に、アナウンサー達は一斉に頭を下げてお詫びの文章を読み上げた。

それを見たほとんどの者がサイトにアクセスし、なぜかダウンすることもなく配信され続けた動画を見て、人々は拳を振り上げ声を荒らげる。

「冒険者高専頑張れ!!」

名も知れぬ若者が発したその一言は、今日、この時間、リアルタイムで息吹の動画を見ていた者全ての総意である。

ある者は興奮し、ある者は絶望し、またある者は感動し、そして涙を流した。

理不尽に迫る圧倒的脅威に、臆することなく立ち向かう少年少女の雄姿は人々の心を捉えて離さない。

永らく人が求めた英雄としての偶像が人々の原始的な高揚を招き、そしてそれはネットワークを介して瞬く間に広がっていく。

その中で最も人々の耳目を集める動画には、決意の炎をその瞳に宿した一人の少年の顔がアップで映されていた。

「……行け……」


それは、男の声であったし、女の声であった。少年の声であったし、老婆の声でもあった。

そして、その中には妻の携帯で動画を見つめる佐藤太郎の声も混じっている。

少年が、仲間のハンマーによじ登り、ただひたすら真っすぐに敵を睨みつける。

佐藤の妻が、震える夫の手をそっと握りしめた。


「頑張れ……」


概念的に隔絶された異次元世界の出来事だ。

その声が届くことはないだろう。その想いが通じることはないだろう。

しかし、それがなんだというのか。心からの願いを口にして、それを笑う者がいるとでもいうのだろうか。いるはずがない。いたとしてもそれが何だ。

だから佐藤は、何もかもかなぐり捨てて絶叫したのだ。

「行けぇぇぇぇ〰〰〰〰っ！！！」

同刻

「だ、大丈夫だよなッ！　モモ先生大丈夫だよなッ!?」

「な、何心配してんだお前？　ははは っ　ウケるわ！　モモ先生だぞ!?　俺達のロリ天使様だぞっ!?　大丈夫に決まってて――」

「でもあの出血じゃ、もう駄目かも……」

「てめぇぇッ！！！」

男子生徒が胸倉を摑んで拳を振り上げる。

「だって！　見ただろ！　あんなの……　あんなのどうしようもな――」

「テメェふざけた事抜かしてんじゃ――」

「やめるんだッッ!!」

諍《いさか》いを起こしていた生徒達が、その大音声にビクリと身を竦ませる。

いつも冷静沈着、品行方正の委員長が飛ばした怒号に、生徒達の視線が集まった。

「先生は僕達を信じた！　僕達は先生を信じた！　僕達がするべき事は下らない言い合いなんかで

はないはずだっ!!」

10を超える戦闘の全ての指揮をこなしてきた指揮官東雲の言葉は、生徒達の心に深く突き刺さる。

しかし、それでも生徒達は言葉にできない不安に溺れそうになっていた。

「東雲、わかってんだけどよォ……　でも、あんなの……　あんなの無《ね》ェだろォよ……ッ!」

前衛組臨時班長、弦月奏《げんつきかなで》の言葉はこの場にいる生徒全員の代弁だ。

戦闘もひと段落した彼女が見上げるモザイクの空には、空を覆いつくさんばかりのスクリーン。

そこには、今にも息絶えようとしている先生の姿が在る。

左上腕から、心の鼓動と同調するように、ビュッビュッと血潮が噴き出し、痙攣を始めたその細い足が無為に地面を掻く。

気管支喘息のような呼吸音と共に漏れ出るのは、意味も分からないうわ言と、同僚教師への謝罪の言葉。

冒険者を志す者にとって、死というものはもっとデジタルなものだった。

人としての機能が停止すれば、光の粒子と共にリセットされる。それが冒険者の生死観だ。

なのにスクリーンに映る惨状は何だ。あれは本当に現実なのか。先生は本当に死んでしまうのか。

彼らが言い争ってでもそれを否定しようとするのは、未来の自分とその姿を重ねているからだ。

スクリーン上で戦う彼らが敗れれば、次は自分達だ。次にあの姿をさらすのは自分だ。

年若き少年少女達に広がっていく暗澹たる気配。徐々に光を失っていく数多の瞳。

だが、それでも諦めはしないと、東雲は強靱な意志を以て断言する。

「諦めるなッ！　僕達はそのためにここにいるッ!!」

自身を鼓舞するかのように発せられた根拠無き言葉はしかし、スクリーン上、一人の少年の言葉によって、揺るぎ無き指針として根を張った。

――俺を、信じろ

「一之瀬……」

「一之瀬クン……」

「頼む一之瀬……　先生をっ」

拳を握りしめて彼らは信じる。その言葉を、その意志を。

日本人形のような華奢な少女が持つ大槌の上で、ただひたすら敵を見据えるその眼差しに、東雲は祈るようにその想いをぶつけた。

「行け一之瀬君……　行けぇぇぇぇッ！！！」

◆

◆

まるでジェットコースターのようだ。いや、それよりよっぽど酷い。

スキル発動直後から、流れる景色の速度が倍加したように感じる。レベルの補正によるステータスの向上が消失したのだ。恐怖を感じない方がどうかしている。

だが、そんな事は言ってられない。俺が見据えるのはただ一点。奴の顔、そしてその額から突き出たツノ。

スローモーションのような一瞬の中で、俺はただ迫りくるヤツのツノだけを見据えて神経を研ぎ澄ました。

「かかってくれぇぇぇぇ〜〜〜ッ!!」

たった一つの命を担保にした一世一代の博打。

火竜の顔を横切る直前、俺が放ったロープに幸運の女神は微笑み、狙いのツノにロープを引っ掛けることに成功する。今は信じてもいない神様に感謝したっていい。

直後に襲い来る、左腕をブっこ抜かれるような衝撃に歯を食いしばって耐える。賭けにはまだ勝っていない。勝負はこれからだ。

直後、火竜は首を振り回し始めた。

「ミナトォォッ!!」

冗談みたく振り回される。一振りごとに全身が悲鳴を上げた。

体中の血液がつま先に詰め込まれたような感覚、端のほうから黒く染まっていく視界。これが全面に広がった時、意識を失うという確信があった。

耐えろ、耐えろ、耐え切るんだ。その先にしか未来は無い!

「うおおおおおぉぉォォ～～～～！！！」

俺は今、レベル1だ。俺を守るステータスは何一つ無い。ただの一般人。生身の人間。

ただのガキが、空中十数メートルの地点をただのロープ一本でぶら下がり、そして振り回されている。

落ちたら死ぬ。石柱にぶつかれば死ぬ。噛まれても死ぬし、このまま振り回されても死ぬ。

しかし――

「それはお前も、同じだろ……ッ!!」

『法は法を尊重する者しか尊重しない』

法学にはそんな格言があるという。

それはまさしく今の俺に当てはまる言葉だった。

――俺がヤツのレベルを無視する代わりに、俺はレベルの恩恵を受けられない。俺が秩序《システム》を拒絶する代わりに、俺は秩序《システム》に尊重されない。

システムに保護された狂った世界で、システムという名の神を否定する力。

それが俺の特殊能力《スキル》だ。

敵を絶対的に弱体化させるわけではない。だから仲間と連携すればいいという話ではない。

だが、それが何だ。何の問題がある。

――抜ければいい。俺が。ヤツの装甲を。レベルの恩恵が無いドラゴンなど

「ただのデカいトカゲだッ！」


チャンスは一度。タイミングは一瞬。

左手首を締められすぎて、手先の色は紫色を通り越し黒ずんでいた。

ゴリュッ　と不気味な振動が、骨を伝って耳に届く。激痛が走った。脱臼だ。

肩が抜け、有り得ない方向に体が曲がる。肘の腱はとうに断裂し、体内に噴き出す血潮がやけに熱かった。このままでは腕が引き千切れ、俺は悪夢の空中遊泳と洒落込むか、地面に激突し人間煎餅となってしまうだろう。

だから俺は口から泡を吹きながら耐える。

一瞬の、たった一度のチャンスをものにするために。

――ギュオオオオオォォォォオッツ

火竜の咆哮。

グルグル回る世界の片隅に一瞬だけ、尻尾の傷口に向かってハンマーを振り下ろす、俺のバディ

の姿が見えた。

「……ミナトォッ!!」

葵、断言してもいい。お前は最高の相棒だ。

天に向かって怒りの雄叫びを上げる火竜。俺には確信があった。激痛に悪態をつきながら、体を揺らしタイミングを図る。

火竜がゆっくりと咢を下に向ける。瞬間、先生の太くて硬いのが奴の口元に巻きついた。

「一之瀬君! ブチ込んでやりなさいっ!!」

先生、一生付いていきます。レベルアップ見せてください。

最後の力を振り絞る。この瞬間を逃したら俺達に勝機は無い。思いっきり足を跳ね上げる。

トンッ と。ヤツの顔の上への着地は、あまりにもあっけなく成功した。それこそ死にそうになっていたのが馬鹿みたいに。

何が起こったのか理解できず、キョトンとした表情を見せた火竜に、俺は豪快に唾を吐く。

そして、心の底から湧き出る衝動を吐き出すように、ガパリと口を開いた。

「よう、トカゲ。やっと俺を見たな?」

未だトカゲは何が起こっているか理解していない。コイツは何をしているんだ? とでも言いたげな表情だ。

ああそうか。上等だ。だったら理解させてやる。

俺は口にするのも憚《はばか》られるような罵詈雑言《ばりぞうごん》を撒き散らしながら、奴の潰れた右目の眼窩《がんか》に、グチユリと右手を突っ込んだ。

反射的な痙攣に構うことなく、無様を晒して這いつくばるように四肢を固定する。流れ出る体液が、ヤツのものなのか、自分のものなのかもわからない酷い有様だ。

しかし、それでいい。それでいいんだ。なぜなら——

「やらかしてくれやがって。躾のなってねえトカゲだ……っ」

やっとお前をブっ殺せる。ありがとう。クソッタレ。

俺は躊躇うことなく、EP-R06《ライジング》のトリガーを引いた。

——ドウンッ

1発。

眼球の残りカスが弾け飛ぶ。ベチャリと膜のようなものが俺の頬に張り付いた。

——ドウンッ

2発。

噴き出した血液が霧になる。トロリと、俺の指先に熱い何かが触れる。

――ドウンッ

3発。

灰色がかった汚らしい液体が、ダラダラと俺の右腕を伝う。

そして――


「ああァァあぁぁァァァァ～～ッッッ!!」

――ドンッ　ドンッ　ドンッ　ドンッ　ドンッ　ドンッ　ドンッ　ドンッ　ドンッ

全弾撃ち尽くしたのを理解しても、トリガーを引く指が止まらない。

無理やり右腕を引っこ抜いてライジングを放り投げると、腰のホルスターからナイフを抜いて思い切り振りかぶる。その時。

ガクンッ　と火竜が膝を落とし、俺は再び宙に放り出された。血だか体液だかわからない液体で全身べちゃべちゃだ。

声が聞こえる。誰かが俺の名を叫んでいる気がする。

ぷらーんぷらーんと、みっともなく揺れる俺は、朦朧とする意識の中、夢と現実の狭間で、閉じかけた瞼をうっすら開く。

そして俺は見たんだ。
モザイク模様の空の下、とてつもなく非現実的な現実の生き物が。
ゆっくりと、煌く粒子となって空へと還ってゆくのを。

「生臭ぇ………」
そう呟いて、俺の意識は暗転した。

◆　◆

――お願い、お願いだから……

声が、聞こえる……
ここは、俺は、どこにいる……?
見た事もない景色だ。なのに何故か知っている気がする。
畑が見える。緑豊かな森と草原が見える。水のせせらぎが鼓膜をくすぐる。

豊かで、牧歌的で、心から安らぐ風景。これが俺の原風景なのだと魂が囁いている。ここは一体……

俺はぼんやりと仲間達を見回す。

知っている顔が大勢いる。

葵、尼子屋、小森ちゃん、ネル、薫子にシロ。弦月や旨鹿、カノン、東雲と多々羅、フェイもいるし神楽耶にグロリア、祥子までもが揃っている。

そして、俺に笑いかける一人の女性。誰よりも大事な、俺の――

――行かないで……

俺はその声に振り向いた。

少女が一心不乱に俺達に向かって駆けてくる。涙と鼻水で酷い顔だ。

誰だ……?

いや、違う。俺は知っているはずだ。

体が熱い。視界がぼやける。顔がよく見えない。見せてくれ、君の顔を。

ダメだ。忘れるな！　俺はこの子を……

俺は、君を……ッ

レベルアップ

「がはッ――」

俺は強烈な痛みで覚醒した。

ハッと目を開けると、まだ火竜の光化が続いていたので、意識を失っている時間は一瞬だったらしい。何となく夢を見ていた気がしたが、今はそんな呑気な事を考えてる場合じゃない。

石畳に寝ていることに気付いて体を起こそうとすると、全身に鈍痛が奔る。どこもかしこも酷い事になっているが、特に左腕が酷い。

手首から伸びるロープを目で辿ると、引っかかっていたはずの火竜のツノは既に上半身ごと光化している。おそらくはそのタイミングで地面に投げ出されて、激突の痛みで覚醒したのだろう。

俺は左腕を押さえながら、生まれたての小鹿の様にガクガク膝を震わせ、やっとの事で起き上がった。

満身創痍。

寝てればいいと言われるかもしれないし、俺だって今すぐ大の字になりたい。しかし、俺達は火竜には勝ったが、これで終わりではないのだ。

無意識的に【J】を探す。最初に視線をやった先、ヤツは例の建物の上から一歩も動かず、こちらを見下ろしていた。

既にヘロヘロの俺達に対して、チャンスとばかりに襲い掛かって来ない程度の分別はあるらしい。驚いているようにも見えて少しだけ胸がスカっとした。

といっても、相変わらず絶望的な状況に苦笑するしかない。

ヤツの口ぶりからして、インストラクター達5人をやったのはヤツであることは間違いなかった。25階層にも行ったことがある冒険者5人を、大したダメージも受けずに完封して見せる実力者だ。この状態で襲われたらもう打つ手がない。

全員がズタボロ。その内1人は戦闘不能で、3人はペーペーと来たもんだ。ありがたすぎて涙が出る上に、あと数秒もすれば火竜の光化が終わり、おそらく俺以外の全員のレベルアップが始まる。

スキルで敵を倒した俺はシステムの恩恵を受けられないためレベルアップは見送りだ。しかし今はむしろそれでよかったとさえ思う。

そして、火竜の尻尾の先までが光の粒子に変換され、光化が終わった。

始まる。レベルアップが……

「尼子屋！　大丈夫かッ！　先生は!?」

まず尼子屋に声をかけたのは、もちろんモモ先生が心配だったからだが、尼子屋が男だからというのもある。

女ならば「あたしこんなところで気持ちよくなったりしないいんだからでも気持ちイイのビクンビクン」になってしまうだけだが、男の場合はシャレにならない。

もしかすると、「ボクこんな痛みになんて屈しないゾでも痛いのも気持ちイイかもビクンビクン」の可能性があるが、もしそうだった場合は俺も今後、尼子屋との付き合いを考えなおさなければならないだろう。

すると、倒れた石柱の後ろ、丁度俺からは見えないところから尼子屋の声が聞こえた。

「ミナト君！　僕は大丈夫！　僕は時間差があるタイプらしいから！」

……え？

レベルアップには、程度も間隔も個人差があるが、時間差なんて聞いたことがなかったので少しだけ混乱する。詳しく聞いてみようとも思ったが、次の尼子屋のセリフでそんな疑問は吹っ飛んだ。

「僕は大丈夫だけど、先生がどうしたんだッ!?」

「どうした!?　先生がっ！！！」

一瞬で血の気が引く。ほんの数分前まで先生は死にかけていた。

もしかして間に合わなかったのかと、心臓の鼓動が跳ね上がる。俺も駆けつけようと一歩踏み出すが、全身に激痛が奔り、思わず膝をついた。駄目だ。駆けつけられない。

「先生が……っ　顔が真っ赤で！　白目を剥いて……ッ　呼吸も苦しそうなんだ！　ビクンビクンって！」

――――ん？

「痙攣が…… 痙攣が激しくなってきたッ！ それに舌が………ッ ああ！ 先生しっかりして！ こんなの見たことないよ！ ミナト君どうしよう!?」

尼子屋が悲痛な声で叫ぶ。

「先生の腰が変な風に痙攣してるッ！ ミナト君、先生を助けてッ！」

俺も悲痛な声で叫んだ。

「何だとッ！ そいつは大変ですねッ！」

凄まじい使命感が沸き起こった。

それは強迫観念にも似ていた。俺の中の紳士が今すぐ駆けつけ介抱して差し上げるべしと叫ぶ。

俺は己の存在意義をかけ、歯を食いしばりながら膝を上げる。

しかし、なんたる悲劇か。

気持ちだけでは事は為せない。俺の体力はとうに限界を超えてしまっているのだ。

動け俺の体ッ！ 我が身に宿る紳士力よッ！ 今こそその力を――ッ
「先生がうわ言みたいに変な事を言い始めたよ！ 『逝く！ 逝く！』って！ 駄目だよ先生！ みんな待ってる！ 逝っちゃダメだ！」

もう一刻の猶予も無い。形振り構っている場合じゃない。

「尼子屋！ 俺は動けない！ だから俺のところに先生を連れて来い！ 早くッ 今すぐお願いします！」

「だ、ダメだよ！ 血色は戻ってきてるんだけど、さっきから触れただけで甲高い悲鳴を……っ」

「手遅れになる前に急ぐんだ！　早くしないと死んでしまうぞ！　俺がッ！」

「そんな事できないよッ！」

俺は断末魔の如く、天に向かって吠えた。

「じゃあ撮って！　お願いだから撮ってッ！　モモ先生撮影してぇッ!!」

「こんな時に冗談言うなんてッ!!　見損なったよミナト君ッ!!」

こんなにも俺が心配しているというのに、なんて使えない尼子屋だ。

自分だけ美味しいところを持っていこうったって、そうはいかな――

『登録者ノ「レベルアップ」ヲ確認シマシタ。「換装変換《メタモルフォーゼ》」ヲ実行シマス』

唐突に響き渡った無機質な機械音声。ズドンと俺の脳天に雷が落ちる。

あまりの衝撃に、敵がいることも忘れて俺はガクガクと膝を震わせた。

「モモ、先生……　ま、まさか、それは……ッ」

それは、今や伝説となった老舗錬金工房、マテリアル・インダストリー社が世に送り出した幻のシリーズ。

ダンジョン由来の超技術が惜しげもなくつぎ込まれ、超一流の職人達のひたむきな情熱がこれでもかというくらい注がれた逸品。そっちの業界に身を置く者ならば知らぬ者無しと謳われるほどの傑作。

自律進化型魔法少女版不定形アーマー、その名も――

――まじぷり☆えんじぇるぷろてくたあΩ《オメガ》……ッ

『みらくる☆ぱーじ』

「た、大変だ！　先生の装備が、まるで魔法少女の変身みたいに分解されて再構築をッ!!」

何の抑揚も無い機械音声がまた玄人好みだった。

大変わかりやすい実況をありがとう尼子屋君。まさかモモ先生のヒラヒラコスチュームが、大人の夢と希望が詰まった淑女装備だったなんて……　ウチの真理男さんを殺す気か。

肉眼で観測できないのが非常に残念だが、まだ他に手はある。

家に帰ったら徹夜でネットを漁《あさ》って、その光景を目に焼き付けなければなるまい。ジャスティス氏ならばもしかするかもしれない。

そう心に誓っていると、ほどなくして、尼子屋の声が聞こえていたあたりから、転送の粒子が立ち上るのが見えた。レベル制限に抵触しての強制転送《ログアウト》だ。

レベルアップしたということは生きているという事で、しかも一定の体力回復がシステムとして付加されるので安心していたのだが、それでもログアウトを確認するとドッと力が抜けた。

モモ先生が助かったのが確定して胸を撫でおろす。あとは人質の4人だと、200メートルは向こうの建物に再度目をやると、【J】がこちらをジッと見ていて、まだ動く気配はなさそうだった。

こうなると、やはりヤツにとっては火竜戦の勝ち負けなどどうでもよかったのだろう。何が何でも俺達が負けなければならなかったのならば妨害してくるはずだし、そもそもブレスを自粛するなんて馬鹿なことをするはずがないのだ。

何か目的があるようだが、今は放っておいてくれる事を感謝したっていい。

もしもレベルアップ時に襲われたら――――いや、本当は理解している。少しくらい現実逃避をしたって許されると思う。ヤツが俺達を本当に殺す気ならばもう諦めるしかないのだ。それほどまでに俺達は激しく損耗してしまっている。

何やら葵が内股を擦りつけているのを横目で見ながら、次に控える絶望的な戦いに備えて怪我の具合を確認する。すると今度は背後から突然悲鳴が聞こえた。

「い、イヤッ　こんなっ　生徒の前で……ッ！」

カッと俺の目が見開かれる。

そうだ、俺にはまだもう一人の先生がいたのではなかったか。

ミサイルを2基も搭載した暴力的な肉体と、ダンジョン内ですら痴女と見紛うほどの暴力的な装備で、俺達に眠るMの魂を激しく揺さぶる、そんな理想の女教師と一緒に俺は火竜と闘っていたのではなかったか。

すると、今度は息も絶え絶えといった感じの苦悶の声が、俺の耳に入って来た。

「ん、んあッ　イヤッ！　わ、わたしィッ、んくゥッ　未だなのにィィ〜〜〜ッ!!」

俺は覚えている。それは俺が入学して間もない頃の話だ。

『ダンジョン攻略において無知は罪です』

それは探索のための準備の仕方もわからない俺達に、クリスティナ先生が言った言葉だった。

敵を知り、フィールドを知り、そして己を知る。無知は死に直結するのだと、先生は厳しい表情でそう言った。

知らないのは罪。知ろうとしないのは論外。だからわからない事があれば遠慮なく聞けと、先生はそう言ったのだ。

それは我らが冒険科の指揮官による、最初の命令だったように思う。いや、そうだったに違いない。

あれから数か月が経ち、俺には今、わからないことがあった。知らないのは罪なのだ。知ろうとしないのは論外なのだ。

だから俺は命令に忠実に従った。


「クリスティナ先生ッ！　何が『未だ』なんですかッ!?」


俺はグルンッと首だけで振り返った。質問するならば相手の顔を見てするのが礼儀だからだ。

しかし、そこにはアーニャが立っていた。虫でも見るような目つきで俺を見ている。

質問の邪魔です。そこをどきなさい。ちなみにあなたのレベルアップ《絶頂》はまだですか。

「アーニャ。君は転校してきたばかりで知らないかもしれないが、これは命令なんだ」

「ミナト最低」

アーニャは先生を背中に庇《かば》いながら石柱の後ろまで連れていくと、俺に向かってアッカンベーをした。

もういい。もういいいさ！

俺には葵がいる。この数か月、苦楽を共にした最高の相棒《バディ》がいるんだ！

俺は激しく内股を擦り合わせている葵に視線を向けた。次第に弓なりになっていく葵の背を眺めながら、俺は心の中で叫んだ。

さあ見せてくれ葵。お前の本気を。

今こそお前のレベルアップ《絶頂》を、俺に見せてくれッ！


「んッ　んんんんッッ!!」

葵の体がビクビク痙攣し、彼女はギュッと目を瞑る。そして——


「…………ふう」

「不感症かッ！」

俺が望んでいたのはコレじゃない感がすごい。

葵に至っては、前回から『ん』が一つ増えただけというのが納得いかない。

「が、ガあ、あ、ああアあああァァァァ～～ッ！！！」

どうやら尼子屋のほうもおっ始まったらしい。天罰なので放置である。

フンっと鼻を鳴らして尼子屋のいる方向を見た時、なんの前兆も無く突然ゾワリ、と全身の毛が逆立った。

理由はわからない。ただ強烈な違和感だけが全身を舐める。

何だ。今俺は何を見落とした？

痛みを堪えて軽く腰を落とし、目だけで素早く周囲を確認。

そして、ソレに気付いた俺は絶句した。

――いない!? ヤツが! どこに行った!?


視界の端にいた葵を見やる。

すると、葵が普段は絶対に見せないような驚きの表情で俺を見ていた。

いや、違う。俺じゃなくて、俺の背後を――

「楽しそうですね。あなたは」

「――ッ!!」

嫌な汗がこめかみを伝う。開いた口の中が急速に乾いていく。俺はピクリとも動けなかった。

その声が発せられたのは、俺の耳元。生ぬるい吐息さえかかるような至近距離。

俺だって馬鹿じゃない。腐っても冒険者の端くれだ。開き直ってレベルアップにはしゃぎつつも、必ずヤツの姿を視界で捉えるようにはしていたはずだ。すぐ動けるよう、重心の位置にすら気を使っていたのだ。

数瞬前まで確かにいた。建物の上に、ドリル達4人の隣に。

――それなのにいつの間にコイツは……っ

転移装置？　いや、そのための発動紋は発生していない。それ以前に気配すら無かった。

だったらどうやって……っ

気の遠くなるような一瞬。何度繰り返しても回避できない最悪の結末だけが見える。俺はゆっくりと、まるで銃を突き付けられ、その命令に従う様にゆっくりと振り返る。

するとその男、【Ｊ】は、それまでの笑みがウソだったような真剣な表情でこう言ったのだ。

闘いの終わり

「ダンジョンとは一体何なのか。あなたは考えた事がありますか？」


そして俺は見る。

魂ごと持っていかれるような、深すぎる闇が蠢く、奈落の瞳を。

何の感情も灯さない、ぽっかりと開いた虚ろな孔《あな》を見て、俺は確信したんだ。

コイツは狂っている、と。

「ダンジョンとは一体何なのか。あなたは考えた事がありますか？」

俺に向けられるその目は本当に俺を見ているのだろうか。見る者全てを引きずり込むような、その昏《くら》い瞳に怖気が奔る。

対峙した瞬間に実力の差は理解しているが、俺が感じている「差」が本当にそのまま物差しと成り得るのかは全くわからない。

それほどに底知れぬ迫力を持った男を前に、俺は無言でナイフとライジングを構えた。全身が千切れるような激痛に襲われる。

「世界に突然現れたダンジョン。人はこぞって攻略に臨み、それまで拠り所にしていた科学という名の神を放棄してでもその富を漁る。善悪の話ではありません。それを否定するつもりもない。ですが――」

【J】が一歩足を踏み出す。

気圧された俺は一歩後ろに下がった。

「――ダンジョンを踏破した先には何が？」

どろりと濁ったガラス玉のような瞳に見据えられ、銃把を握る手がじっとり汗ばむ。

その問いに対する答えを俺は持ち合わせていない。本番のダンジョンに潜った事すらない俺にとって、何を言ったところで答えにはならないと思う。そんな俺の葛藤を知るはずもない【J】は、さらに一歩踏み込んで俺の目を覗き込んだ。

「富？　名誉？　ではさらにその先は何が……？」

いつの間にか俺の隣で武器を構えていたアーニャ。

戦闘前は散々怯えていた彼女だが、いざ戦闘となるとどんな厳しい状況でも戦意を滾らせていた。

しかし、一瞬横目で見た彼女の表情は青ざめ、膝がカタカタと震えている。俺と同じタイミングでじりじり後退する様は火竜戦では絶対に見せなかった姿。それほどまでこの男が強いということか。

俺はゴクリと唾を飲みこむと、腹から絞り出すように掠れた声をひり出した。

「お前の目的は……何だ……」

すると【J】がピタリと足を止める。

「私の、目的？」

「ああそうだ。本当は政治的主張なんてどうでもいいんだろ？　さっきの戦いもお前にとってはどっちが勝とうが関係なかった。お前は一体何を狙ってる……っ!?」

今このガーデンにおいて、この男は神だ。

何でもできるし、何がどうなってもこの場でこいつの『負け』は有り得ない。それが階層権限を持つという事に他ならない。なのに、こいつはする必要もない譲歩を繰り返した。

火竜で無人の森を焼き、火竜戦ではブレスを禁じ、そして身動きの取れない俺達に追撃を加えようともしない。そして今、俺達を一捻りに殺せる実力を持つはずのコイツは、吐息がかかる距離にいてもなお、攻撃してくる気配すらないのだ。

コイツの目的は何だ。圧倒的優位から来る余裕だとしても、あまりに冗長に過ぎる。

「ははは。そうですね」

【J】はどこか疲れたような笑みを浮かべて言った。

「私の目的は……『問う』事」

「『問う』だと……？」

「ええ。より多くの人々に問いかけるため。そのためにダンジョンハックを仕掛け、火竜戦を強要しました。あなた達が勝利してしまったのは想定外ですが、かえってこちらの方が良かったようです。そのおかげで、今この瞬間も世界中の人々が私達のやり取りを目撃している。残酷な結末よりも、人は英雄を望むようだ」

「そんな事のために……ッ　俺達の先生は死にかけたんだぞ！　そうまでして問いたかった事が『ダンジョンとは一体何なのか』だとッ!?」

【J】がゆっくりと頷く。

俺はギリっ　と歯を食いしばって、右手に意識を集中させた。

この距離ならば、このタイミングならばもしかしたら秩序破壊《システム・ブレイク》で――ッと、腰を落としかけた瞬間、右手にそっと手が置かれる。アーニャだ。

彼女は小刻みに震える手で俺の右手を握り、そして無言でゆっくりと首を振った。

「ダンジョンを踏破し、冒険者達が行き着く先には、本当に幸せな未来が待っていると思いますか？」

言っていることが怪しい宗教のイカれた連中と同じだ。ダンジョンは悪魔の住処だとか、神が人参をぶら下げて人間を試しているだとか。

ヤツラはこぞってダンジョンを否定する。冒険者を罵倒する。理由は何でもいい、神サマでもいいし、「社会」という名の正義でもいい。ダンジョンによってもたらされる富を偽物だと断じ、害悪とすら言ってのける。

生き残るためには進むしかなかったから先人達はダンジョンに潜った。次の世代のためにと、色んなものを犠牲にして。

そんな偉大なパイオニア達のおかげで俺達は今笑って暮らすことができているのだ。

そうして得た糧を貪り、豊かさを享受しておきながら、開拓者である冒険者達を非難するその品性こそが俺から言わせてみたら悪だ。

そんな事のためにクラスメイトが危険に晒され、先生が死にかけたと思うとハラワタが煮えくり返る。

許してたまるかよ。コイツは敵だ。そう思った。

そう、次のヤツのセリフを聞くまでは。

「ダンジョンに深く潜れば潜るほど冒険者は強くなる。今でも化け物と畏《おそ》れられるような人外達がさらなる力を得て、拳一振りで街を消滅させるような怪物が生まれるでしょう。今、これを見ている人も思った事があるはずだ。冒険者達が結託し、無差別に力を撒き散らし始めたらこの世界はどうなってしまうかを……」

「そ、それは……」

俺は一瞬だけ言葉に詰まった。

しかし、そのほんの一瞬の間が、やつの言葉を心のどこかで認めてしまったようで、俺は言い知れぬ恐怖に襲われた。実際に、今でも冒険者による犯罪は後を絶たない。

自分達の事を『新人類』とか『選民』だと、人目を憚らず口にする連中がいることも事実だ。いくら圧倒的多数の善良な冒険者達が口を揃えて否定したところで、何の力も無い一般的な人達は果たしてそれを信じるだろうか。

「そしていつか、核弾頭よりも凶悪な力が生まれる。しかもそれは意志を持って歩いている。気分次第で自分に振るわれるかもしれない危険な力だ。ではその先の世界に、一体何が待っていると思いますか？」

それは、誰しもが頭の奥底に押し込めている感情だった。

40階層を超えられないトップラインの冒険者は、今でも現代兵器で武装した軍隊相手に無双する力を持っている。そこまで到達していない冒険者ですら戦略レベルで見たら十分チートだろう。

40階層の次は50階層。50階層の次は60階層だ。潜るために強くなる。そして潜っては更に強くなる。その終わりはいつ訪れるのだろうか。

先の見えないスパイラルの果て、完全に人間を辞めた冒険者が既存秩序に牙を剝いたら、世界は一体どうなってしまうのだろう。人類生存に十分なガーデンを取得し、ダンジョンアタックの必要性すらなくなった時、俺達冒険者の存在意義は残されているのか。

その時、もう必要の無くなった危険すぎる爆弾に、人は一体何を望むだろう。

反論する言葉を必死に探す俺をあざ笑うかのように、【J】の問いは続く。

「人知を遥かに超越し、古き神々にすら届くような力を手にし、禁忌をも鼻で笑い飛ばす。人の領分を超えた人に未来があると。一之瀬ミナト、あなたは本当にそう思いますか？　世界はきっとあなたの敵になる。それでも――――」

痛いほどの沈黙があたりに満ちた。チラリと様子を窺うと、アーニャも俯いて口を引き結んでいる。

それは、核心を衝く問いだ。

最前線で戦う一流の冒険者ですら、明確な答えを持っている者などいないだろう。いや、上に行けば行くほど、その答えは遠ざかって行くに違いない。

レベルが上がり、力が上がる。１００メートルを5秒台で走り、素手でコンクリートをたたき割り、挙句の果てには魔法なんてものまでぶっ放す。

段々と己の知る人間という生き物から離れ、その乖離を認識している彼らだからこそ、今、目の前の男の問いに対する答えは限られてゆく。


「――――一之瀬ミナト、それでもあなたは前に進みますか？」


だからこそ、俺は言ってやらなければいけないのだと思った。

明確な答えなんて無いし、他の冒険者の苦悩なんて俺にはわからない。

しかし、そんな俺だからこそ、素人に毛が生えた程度の実力しかない、馬鹿で夢見がちなルーキーだからこそ、口にできるケッタイな言葉があるはずだった。

「答えてください一之瀬ミナト。君ならば……　あなたならばきっと私の言う事をわかって――――」

「あるさ、未来は……　夢も、希望だって、きっとある」

確信はない。だけど、俺は信じてる。

せめて俺達がそう口にしなければ、人類が一時は失った夢や希望を取り戻そうと、必死で闘った先人達は、一体何のために闘っていたというのか。

不明確で曖昧なものだからこそ、俺が偉大な先達の代わりに言ってやる。

だから俺は、少しだけ驚いた顔をする【J】に向かって堂々と言い放ったのだ。

「辛気臭ぇ事ばっか言いやがって。夢や希望だらけだボケ！　いやあ楽しみだぜ！　さらに超高レベルの子猫ちゃん達のレベルアップが拝めるなんてよぉ！　世界中の紳士達の夢を、俺は叶えて見せンだよ！」

すぐ横で、アーニャ――――アリョーシャ・エメリアノヴァが「ぷっ」と噴き出した。

背後で葵が盛大なため息を落とす。

「ふふッ　最低！　ミナトは本当に最低なんだから」

「……ミナト最低」

現時点でガーデンの神であるコイツには逆立ちしたって勝てるはずがない。俺達が家に帰るためにできる事は多くない。

しかし、ヤツは問う事が目的だと言った。

そして、俺は問いには答えた。

「これで満足かよ。さっさと俺達を解放しろよ。モモ先生の実況スレ立ってねえか今すぐ確認したいんだよ俺は」

「いいでしょう。私の目的は達せられた。もうここに用はない」

えっ？　そんなあっさり？　と思っていると、【J】は更に続ける。

「ガーデンの権限を元に戻すことをお約束します。だがその前に――」

奈落の瞳にはじめて感情の火が灯る。俺は思わず一歩後退った。驚いたからではない。ボウッと幻聴を伴い宿ったドス黒い炎、そのあまりにも深すぎる色をした絶望に、俺は恐怖したのだ。

何を見た。何を見たらそんな目ができる。ただならぬ気配に腰を落とした時。

【J】は、更にこう言った。

「あなたは破滅の道を望んだ。ならば進めばいい……ッ」

それは突然の出来事だった。

【J】がスウッと右手を掲げて、指を鳴らす。


――認証コード確認しました。指定座標に転送を開始します。

【J】の背後で、凄まじい閃光が立ち上り、その風圧にバランスを崩す。俺達は視線だけで茫然とソレを見上げていた。

閃光の色は赤。先ほど見たものと似ている、いや、似過ぎている。

まさか、コイツは、まさか――――ッ
「うそ、でしょ……」

「……そんな」

禍々《まがまが》しいツノ。強靭な尻尾。巨大な咢。一対の翼とそして、硬く赤い肌。

知っている。俺達はコイツを知っている。俺達はコイツを――

「火竜！　もう1体ッ!?」

「1体だけだと、誰が言いましたか？」

「ふざけんなッ！　人質は解放すんじゃなかったのか!?」

「私は約束は守る。気付いていないようですが、とっくに仲間の皆さんのところへ転送しましたよ」

その言葉に、4人が囚われていた場所に目を向けると、すでにその姿は無かった。

視線を戻すと、【J】は目の前から消え、火竜の向こう側からこちらを振り返っている。

「だったらっ！　権限を元に戻すって言っただろッ！　おい待て！　どこ行きやがる！」

「もうここに用は無いのでお暇させていただきます。しかしその前に、あなたは一度思い知ればいい……」

ブワリと奴の絶望の炎が燃え上がった気がした。

「この世界にはどうしようもない事がある、という事を……っ」

そして、唐突にその音は鳴り始める。

――――キュイイイイイ

金属を擦り合わせるような不協和音。

音源は目を向けなくてもわかる。何度も動画で見たことがある。

火竜の口元の眩い光、魔導収束音、それが意味する事は――――

「……破滅の吐息《ブレス》」

「そんな……　私達はもう……っ」

葵が思わず手放したハンマーが、石畳にヒビを入れる。アーニャがガクリと膝を突いた。

二人とも武器に手をかけることもせず、ただ火竜の口元へと収束していく魔導を茫然と眺めている。

「ふざけんなっ！　おい待てッ！　クソがッ！　お前は何なんだッ!?」

「40階層を超え50階層を超え、その時、人は知る。ダンジョンとは一体何なのかを。権限とは何なのかを」

「お前は何を知ってる!?　お前は何者なんだッ!?」

「私ですか？　私は――――」

【J】はこちらに背を向けたまま髪を掻き上げ、そしてそのまま顔を脱ぎ捨てた。

地面に落ちたのは【J】の、いや、【J】だと思っていた男の顔の形をした何か。

そしてヤツの背にファサリと垂らされたのは、それ自体が光を放っているかのような輝く銀髪。

いつの間にかその背中も一回り小さくなっているように見える。

「女……ッ!?」

言うなれば既視感。俺は、どこかで、コイツを。

そうだ、こいつはなぜ……

「お前は、なぜ俺の名前を知っていた……っ！」

【J】を名乗った女が振り返る。

顔は見えなかった。いや、見えているはずなのに見えない。認識阻害だ。どんな顔をしているかがわからない。どんな表情を浮かべているかもわからない。

しかし、俺には女が泣き笑いを浮かべているような気がした。

「やっぱり、あなたに会わなければ良かった……」

「待てっ！　お前、どこかで……」

その言葉を残し、【J】の姿がフッと掻き消える。追いかけたい衝動を堪え、俺は歯噛みした。

そんなことをしている場合じゃなかったからだ。

俺は小さく毒づきながら、ソレを見上げる。直前まで1時間も戦っていた相手だが、ふと、こんなに大きかったっけ　と思う。

すると火竜は翼を一度、二度、大きく羽ばたかせて、ゆっくりと宙に浮かんでいく。そして、とうとう魔導収束の勢いが弱くなり始めた。

来るのだ。竜族最強の広域魔導攻撃、破滅の吐息《ブレス》が。

この距離ならば、今から退避しても無駄だ。

俺は思わず苦笑した。不謹慎かもしれないが、他にどんな表情を浮かべたらいいというのか。

「葵、お前は尼子屋を抱えて反対方向に逃げろ。もしかしたら助かるかもしれない。きっとヤツの狙いは俺だ」

「……それはイヤ」

「おい葵！　時間が無ぇんだ！　我儘言ってる場合じゃ――」

「……私達はパーティ。パーティは一心同体。そう言ったはず」

「死ぬんだぞッ!!」

頑として言う事を聞こうとしない葵を諦め、アーニャに向かう。

「アーニャ、腕輪を外せ。強制転送《ログアウト》しろ。今すぐにだ」

「い、イヤだよっ！　やっとできた仲間かもしれないのにッ！　見捨てるなんてでき――」

「言う事を聞けアーニャッ!!」

「できないよッッ！！！」

敵意すら込めて俺を睨んでくる彼女に、何か言わなければと口を開いた時。魔導収束が止まった。

数十メートル上空で、真っすぐ俺達を見下ろす火竜。なすすべなく茫然とソレを見上げるだけの俺達。

「クソッ　こんなところで、俺は……」

体中から力が抜け、ガクリと地面に膝を突く。二人が倒れ込むようにして俺にしがみついてきた。むせ返りそうなほど濃密な血と汗の匂い。それに混ざる女の子特有の甘い香りに頭がクラクラする。

少し離れたところには尼子屋がいる。石柱の陰には気を失ったクリスティナ先生がいる。

助からない。みんな。体中の毛が逆立つほどのプレッシャーを感じる、あのブレスから逃れられない。

死ぬのか。本当に。こんなところで。何も成し遂げないまま。彼女達を巻き込んだまま。

嫌だ。死にたくない。俺はまだアーニャのレベルアップすら拝んでいないのに。

火竜が勿体つけるようにゆっくりと仰け反る。そして――

「嫌だ……　俺は――」

閃光。

世界の全てが白く染まる。

網膜を焼くほど眩い高位魔導体は大気を焼き尽くしながら、そして――

「『絶対領域《スタンドアロン》』」

聞こえたのは鈴が鳴るような声。そして目の前に展開された結界。直後、轟音に呑み込まれて一切の音が消失。

視界が徐々に戻って来たとき、俺達に背を向けて立っていたのは3人の人物。

そのうちの1人が俺達を振り返り、豪快な笑みを浮かべた。

「おう！　遅くなって悪かったな坊主！」

エピローグ

レベルが上がって様々な能力が上昇しようと、やっぱい暑いものは暑い。

初夏と言うには強すぎる日差しを浴び、額にはじっとりと汗がにじむ。この暑さもまだまだ序の口だと思うと、憂鬱になってくるのはきっと俺だけではないはずだ。

7月も初め。

昨日も朝方までネットの海をディープダイビングしていたおかげで寝坊した俺は、セミの大合唱に舌打ちしながら学校へと急いだ。今からならばバスを待っているより走った方が早い。

「やっべ。急がないと」

走っていると、景色が思った以上のスピードで左右を流れて行く。これでも体力的には全然問題ないのだからレベルアップというものは恐ろしい。

15分も走ると、コンクリートジャングルが開け、アホみたいに広大な田園風景が現れる。ダンジョン都市落ヶ浦の《学園エリア》である。

ここからはラストスパート。5分ほど走ったところに俺達の通う学校はあった。

まもなく校門前に到着。歩いて中に入っていく生徒がチラホラいるところを見ると、何とか遅刻は免れたらしい。遅刻するとクリスティナ先生が太くて硬いのをチラつかせてくるので心臓に悪いのだ。

校内に入り、冒険科の教室に向かっていると、少し先を尼子屋が歩いているのが見えた。

声をかけようとすると、今日も元気なモモ先生が鼻歌スキップで俺達を追い抜いていく。

「みんなおっはよ～！　今日も元気に頑張るぞ～～ッ!!」

未だあの時の興奮冷めやらぬ生徒達がザワついた。

「ねえ見て見て！　モモ先生だよ！　今日も可愛いよね～」

「あんなに小さくて可愛いのに、火竜の尻尾を落としたんでしょ？　信じられな～い！」

「尻尾だけじゃなくて実は火竜を倒せたらしいよ。だけど身を挺して生徒をかばって負傷。超カッコいいよね!?」

「憧れるぅ～　専攻が違うけど、モモちゃん先生みたいな女の子になりたいなぁ～～」

事件の発端である【赤の騎士団】とやらのサイトは既に影も形も無くなっているが、あの時の動画は今でも動画サイトに投稿され続けている。

山場を集めた「まとめ」であったり、委員長が目からビームを出しまくる「やったったたｗｗ」系、あげくには見たこともない冒険者達による「やってみた」系まで。

どれもアクセス数の伸びが半端ないらしく、しばらくはネタには困らない状況だ。

様々な角度、様々な視点からの動画が上がっていたので、火竜戦後のレベルアップ《絶頂》も当然の如くあるはずだと俺も最初は息巻いていたのだが、なぜかその場面の動画だけはどこを探しても見当たらなかった。

ギルドのサイバー部隊が本気出したというワケではないらしく、動画そのものが存在しないらしい。それなのに紳士発言を繰り返す俺の動画は無数に上がっているという不思議。

ということは、モモ先生のレベルアップを目撃したのは尼子屋一人という事になるが、如何せん当人にその認識が無い。猫に小判とはこのことである。俺としては痛恨の極みだ。

ちなみに、俺が冗談で口にしたモモ先生の実況スレは実際に立っていた。

冒険者サロンに立てられた『【ロリ天使】冒険者高専モモタソ専用スレ【降臨】』は、既にpart100を超え、名だたる冒険者の専用スレと肩を並べ今もなお異彩を放っている。

「モモ先生、あなたは先生なのですから廊下をスキップなどしてはいけませんよ」

「あ、クリスちゃんだ！　クリスちゃんおはよ～」

「モモ先生。何度言ったらわかるのですか。職場では私の事をきちんとクリスティナ先生と呼びなさい。生徒に示しがつきませんよ」

「え～　でもクリスちゃんが『モモォ～～～ッ！』って叫んでる動画、みんな見てるんだよ？」

「それはそれ。これはこれです」

怜悧な瞳を細めながら、もはや代名詞ともいえる赤メガネをクイっと押し上げたクリスティナ先生がモモ先生に注意している。幾分、頬が赤くなっているのは見間違いではないだろう。

すると、先ほどの女生徒達が再び騒ぎ出す。

「モモ先生も可愛いけど、クリス先生はカッコいいよね～！」

「一番危険な火竜の正面で最後まで戦い続けるなんて普通できないよね！」

「そんで照れた時、すぐ顔に出るのがまた可愛いというか、女子力高いっていうか！」

「カッコいいわぁ、ていうかマジ憧れる」

元から人気の高かった二人組だが、例の事件以降、彼女達の人気は留まるところを知らない。

エロかっこいいクリスティナ先生こそが！　と吠える者がいれば、天真爛漫な御ロリ様こそ至高！　と声を荒らげる者もいる。

それぞれに設立されたファンクラブは、『お前はどちらに踏まれたい？』という意味不明な議論で白熱し、仲の良い二人を差し置いて抗争にまで発展していた。偏差値の低さがそのまま表れた悲しい事例である。

学校やネットではもちろんの事、マスコミの取材依頼も殺到しており、学校側としては宣伝も含めて取材に応じて欲しいらしいが、彼女達は『冒険者保護法』を盾に、頑なに拒否し続けている。

あんな大事件に巻き込まれた俺達が報道に翻弄されることなく普通に学校に来られるのも、二人の信念と『冒険者保護法』のおかげだ。

「も～！　そんな事ばっかり言ってるからクリスちゃんは『未だ』なんだよッ！」

「も、モモッ!!　あ、ああ、あああああなただって『未だ』でしょう！　自分だけ済ませているみたいな言い方はやめなさいッ！」

ぎゃーぎゃー言い争いを始めた二人。仲良きことは美しきかな。

ちなみに、俺は『わからない事はわかるまで聞きなさい』と教えられているので、何が『未だ』なのか、きっちりねっとり聞くつもりだ。

実は想像はついていても、男としては実際に先生の口から直接聞いて確認せねばなるまい。

そして、取り巻く環境が劇的に変わったのは、何も先生二人だけの話ではなかった。

「ふっ　神城葵さん、今度特進クラスの授業に参加してみないかい？　キミにはその資格があるようだ」

「か、神城サン！　映画のチケットがあるんだけど、今度一緒に——」

「きょ、今日、放課後、校舎裏に——」

「手紙、読んでくれたかな、ボクは本気で——」

一躍有名人となった葵は、その日本人形みたいな美しさも相まって凄まじい告白攻勢に晒されていた。

もっとも、当の本人は全く動じることもなくいつも通りである。


「……お断りします」


一刀両断。

男共が地面に崩れ落ちた。まさに無双である。

「あッ！　あれ、尼子屋君じゃない？」

「ホントだ！　尼子屋君だ！」

「ちょっと幸子、ホラ、行ってきなさいよ！　気になってるんでしょ！」

「ウソッ　そうなの幸子？　全然そんな事言ってなかったじゃん!?」

「だ、だって！　すごい、カッコ……　良かったんだモン……」

つい最近まで、女にこき使われる情けないパシリ《アッシー》に過ぎなかった彼は、今や引く手数多の超お買い得物件と化し、女子共による争奪戦の真っ最中である。

元々、容姿自体は可愛らしい感じの、いわゆる『母性本能を刺激される』系で、性格も優しく穏やかであった事を考えると、尼子屋にモテ期が到来すること自体は正直不思議でも何でもない。

あんな事がなくても、いつかは彼の良さに気付く女子が出て来たであろう事は十分に想定できた。

しかし、残念ながらそんな事を全く想定していなかった者もまたいるのだ。

「あ、あなた達！　りょうちゃ……尼子屋はウチのアッシーですのよ!!　話があるならわたくし達を通してくださる!?」

我がクラスが誇る高飛車お嬢様――西郷寺カノンが、金髪ドリルを振り乱しながら歯を剥いて威嚇する。

女子達のブーイングをものともせず、尼子屋の腕を引っ掴んだドリルが、そそくさと教室へと消えていった。

ドリル達４人は、拘束されていたといっても特に【J】に何かをされるような事は無かったらしい。むしろ、ヤツが来なかったら死んでいた場面だったというのだからよくわからない。

意識を保ったまま建物の上で拘束されていたドリル達は、遠目からだが火竜戦の一部始終を見ていた。

いつもイジメに近い事を行っていた彼女達を助けるために、無謀な戦いに挑んでいる尼子屋の姿を見て、彼女達は一体何を思ったのだろうか。

ドリルが尼子屋《アッシー》に対して見せる独占欲みたいなものは何となく感じていたが、あの事件以降はそれが更に顕著になったように思う。

最近でも、尼子屋はちょくちょく俺達のパーティに参加することが多い。その時のドリルさんの悔しそうな顔と言ったらない。特に、葵に向ける闘争心には更に敵意が加わったように感じる。

聞くところによると、解放直後、クラスメイト達の目の前に転送されたドリルは、半狂乱になって火竜戦の現場に戻ろうとしたらしい。

一体、二人の間には何があるのだろうか。尼子屋に聞いたら普通に教えてもらえそうだが、そういうのは本人が言うまで黙っているものだ。

「りょうちゃ……尼子屋も尼子屋ですわ！　なんですのみっともない！　アッシーのくせに！　女子に囲まれたからってデレデレしてッ！」

「で、デレデレなんてしてないよッ！」

「口答えするんですのッ!?」

教室からそんなやりとりが聞こえてくる。よくわからないが物凄くイラっとした。お前ら爆発してしまえ。

「……ミナト、おはよう」

その声に、廊下にいた生徒達が一斉に俺を見た。

俺は頬を引きつらせながら葵に応えると、教室に向かって並んで歩き出す。

火竜戦以降、一躍有名人になったのは俺も同じだ。最後に火竜を倒した人物として、一番周囲の目が激変したのも俺なのだ。そう――

「へ、変態よ、変態が歩いてるわ……」（ヒソヒソ）
「見てあの目、今日も獲物を探して血走ってる！」（ヒソヒソ）
「しっ　目を合わせちゃダメよッ　妊娠するわ……っ！」（ヒソヒソ）

俺は思わず叫んだ。

「変態じゃないやい！　せめて紳士って呼んでッ！」


「「「ヒィッ!!」」」


『ギャップ萌え』という言葉がある。それと同様に、『ギャップ萎え』というものもあるらしい。

ぼっちの一匹狼。何を考えているかわからないが、何となくミステリアス。

以前はそう思われていたらしい俺の評価は、今や目が合っただけで妊娠可能な超兵器へと変貌を遂げた。

モモ先生の絶頂撮影をせがむ場面がドアップでお茶の間に流され、更にはクリスティナ先生にいやらしい言葉を言わせようとした姿が世界中を駆け巡り、一夜にして俺の評価は『勇敢な少年』から『変態紳士』へと転がり落ちたらしい。

嫌な予感がして掲示板を覗くと、当たり前のようにこんなスレが立っていた。


【変態紳士】冒険者高専変態科【降ｗｗｗ臨ｗｗｗ】


しかも歴戦の英雄達を差し置いて、週間トップのスピードでスレを消化していた。

ストレートな個人名さえ出てきてはいなかったが、『一〇瀬』とか『一之〇』とか、まるで隠す気の無い個人特定の雨あられ。内容については語りたくない。

おそらくは今日も帰りの時間にはスネークさんが校門に張り付いているはずだ。

涙が出そうになるのをグッと堪えると、背後からそっと肩に手が置かれる。振り返ると、穏やかな笑みを浮かべる千田君がいた。

「ち、千田君……　君だけは、君だけは俺の事を理解して――――」

「変態」

「あああああァァッッ」

俺は泣き崩れた。

泣き崩れた俺は、葵に引きずられるようにして教室に入った。

クラスメイト達は、そんな俺をニヤニヤしながら見ているが、他のクラスの連中に比べたら遥かに温かい反応ではなかろうか。ていうか千田君に変態扱いされるとか納得できないにもほどがある。

突っ伏して机を涙で濡らしていると予鈴が鳴った。ガラッと扉が開き、担任であるクリスティナ先生が教室に入ってくる。

「みなさん、おはようございます。それではHRを始めます」

先生は教室を見回し、だらけ切った俺に注意しようと口を開くが、そのまま口をパクパクして、ボッと顔を真っ赤にさせると目を逸らした。

あれ以降、俺に対してはずっとこんな感じである。

「オホンッ　今日はHRの前にみなさんにお知らせがあります。留学生としてこのクラスに来て一時帰国していたアーニャさんですが……」

俺はチラリと隣の席に座る人物に目をやった。

しかしそこにアーニャの姿は無く――

「私の顔に、何かついて、います、か？」

「いや、別になんでもないよ」

入院明けの田嶋さんが俺を見て首を傾げる。

田嶋さんは『貞子』というあだ名の通り、今日も長すぎる前髪に顔が覆われ、その表情はわからない。

こうして鬱々とした声を聞いていると、つい先日まで明るく元気な外人さんが隣にいたとは、今となっては信じられなかった。


事件後アーニャは帰国した。

そもそもが任務での来日だったのだから当然と言えば当然だった。

一時期、ネットを中心にアーニャが【剣帝】アリョーシャだったのではないかという噂が流れたが、その事実が決定的となる場面や台詞が流れていなかった事、ギルドや彼女の所属事務所、更には日本政府が正式にその噂を否定したことで、未だ憶測は消えないものの形式的には彼女はアーニャ・ノヴェである、という結論で世間は落ち着いた。

そして生徒達に説明された帰国についての理由も「あんな大変な事件があったのだから親御さんが心配して呼び戻した、また日本に来るかわからない」という曖昧なもので、真相について知っているのは先生達と、俺、そして尼子屋と葵だけだ。

先生はその結末について、今日きちんと説明をするつもりなのだろう。神妙な面持ちで語りだす。

「アーニャさんは向こうでの準備ができ次第、来週にもこのクラスに戻ってくることになりました」

「は？」

俺は、アホみたいに呆けた。

アーニャは間違いなく【剣帝】アリョーシャである。ひっきりなしの取材や、総合戦闘競技への参加、更には本職であるダンジョン攻略や学業と、呑気に日本に滞在できるような身分であるはずがなかった。

政治的な絡みもあるだろうし、何より所属事務所が金の卵である彼女を手放すわけがない。

そもそも彼女は別次元の存在だ。俺達とは何もかもが違う。俺はあの時、その事実をまざまざと見せつけられた。

彼女の、【剣帝】アリョーシャの、最前線《トップライン》で闘う冒険者《ブレイバー》の、本当の力というものを。

◆

◆

火竜がブレスを放つ。

世界が白一色に染まる。

「『絶対領域《スタンドアロン》』」

鈴が鳴るような声だった。

そして圧倒的魔導圧を伴って目の前に展開された結界。

直後、轟音に呑み込まれて一切の音が消失。しかし、いつまで経っても『死』は訪れなかった。

視界が徐々に戻ってきた時、俺達に背を向けて立っていたのは３人の人物。

そのうちの１人が俺達を振り返り、豪快な笑みを浮かべる。

「おう！　遅くなって悪かったな坊主！」

俺は思わず呻いた。

「あ、あんた、あなたは……」

「侵入路はすぐ確保したんだけどレベル制限取っ払うのに手間取ってよ！　オレじゃなくてギルドがな！　言っとくが俺のせいじゃねぇぜ？　はっはっはっ！」

あんぐりと開いた口が塞がらない。

髭だらけの顔をくしゃくしゃにして笑っていたのは、まさしく伝説の男。滅多な事では表舞台に姿を現さない高く遠い存在。俺達の憧れ、俺達の誇り。

日本が誇る最高の冒険者にして、偉大なる先駆者《パイオニア》。この訓練用ガーデン【息吹】の原始権限保持者、そう――

「弦月《げんつき》、巌《いわお》、さん……」

御年54にして未だ世界ランク１桁に名を連ねる現役最強クラスの冒険者の一人。俺としては言葉も出ない。

ただ茫然と彼を見上げていたら、弦月さんの隣の人がクルリと振り返り、胸の前で手を組んで体をくねらせた。

半ば透けているネグリジェのような際どい戦闘装束。その娼婦のような衣装の胸元を開き、肉感的な手足を剝き出しにして、頭には彼女の代名詞ともいえるトンガリ帽子。まさか、この人は……

「あらぁ　良い男じゃなぁ～い？　初々しくて良いわぁ～。　それにあなた童貞ね？　童貞なのねッ？　ああぁ～んッ！　食べちゃいたいッ！」

俺は絶句した。

「お、おい……　あんた歳考えろよ心臓に悪い」

「あらぁ　なぁにぃ？　あたしに食べられた事無いからってスネちゃってぇん」

「気持ち悪ィ事言ってんじゃねえ！　どう見てもこの坊主、アンタの曾孫より年下だろうが！」

「なによぉ！　このピチピチの肌を見なさい！　全然まだ30代で通ってるんだからッ！　女はいくつになっても若い男が食べたいのよぉッ！」

「そんなＢＢＡいねぇよッ！」

呻くようにその人物の名をひねり出す。

「【魔を司る者《バンダースナッチ》】ステルヴィア・セヴェリーノ……」

既に崩壊した国、ポルトガルが生んだ化け物。

世界中の魔法使いの頂点に君臨する、魔法使いの中の魔法使い《マギア・メイガス》。

齢１００を超えてもなお30代にしか見えない彼女の容姿は、数多のレベルアップとそして魔導士として有り余る膨大な魔力に起因するものだ。間違いなく世界最強の一人に数えられる魔導士である。

世界中で誰もがその名を知っているような大物が２人、では３人目は果たして如何なる人物か。

夢でも見てるような心地で3人目の女性、彼女の背をぼんやりと眺める。

するとすると彼女から爆発的に魔力が迸り、瞬時に具現化すると、それら全てが数百、数千の半透明な砲塔へと姿を変えた。

「うそ、だろ……」

まるでハリネズミの様に無数の砲身に包まれる彼女の名を、俺が知らぬはずがない。いや、世界中で知らぬものなどいるはずがない。

彼女は振り返ることもなく、幾分頬を染めながら自身の名をポツリと呟く。

「……………ネル、です」

【能天使《ザ・パワー》】ネル・ロックハート。

未だパワー&ジャスティスの国アメリカで、パワー&ジャスティスを体現する、世界ランク5位の新星。

世界最高火力と謳われる彼女のアーツ、『終末砲撃《グラウンド・ゼロ》』の後には、草木一本残らないという。

世界中の国家が、国家として一番敵に回したくない冒険者は誰だと聞かれた時、まず初めに名前が挙がるのが彼女だとまで言われるほどの戦力だ。

それなのに、誰からも恐れられることなく普通に暮らせていられるのは、彼女が極度の引っ込み思案で大人しく、人見知りだからと噂されていた。

ボソリと名前を告げただけで真っ赤になり、口元をモギュモギュさせているところを見るとどうやら噂は本当らしい。

「おいおい、そんな呆けた顔するんじゃねえ坊主。俺達はヤツを追うためにギルドに派遣された戦力だ。まあ、ちいとばかし遅かったみてぇだけどな！　火竜くらいは捻ってやんよ！　ガハハハッハッ!!」

「そうよぅ、火トカゲ一匹くらいサッサと片付けてあげるわぁ～ん、それでぇ、他に危険なトカゲさんいないかチェックしなきゃなのぉ。実はおねぇさん、あなたのお股が怪しいと思うのよねぇ」

「………………キャッ」

弦月さんがガハハと笑い、ステルヴィアさんが舌なめずりをし、ネルさんが手で顔を覆ってモジモジしている。

緊張感もクソも無い3人だが、その体から迸る武威は本物で、体の芯から来る震えを抑えることができなかった。嫌でも思い知らされる。この人達は文字通りの化け物だ。

あの火竜ですらもブレスが防がれた事に警戒を見せていて、地上に降りずにこちらの様子を窺っている。

「……と、行きたいとこなんだがよ」

「そおねぇ～」

「………………コクコク」

3人がそれぞれ俺の方を見ている。いや、正確には俺の後ろだ。

すると、すぐ横の石畳にガチャンと音を立てて何かが放られた。反射的にそちらに目を向けると、そこには見慣れた腕輪がある。

「私に、やらせて……」

そう、それは彼女を縛る鎖。彼女が潜入員として、違和感なく実力を隠すために自ら架した枷。

「そう言うと思ったぜ。さっさと決めて来いよ嬢ちゃん。動画配信ももう終わりだ」

「じゃあ、あたしはそこの彼のトカゲさんを成敗して待ってるわぁ～」

「…………トカゲさん……ポッ」

俺の背後で闘気が爆発する。恐る恐る振り返った先、そこに本当の彼女はいた。

亜麻色は銀へ、濃緑は灰へ。

血に濡れ、ゾッとするほど美しく輝く銀髪の戦女神。

彼女の名は【剣帝】アリョーシャ・エメリアノヴァ。

世界を背負い、トップラインで闘う同世代最強の戦士だ。

彼女は俺と目が合うと、まるで天使のような微笑みを浮かべた。

「ミナト、ありがとう。守ってくれて。嬉しかった」

何を言っているんだと思った。

当然のことじゃないかとか、俺達は仲間じゃないかとか、そういう意味じゃない。

俺ごときが、目の前の力の権化を守るなんて、そんな馬鹿げた事があるはずがないと、そう思ったのだ。

だが、彼女は優しく微笑み、目に涙さえ溜めて俺を見つめた。

「衝撃だった。ダンジョンに潜ったこともないミナトが、本当に火竜を倒しちゃうなんて。本当にかっこよかった。だから、私――」

戦女神がスラリとレイピアを抜く。吸い込まれるほど美しい銀の波紋が、少ない光を反射して艶やかに光る。

そして、刀身と全く同じ銀の髪を揺らめかせながら、彼女は宣言した。

「ミナトに見て欲しい。本気の私を……ッ」

特徴的な抑揚、鳥の囀《さえず》りのように跳ねるアクセント、鼻にかかったソプラノヴォイスが耳朶を叩く。力ある言葉が紡がれ、宙を躍り、そして銀の粒子へと還っていく。

それは神へ捧げる祝詞にも似た旋律。

彼女は謡った。

「特殊能力《スキル》解放。【限界突破《リミット・ブレイク》】」

瞬間。

銀の奔流が天を突き抜けた。

網膜が焼き切られるほどの眩い光。俺の小手先のスキルとはまるで違う本物の力。

迸る魔導粒子がキラキラと煌き、あたりにはまるで天使の降臨のように荘厳な雰囲気すら漂う。

その爆心地で静かに佇む彼女の背には、光り輝く銀の翼。

銀の天使は、空に漂う巨大な羽虫を真っすぐ睨みつけると、スッと腰を落とし、その翼をはためかせた。

そして彼女は……

——己が凡《すべ》てをこの一撃に

「デッド・オア・アライブ」


それは、一筋の光。

たなびく奔流全てを纏った銀の閃光が、ただ一点。ただの一点を貫く、ただそれだけのために。

大気を震わせ雲を穿ち、天を貫くそれはまさしく断罪の光。

傲慢な天使の征《ゆ》く軌跡にはチリ一つすら存在を赦《ゆる》されない。

モザイクの空が割れ、息吹の空が急速に宵闇を取り戻して行く中。

爆散した火竜の頭部が金色の粒子となって銀に溶け込み、その巨体がゆっくりと墜落を始めるのを、俺はただ無言で見つめていたんだ。

◆　◆

「アーニャちゃんクルぅぅ〜〜！　ボクに逢いに来るぅぅ〜〜」

「うわ〜い！　ナナはぁ、アーニャンとぉ　ユニット組んでぇ」

「やっべ！　かーちゃんにまたガイジンが来るって言っとかねぇと！」

3馬鹿は相変わらずの馬鹿発言。その他の馬鹿共もいつも通りの平常運転。

何がどうなっているかわからず、葵の方に視線を向けると、彼女は忌々《いまいま》し気に舌打ちをしていた。

なんだ、何がどうしてそうなった？

すると先生が教室用の細くて短いのでバシンと床を叩く。一瞬で教室は静寂に包まれた。

「よろしい。アーニャさんからメッセージがあります。『みなさん、また一緒に勉強できる日を楽しみにしています。待っててね』だそうです。そして個人宛てのメッセージも1件頂いています」

ガタッ　と一斉に立ち上がるクラスメイト。

「俺にか!?」

「ボク、だね……」

「いや私でしょ？」

「えっ　私!?　照れるな……」

「ナナだょぅ」

侃々諤々《かんかんがくがく》の論争が始まり、そこらじゅうで掴み合いが発生する。

するど先生が再びバシンと床を叩いて、教室は何事もなかったかのような静寂に包まれた。馬鹿すぎて声も出ない。

「オホンッ　では読み上げます。『ミナト、アーニャを最前線《トップライン》に連れてって！　にゃ！』だそうです」

「ブフォッツ」

思わず噴き出した。

名作野球漫画からのセリフのチョイス。そしてあざとい語尾。間違いなくアイツだ。

ていうか、何が『連れてって』だ。既にトップランナーの力の権化が今更何言ってやがる。俺を馬鹿にしてるのか。

憤りも露わに悪態をつくと、唐突に物騒な台詞が聞こえた。

「殺す……」

慌てて周りを見回すと、命を懸けて共に戦ったはずの仲間達が、とんでもない目で俺を見ていた。完全に殺る気だ。

「フッ　嫉妬とは情けない。火竜すら屠《ほふ》った俺はその程度の殺気じゃビクともしな――――」

「変態……」

「ねえ誰ッ!?　今変態っつったの誰よ!?　変態じゃないから！　紳士だからっ！　訂正しなさいよおッ！」

結局、物凄い空気の中、何とかHRが終わって戦闘実習の準備をしていると、俺は背後から肩を叩かれた。

「一之瀬ぇ　午前の戦闘訓練、俺達とやってくれるよなぁ？」

頬をヒクつかせながら拳をバキバキと握り込む男子の皆さま。アレ？　ガチのやつです？

「あ、葵さんッ　助けて！　パーティの仲間が危険な目に――ッ」

「……知らない」

俺はそのまま両腕を拘束されて、転送室まで連行された。

◆　◆

「今日は酷い目に遭った……」

家につくと、いつも通りPCの電源を入れて俺はため息をついた。

あの後、午前中は代わる代わる男子連中にボコボコにされ、午後は謎の魔導暴発に巻き込まれまくって散々だった。更には下校時にはやっぱりスネークがいたのか、落ち込む俺の様子が事細かに書き込まれ、フラッと入った牛丼屋には電凸がされた。身も心もボロボロである。

戦力的には俺もクラスメイトと互角なはずなのだが、なんというか、目の光が消えてからのヤツらの強さは異常だ。まさか千田君にまで負けるなんて……

俺はPCが立ち上がるまで、ぼんやり画面を眺めていると、ふと【J】の言葉が頭を過る。

――――ダンジョンを踏破した先には何が？　それでもあなたは前に進みますか？

史上初のダンジョンハック、リアルタイムの動画配信。そして火竜まで召喚しておいて一人も死者を出さずに幕を降ろしたこの事件は、犯人不在のまま、ギルド戦力3名の投入により全てが解決したという見出しが、世界中の新聞1面を独占した。

リタイアしたというインストラクター5人組も、今ではちょっとした有名人となって、今日も元気に報道バラエティで体を張っている。

世間が新聞の見出しをそのまま鵜呑みにし、終わった事件として流されようとしている中、俺はどこまでも昏く濁った【J】の目が忘れられなかった。

何を見たらあれほどの絶望をその瞳に宿すに至るのか、俺には想像もつかないし想像したくもない。

一体彼女はあんな大事件を起こしてまで世界に何を問いかけたかったのだろうか。

何となくだが、俺はわかるような気がするのだ。

突如現れた3人の冒険者、そして火竜を一撃で屠ったアーニャ。

彼らの力を直接感じた俺は、思い出すたび今でも震えが走る。

冒険者というのは、いや、人間という生き物は、あんな次元の違う生き物になってしまうのだろうか。

あのレベルの冒険者が数十人集まっても超えられない40階層。そしてその先に待っているのは更なる深淵。

俺達は一体何者になろうとしているのか。

世間一般の人達は、そんな俺達をどんな目で見ているのだろう。

富をもたらすからこそ存在が容認されているものの、その必要がなくなれば俺達は単なる危険物だ。

ダンジョンに頼らなければ生きていけない今だからこそ冒険者はチヤホヤされていても、リターンよりリスクが上回った時、俺達の居場所は果たして社会に存在するのだろうか。

そんな心の奥底に潜む漠然とした不安に、彼女の言葉は種として撒かれ、確かに芽吹いたのだと思う。

それが未来の火種となるか、互いを繋ぐ架け橋となるのかは、今のところ誰にもわからない。

そして、彼女は40階層、そして50階層を突破したら、ダンジョンとは何なのかがわかると言った。

何者かもわからない敵の言葉であるにもかかわらず、俺はその言葉は真実であると直感的に確信する。

だからといって、もう俺達は止まれないのだ。

遥か先の未来よりも、目の前の足元を追いかける事で辛うじて維持されている文明社会。それによって多くの人々が笑っていられることもまた、動かすことのできない真実なのだ。

ならばやるべき事は一つしかない。

俺は俺の信じる道を行くだけだ。

未来はある。夢も希望だってきっとある。

きっと俺の台詞は、ダンジョンの深淵を覗いた彼女にとっては妄言の類だったに違いない。

しかし、その根拠もない青臭い言葉を、俺は何度も何度も反芻して胸に刻んだ。

闇雲に突っ走るのが悪いばかりではないはずだ。難しい事ばかり考えていてもしょうがない。俺は俺なんだ。

そもそも俺は、女冒険者のレベルアップを眺めるために冒険者になったのだ。世界がうんたらとか小難しい事は偉い人に任せておけばいい。

今の俺にできることは、未来があると信じる事、そして、その言葉がウソではないと証明するため、小物らしく必死こく事くらいだ。

またいつか、彼女は俺の前に現れるだろう。その確信が俺にはある。

だから、その時、胸を張って『夢も希望もあっただろ？』と言えたならば、俺達が頑張る意味だってきっとあるはずなんだ。

そう、それでこの話は終わりだ。

俺は俺らしく、本来の目的のために突き進む。そしてそのために強くなる。それでいい。それでいいのだ。

俺は立ち上がったPCを操作して、同志達が集まるサイト『レベルアップ監視委員会』へとアクセスする。

ログインして一通り新着を眺めると、ほとんど飾りのメッセージボックスにメッセージが届いている事に気付いた。

誰からだろうとボックスを開いて送り主を確認してみたら、そこにはまさかの『ジャスティス』の文字。

戸惑いながらメッセージを開くと、そこにはたった一言のメッセージがあった。

——勇敢なる友に捧ぐ

そしてそのメッセージの下には謎のリンク。

なぜ突然、俺のIDにジャスティス氏がメールを送ってきたのか全くわからないが、とにかく俺はそのリンクをクリックした。どこかのページに飛ばされるかと思っていたら、すぐに何かのファイルのダウンロードが開始され、10秒ほどで終わる。拡張子を見る限りは動画のようだ。

恐る恐るファイルを開く。そして流れ始めた動画を見て俺は戦慄した。

「こ、これはまさかっ」

最初に映ったのは石畳。

そしてキラキラと光の粒子に変換され、空へと還っていく火竜。そして——

「モモ先生ッ！」

ブレる視点が次に映したのは、左腕を失い、痛々しい姿ながらも血色が戻り始めたモモ先生。

音声として聞こえるのは、モモ先生の荒い息遣いと、我を忘れた尼子屋の悲痛な叫びだ。

『僕は大丈夫だけど、先生がっ！！！』

散々探した。数日間、ただそれだけに情熱を費やした。

スパムを踏み、架空請求の嵐を超え、何度も、何度も、何度も探した。どんな情報も見逃さなかった。絶対に有ると、この広大なネットの海のどこかに、俺達が探し求める秘宝は眠っているのだと。

慣れぬ自演をし、本人降臨乙をされてまで、俺はそれを求めたんだ。

『先生が……っ　顔が真っ赤で！　白目を剥いて……ッ　呼吸も苦しそうなんだ！　ビクンビクンって！』

しかし、ついぞソレを目にする事は叶わなかった。俺は独り枕を濡らした。

だが俺は信じていた。その存在を。その奇跡を。機械仕掛けの神《デウス・エクス・マキナ》の祝福を。

聞き覚えのある台詞を尼子屋が叫ぶと、カメラはモモ先生の顔をドアップで映したまま固定される。

みるみる間に顔を上気させた先生は、歯を食いしばり、限界まで眉を寄せて呻いた。

『い、イぐ……イっぢゃうゥゥ……ッ』

ソレは在った。間違いなく。今ここに。俺の目の前に。

偉大なる女神の、そう——


——レベルアップ《絶頂》動画がッ!!


『先生！　先生しっかりして！　ミナト君っ　大変だッ！　先生が——』

『ぎぼぢいいイィ〜ッ　イぐ、よぅ、あ、あっ　ああ、おおおォォ……』

いつの間にか開かれた目は既に焦点が合っておらず、何かを探すように宙を彷徨った、次の瞬間

『あッ』

グルンと瞳が真裏まで裏返り、濡れそぼった唇を突き破って、ヌラリと糸を引いた舌が天に向かって突き出される。

『お、おっ　おおッ』

そしてモモ先生――いや、一匹の牝は、歓喜の雄叫びを上げたのだ。

『あおおおォォォォォ～～～～ッ！！！』

俺も雄叫びを上げた

「あおおおォォォォォ～～～～ッ！！！」

これだ。

誰が何と言おうとも、これが俺の物語だ。

これが女冒険者のレベルアップをじっくり見守る俺の話だ。

地球の未来がかかっていようと、俺達の行く先に暗雲が立ち込めていようと。俺がやるべき事はきっと変わらない。

そしてその道中で、結果的に誰かを救う事になろうとも、激熱なバトルが待ち構えていても、それは俺の話を修飾するための出来事でしかない。

たとえ変態と罵《ののし》られようと、専用スレで晒しあげられようと。今も昔もこれからも、俺は俺であるために生きていくのだ。


忘れるな。見失うな。俺の夢を。俺の物語を。

そう、俺は冒険者高専冒険科、一之瀬ミナト。

遥か天空に聳えるダンジョンを征き、果て無き地平の向こう側で女冒険者のレベルアップを見るためだけに冒険者になった男。


『みらくる☆ぱーじ』

「みらくるゥ☆ぱぁじぃイイイ～～～ッッ!!」

――ドンドンッ

いい加減にしろ!!　今何時だと思ってやがるッ!!

冒険者ギルド日本支部御代田の訪問

「ただいま〜」

踵のすり減った靴を乱暴に脱ぎ捨てながら、ただ癖のようにそう呟いてしまうのは一人暮らしの悲しい性だ。学校からの帰宅。返事なんて求めてもいないし、返ってくるとも思っていない。

だが俺はここ数日、もしクラスの男子にバレようものなら粛清必須な状況にあった。

「あ、おかえり〜」

その声の主は女性。

返ってきた返事を鑑みるに、普通に考えたら母ちゃんである。ラノベだったらブラコン妹がせいぜいだし、「エ」で始まって「ロ」で終わる漫画ならば、淫乱幼馴染がもう待ちきれない感じでアレするところだろう。

しかし今の俺の状況は、そのどれにも当てはまらない。

リビングに入ってまず目につくのは、粒子を放ちそうなほど煌く銀髪。黄色人種ではあり得ない桃色がかった白過ぎる肌。

そう、彼女は――

「ミナト、遅かったでござるな〜」

ござる言葉の外人さんである。我ながら訳がわからない。

ソファにだらしなく寝そべりながらめくっているのはアニヲタ必須のアニメ雑誌だし、今も宙を彷徨う左手が探しているのはおそらく、お盆に入った煎餅だろう。

パタパタと揺らす剥き出しの足にはシミなど1ミリも無く、ピッタリとフィットするホットパンツの生地が、腿に薄く乗った脂に食い込んで絶妙な隆起を描いている。

少しだけ捲れた腰元から見える、ほっそりとした背中とその窪みは年頃男子ならば垂涎もの。

思わずゴクリと唾を飲む光景であるにもかかわらず肩を落としてしまったのは、彼女のTシャツにドドンと描かれた『ヲタですが何か？』の文字を見てしまったからだ。

俺はため息をつきながら言った。

「アーニャ、お前仕事終わったんだろ？　いつまでウチでニートやってんだよ」

「ニートとは失礼でござる！　ただ一日中アニメを見ながら煎餅を食べているだけでござるッ！」

「世間ではそれをニートって言うんだよ」

「うっ……」

少しだけ言葉に詰まったところを見ると、多少の心当たりはあったようだ。良い機会だからと俺は素直に言う事にした。

「お前、あれからずっと家にいるけどさ、ギルドに報告とかどうなってんのよ。大事件の当事者様だろ？　任務だったたんじゃねぇの？」

するとアーニャは明後日の方を見ながらひゅーひゅーと下手糞な口笛を吹いた。

「あ、あれは、そのっ　き、キチンとしてるでござるよ！　拙者これでもトップランナーでござるんで!?」

「ござるんで、じゃねえんだよ」

俺は確信した。コイツ色々バックレる気だ。

学生の俺だって知っている事だ。ただ『現場で頑張りました！』なんてやりっぱなしで終わるような仕事なんてこの世には無い。

むくりと起き上がったアーニャはしばらく口をへの字に結んでいたが、俺が怯《ひる》まないのを見ると誤魔化すように咳払いを一つ。

「そ、それよりミナト！　一緒にアニメ見ようよッ！」

「いや、全然誤魔化せてねぇし」

「ち、違うもん！　とにかくホラこっち、こっち座って！」

アーニャがポンポンと隣を叩きながら手招きする。一応ココ、俺の家なんですけどおかしくない？

そんな事を思いつつも慣れてしまった自分が悲しい。俺は再度ため息を落とすと、渋々ながら彼女に従った。

家主である俺以上に慣れた手つきでTVを点け、ハードディスクに円盤を挿入する手際を見て軽く感心する。世界の【剣帝】様だというのに、このニートスキルの高さは何なんだろうか。

「んふぅ～　実はミナトと一緒に見たかったんだ。『ダン×男』だよ。しかも山場の13話！」

「どうでもいいけど『ござる』はどこいった」

「んもう！　細かい事気にしちゃダメだよ！」

そう言うと、アーニャは待ちきれないとばかりに、口元をウネウネさせながらリモコンのスイッチを押した。

『ダン×男』

正式タイトル『征《ゆ》け！　ダンジョン×男子!!』は、普段アニメを見ない俺でも名前を知っている程度には有名なアニメだ。

冒険者高専に入学した主人公のケンと相棒のタカ、そして二人を取り巻くどこかお馬鹿な仲間達が、共に笑い、泣き、時には衝突をしながらも成長し、ダンジョンを攻略していくという青春物語である。

最前線を征く冒険者ばかりが脚光を浴びていた時分に、あえて夢見るルーキーにスポットを当てたこの作品は、古臭くも熱い展開と、剝き出しの青臭い演出が話題を呼び、放送当時は相当な反響があったらしい。

放送終了からは既に数年経っているというのに国内外を問わず、アニメファンの中では今でも支持され続ける作品だが、ぶっちゃけ俺は見たことがない。

トッププランナーの俺TUEeeee!!　の方がよっぽど面白いのに、ルーキーのチャンバラを書くなんてモノ好きな作者もいるもんだと思った記憶がある。

そんな事を考えていると、肝心のアニメが始まった。

やけに熱苦しい歌詞を野太い声でシャウトするという、極めて前時代的なオープニングが終わり、タイトルが流れたと思ったら5秒もしない内に喧嘩がおっ始まった。

『俺は一人でも先へ進むッ!! 約束を果たすためにっ!』

『僕達はチームだよ! ケンのわからず屋ッ!!』

『だったら俺を止めてみろよ、泣き虫タカ!』

『——ッ!! ぶっ飛ばしてやる!!」

ケンが大剣を引き抜き、タカが杖を構えた。ええと…… 何コレ?

突然の超展開に当然の如く置いて行かれる俺。そもそも、見た事もないアニメを13話から見るという時点で色々無茶なのだ。

チラリと横を見ると、両こぶしを握り締めて目を潤ませるアーニャがいた。全く理解できないがどうやら今のは感動ポイントだったようだ。

二人はルーキーにあるまじき威力の技と魔法で散々周囲を更地にした挙句、気付いたら熱い抱擁を交わして涙を流し合っていた。どうやら仲直りしたらしい。アーニャを見たら目が噴水になっていた。

そして、極めて不可解なタイミングで自分語りを始めるケン。

幼い頃、名も知らない女の子と約束をした事。その約束を果たすために冒険者高専に入った事。

ダンジョンを攻略し、いつかトップランナーになって、どこにいるかも知れないその子と再会するのが夢であるとケンが語ると、タカは涙ながらに大きく頷き、二人はガッチリと固く握手を交わした。

そして夕日に向かって走っていったところでエンドロールが流れ始め、次回予告で二人はまた喧嘩をしていた。

「ううっ　良かったよぉ……　何回見ても泣ける……　ミナトも感動したでしょ!?」

「ごめん、さっぱりわからない」

率直に言うとパーティ解散したほうがいいと思った。あいつら喧嘩し過ぎでしょ。

無駄な時間を過ごしてしまったので、さっさと掃除をしよう。そう思って立ち上がった時だった。


「ケンと約束の女の子。私達みたいだね」

アーニャが突然そんな事を言う。何を言っているのかわからなかった。

お前は何を言っているんだ？

そう言おうと開いた口から言葉が出てこない。まるで今朝見た夢を思い出せないように、形作るはずの何かが指の隙間から流れ落ちていく感覚に襲われる。

「ミナトは覚えてる？　私達が初めて出会った時の事。ミナトはなんて言ったか覚えてる？」

俺達が初めて会ったのはつい先日だ。駅前の、商業ビルの前で——いや、本当にそうなのか……？

喉元まで言葉がせり上がってきている。その台詞を口にした瞬間、全てを思い出すという確信がある。

それなのに、記憶に霧がかかったように何も思い出せない。

俺の根幹を成す大事な部分がごっそりと抜け落ちている気がする。何だ？　一体俺は何を忘れているんだ？

――約束、だよ？

ザザッ　と、泣き笑う少女の顔が頭を過る。直後、記憶に虫食いのように穴が開きボロボロと崩れていく。

頭が割れそうだ。瞼がやけに熱い。

駄目だ。手放すな。もう少し、もう少しで思い出せそうなんだ。大切な、俺の、あの時の……

確かに俺は……

「俺は……　俺が……」

アーニャが心配そうに俺の顔を覗き込んでいる。

そうだ。あの時、確かに俺は、お前と――

――ピンポーン

突然鳴り響いたチャイム。

掴みかけていた何かが、手の中からスルリと逃げていく感覚に、ハッと我に返った。焦って再び手を伸ばしても触れる事のできない事だけは何となくわかる。

何か言わなければと見たアーニャの瞳には微かに落胆の色が滲んでいた。

「誰だろう、こんな時間に……」

気まずい空気を誤魔化すように、そう口にすると再度チャイムが鳴る。

あえてインターフォンを使わず、逃げるように玄関に向かった。

「はーい。どちら様ですか?」

卑怯だと思っていても正直怖かった。ホッと胸を撫で下ろしながら努めて明るい声で応じると、ドアの向こうから想像もしなかった人物の声が聞こえた。

「……私」

胃液が逆流しそうになる。俺は素っ頓狂な声を上げた。

「あ、あああ葵さんッ!?」

サッと血の気が引いた。何が何だかよくわからなかった。

ヤバい。正直やましい事など何一つ無い。無いけどもとにかくヤバい。

「……来ちゃった」

「なんで来ちゃったのォッ!?」

ドアに背中を預け必死で考える。どうする……　どうする俺っ!?

「ミナトー　誰か来たのー？」

頼むから空気読めよイモ剣帝!!

俺は冒険科で習ったばかりのハンドサインで『退避』と『潜伏』を繰り返した。初の実践が我が家とか終わってる。

なのにアーニャは不思議そうに小首を傾げるだけで、絶望的な気持ちになった。

「…………ミナト、女の声が聞こえた。もしかして――――」

「ん、んんッ　ま、マァ～　マァ～　きょ、今日は空気が乾燥してるなあ～　俺のテノールが裏返っちまうなんて！」

「……ミナト、今すぐドアを開けるべき。お互いの信頼のために」

「3分！　3分待って！　部屋片付けてくるから!!」

俺は短い廊下を全力疾走。即座にアーニャを捕まえて必死に周囲を確認する。

ベランダか？　いや、駄目だ。葵は相棒《バディ》だ。俺の考える事などお見通しだ。ならばどこだ？　べッドの下？　畜生、リスクが高すぎるっ！

俺は藁《わら》にも縋る思いでクローゼットのドアを開けた。

「え、ちょっ　ミナト、どうしたの？」

「いいから黙ってこの中に入って！　見つかったら死んでしまうから！　俺が！」

「ちょっとミナ――――」

バタン。

問答無用で扉を閉める。と同時に玄関からメキョッ　と不吉な音が聞こえた。

形振りかまわず全身に魔導を通してリビングを疾走。

アニメの円盤をテレビ台の中に放り込み、アニメ雑誌を冷蔵庫に放り込んだところで、なぜ俺が浮気現場に彼女がやってきたでござるの巻なのかわからなくなる。俺ほど由緒正しい童貞なんて中々いないんだぞ。

できる事を済ませて玄関に向かうと、ちょうどドアが開き、葵が入ってきたところだった。

色々言いたいことはあるがとりあえず聞いてみる。

「カギ、かかってたよね……？」

「……気付かなかった」

しれっと言い切る葵。

チラリとドアに目をやると、綺麗にドアノブが引っこ抜かれていた。施錠（笑）である。

「……あの女の、匂いがする」

「ちょっ　葵さん待っ――」

葵は俺の横を通り抜けると、一直線にベランダに向かった。そしてベランダの扉を開けて入念に周囲をチェックして気が済むと、今度はベッドの下を覗き込んで舌打ちをした。

「あ、葵さん……　何か我が家に不審な点でも……」

「……ミナト、正直に言って。相棒として今なら譲歩できる」

「例えば、例えばの話だ。もし素直に罪を認めたら……？」

「……死刑」

「黙秘してバレたら……？」

「……極刑」

「変わらんやんけっ!!」

我ながら最高のタイミングのツッコミだったがそれどころではない。

ダラダラと冷や汗をかいていると、ついに葵はクローゼットに目を向ける。

俺の頬が思いっきり引き攣った。まさに絶体絶命。過去の思い出が走馬灯のように頭の中を駆け巡る。

そして、葵がゆっくりとクローゼットに近づき、扉に手をかけた。その時――

――ピンポーン

まさかのタイミングでチャイムが鳴る。今この時だけは神に感謝してもいい。

「だ、誰か来た！　葵、誰か来たぞッ！　ほら行くぞ！」

葵の手を掴んで強引に玄関に連れ出す。葵は思いのほか素直にトコトコついてきた。少し顔が赤くなっているがどうしたのだろうか。

ドアノブが引っこ抜かれて、中が丸見えだというのに、律儀にチャイムを押す相手に好感を覚える。俺はかつてないテンションで叫んだ。

「はーい！　どちら様ですか〜ッッ!!」

「冒険者ギルド、日本支部の御代田《みよた》と申します」

「えっ、冒険者ギルドッ!?」

反射的に扉を開けてしまったが、これは警察と名乗られたら疑いもせずドアを開けてしまう感覚に近い。今や冒険者ギルドの信用は警察官と同じかそれ以上だ。

ドアを開けると、そこには気の強そうな顔立ちをしたベリーショートの美人さんが秘書然として佇んでいる。攻撃的に吊り上がった瞳が特徴的だ。

初対面でこんな事言うのも何だけど、レベルアップを見てみたいぜ。

「……ミナト」

「誤解です葵さん」

御代田と名乗ったお姉さんは、ただでさえ強気に跳ね上がった眉を、更に鋭角に尖らせながら身分証を提示してきた。見る限り本当にギルド職員らしい。

「あ、あの、ギルドの人が何でウチに――――」

「ここに、ミス・エメリアノヴァが滞在していますね？」

「え？　何で知って……」

「家主である一之瀬氏に許可を戴いております。大変申し訳ありませんが立ち入らせていただきます」

御代田さんはそう言ってギラリと目を光らせる。そして俺の返答も待たずにズイっと玄関に入ってきた。

突然の出来事に俺と葵は呆然と立ち尽くすばかり。すると御代田さんは無言を肯定ととったのか、遠慮なく部屋の中に入っていった。

彼女はまずベランダに行って入念に周囲を確認し、今度はベッドの下を覗き込んで舌打ちを一つ。お決まりなのかこの流れは。

しかし彼女が葵と違い、ギラリと鋭い視線をクローゼットに向けると、止める間もなく一息に扉を開けた。

「あっ」（アーニャ）

「あぁ……」（俺）

「……あ？」（葵）

アホみたいに呆けるアーニャ。床に崩れ落ちる俺。完全におキレになった葵さん。これほどまでに見事な三者三様もなかなかあるまい。というか終わった。

　しかし御代田さんは、俺達のリアクションなどお構いなしに軽く微笑んだ。

「ミス・エメリアノヴァ。とても良い度胸です。陽動もせず、護衛対象から離れ、散々世間をお騒がせした挙句に報告をしないままニート三昧ですか。全く頭が下がります」

「ち、違うのミス御代田……っ　報告には明日行こうと――」

「その先はオフィスで伺います。さあ参りましょう。きっと死にたくなるほど釈明に追われる事になりますので」

「ヒィ――ッ」

　御代田さんが怯えて震えるアーニャの襟首をむんずと掴む。そして泣き叫ぶ彼女を問答無用で引きずって部屋から出ていった。

　アーニャの悲痛な叫びが徐々に小さく、そして遠くなり、やがて消えた。

　この間十数秒。まさにアッという間の出来事。

　そうして嵐が過ぎ去った後、残っていたのは気まずい沈黙と、そして俺の背中を射貫く凄まじい視線。

　見なくてもわかる。先程からとんでもない空気をヒシヒシと感じているのだ。

「…………ミナト、話がある」

　地獄の底から響いてくるような声に膝が震えた。

　ギギギと首だけで振り返る。そこには一人の修羅がいた。しかも完全に瞳孔が壊れていらっしゃる。

「聞いてくれ葵。俺達には話し合いが必要だ。きっと酷い誤解があると思うんだ」

「…………気を付けて。内臓がはみ出ないように」

ただひたすら自身の痛覚耐性と、葵の不穏過ぎるアドバイスだけを信じて肛門括約筋《マイウェイ》を締める。

「……痛くしないから」


俺は一人、天を仰いで泣き笑った。

「優しく、してね……」

あとがき

以前、小説家になろうでは違うペンネームで活動し、書籍化させていただくという経験しました。多くの方に読んでいただくという喜びも知り、これからも一生の趣味として書いて行こうと心新たに頑張っておりました。

趣味で書いていた人間にとって、書籍化など夢の出来事です。自分の書いたものが紙として残り、全国に流通するなんて経験、したくて出来るものではありません。人生に一度あるかないかの大事件である事は間違い無いと僕は思います。

見本誌として手元に送られてきた時、又は、本屋さんを覗いて現物が積まれているのを見た時の感動は言葉に出来ないものがあります。

天にも昇る気持ちとはあの事でしょう。人生の絶頂と言っても過言ではないでしょう。

しかしそれから1年も絶たないうちに、想像もしなかった悲劇が僕を襲ったのです。

それは、日曜日だというのに目を血走らせながら職場の机に向かっていた時、とあるメールが届きました。

「最近、小説書いてないの？」

僕は少しだけ嫌な予感に襲われました。

月に100時間を余裕でぶっちぎる残業に追われて、職場と家のベッドを往復していたある日の事です。

なので僕は何とか1話を書き、『デスマーチ酷くて書けませんでした。遅れて申し訳ありません』という前書きを添えて投稿しました。すると翌日、今度はこんなメールが送られてきたのです。

「あんたの会社大丈夫？　みんな心配してるよ？」

僕は戦慄しました。そして会社にいるにも関わらず絶叫しました。

「母ちゃんが『なろう』を毎日チェックしてるでござるッ!!」

そう、母ちゃんが僕の作品を毎日チェックしてるでござるの巻、だったのです。

更に言うならば、母ちゃんは自分なりに面白いと思った作品を僕に教えてくるようにすらなってしまったのです。

僕は震える手でスマホを操作して、即座に電話しました。

「ね、ねえ……　本しか渡してないのに何で僕のアカ知ってんの……？」

すると母ちゃんは今更何言ってんだコイツ？　みたいな感じでこう言いました。

「親戚みんな知ってるよ？」

終わった。

終わったでござる。

終わったでありんす。

僕の夢と希望と性癖が詰めに詰められた妄想ダダ漏れラノベが親戚一同に見られている。しかも聞いてみると、可愛がっている甥っ子姪っ子にすら知られているらしい。

そして母は、とどめとばかりに、こう言い放ちました。

「そういえばあんた、ツイッターで『おっぱい』ばっかり呟いてるね」

この瞬間、僕は転生する決意をしたのです。理由はご理解いただけるでしょう。

30代のオッサンが60代の母ちゃんに、ツイッターでの妄言を窘められるという屈辱に、僕は死にたくなったからです。

僕は誰にも言う事無く、もちろんなろうの中でも一切の告知も繋がりも何もせず、押し寄せる羞恥に涙を流しながら、

『つよぐち2号』のアカウントを作成しました。

そして運よくこちらで書いた作品も多くのユーザーに読んでいただく機会に恵まれ、晴れてこのたび、書籍化と相成りました。

当然の如く、誰一人として家族には言ってません。活動報告の概念を知らない母は、アカウントを引っ越した事を知りません。

そう、僕――――ゆうたろうは転生したのです。つよぐち2号として。

という事で『異世界最強は大家さんでした』もよろしくお願いしまーす。

そして、激務過ぎる担当の筒井様に心からの感謝を。というかアース スター様は編集者募集中です。人手が足りな過ぎるらしいので、どうかご応募よろしくお願いします。

EARTH STAR NOVEL

冒険者高専冒険科
女冒険者のLEVEL UPをじっくり見守る俺の話 ①

発行 ―――― 2017年4月15日　初版第1刷発行

著者 ―――― つよぐち2号

イラストレーター ―――― ネコメガネ

装丁デザイン ―――― 山上陽一＋内田裕乃（ARTEN）

発行者 ―――― 幕内和博

編集 ―――― 筒井さやか

発行所 ―――― 株式会社 アース・スター エンターテイメント
〒107-0052　東京都港区赤坂2-14-5
Daiwa赤坂ビル5F
TEL：03-5561-7630
FAX：03-5561-7632
http://www.es-novel.jp/

発売所 ―――― 株式会社 泰文堂
〒108-0075　東京都港区港南2-16-8
ストーリア品川17F
TEL：03-6712-0333

印刷・製本 ―――― 中央精版印刷株式会社

© Tsuyoguchi No.2 / Nekomegane 2017 , Printed in Japan

この物語はフィクションです。実在の人物・団体・事件・地域等には、いっさい関係ありません。

本書は、法令の定めにある場合を除き、その全部または一部を無断で複製・複写することはできません。

また、本書のコピー、スキャン、電子データ化等の無断複製は、著作権法上での例外を除き、禁じられております。

本書を代行業者等の第三者に依頼してスキャン、電子データ化をすることは、私的利用の目的であっても認められておらず、著作権法に違反します。

乱丁・落丁本は、ご面倒ですが、株式会社アース・スター エンターテイメント 読書係あてにお送りください。

送料小社負担にてお取り替えいたします。価格はカバーに表示してあります。

ISBN 978-4-8030-1038-1